RICHIAMO

UN ROMANZO DI ASH PARK

MEGHAN O'FLYNN

CAPITOLO 1

«Come hai saputo di questo posto?» Eden varcò il cancello semiaperto, strizzando gli occhi all'alone arancione intorno all'unico lampione al centro del cimitero - brillante in confronto al nero olivastro sotto i giganteschi salici che pendevano pericolosamente sull'ingresso. Le lapidi brillavano come se fossero roventi. Pericolosamente roventi.

«Non preoccuparti di questo.» Sammy sorrise, con quel sorriso quieto, quasi timido di cui si era innamorata in terza media, anche se sapeva che lui non era né quieto né timido. Inclinò la testa - sembrava proprio Kevin Hart quando lo faceva - e finalmente lei si sforzò di sorridere, anche se la notte sembrava premerle contro la schiena. Dietro di lei, l'oscurità era ancora più fitta.

«Dai,» disse lui.

Eden aggirò una bottiglia di birra rotta e lo seguì oltre le file di targhe che proclamavano amore eterno, ogni tomba più incolta e trascurata della precedente. Tulipani morti giacevano di lato su una lapide, i petali appiattiti dal

1

marciume. La notte era calata silenziosa nonostante il fermento carico di tensione a poche strade di distanza, le ragazze con i tacchi da otto centimetri - «Ehi, tesoro, cerchi compagnia?» - la disperazione soffocata dei senza-tetto addormentati, i lavoratori del turno di notte che si facevano strada tra la folla per tornare a casa con buste di cibo da asporto sotto il braccio, fingendo ostinatamente di essere ciechi.

«Sei sicuro che sia sicuro?» Un brivido le percorse la schiena nonostante l'aria calda di fine estate. Qui, persino il vento sembrava attutito.

«Certo. Non è che l'assassino sia ancora qui.» Sammy rise. «Sei pronta?»

Lei alzò lo sguardo. Il mausoleo, con pietre di un grigio fumoso che probabilmente un tempo erano state bianche, si ergeva in silenziosa veglia, la porta scheggiata sul lato da vandali di molto tempo fa. Il respiro le sibilò tra i denti - troppo forte. Abbastanza forte da svegliare i morti. «Quindi è qui che...»

Lui sorrise, ancora quel sorriso, e si infilò attraverso lo stipite frantumato. «È questo,» la chiamò da sopra la spalla. «Se guardi con attenzione, puoi ancora vedere il sangue di Meredith Lawrence.»

Meredith Lawrence era la persona più famosa a morire qui, la prima vittima del famigerato assassino dello *Specchio*, ma era lungi dall'essere l'unica vittima. Eden deglutì a fatica e si infilò nell'edificio dietro Sammy, improvvisa-mente molto più ansiosa di varcare la soglia che di rima-nere sola all'aria aperta.

Sbatté le palpebre. Buio qui dentro, umido, intriso di ferro e muffa così densa che poteva sentirla - pesante, quasi carnosa sulla lingua. Qualcosa si mosse furtivamente nell'angolo in fondo, un aspro grattare-stridere, troppo forte per essere un insetto, ma non riusciva a vedere oltre il rettangolo arancio-giallo della luce del lampione fuori dalla porta aperta. Un topo? Odiava i topi. *Per favore, che sia un topo.*

Sammy si voltò verso di lei nella penombra e tirò fuori qualcosa dalla tasca... il suo cellulare. Lei socchiuse gli occhi nel bagliore improvviso della torcia del telefono, diretta verso l'enorme lastra di pietra che correva lungo la parete posteriore come un altare.

«Vedi?» Sammy si avvicinò alla pietra dell'altare, la voce acuta per un'eccitazione quasi infantile. «Proprio qui!» Fece scorrere un dito sottile - il dito di un pianista - lungo il bordo della lastra di pietra, il punto in cui l'assassino dello *Specchio* aveva legato la sua vittima. Ma sangue? La lastra, come i muri, era grigia e marcia come un dente morto - nessun residuo sanguinolento delle parole che l'assassino aveva scarabocchiato sulla parete posteriore, nessuna poesia. Nulla di interessante che lei potesse vedere.

«Ho sentito dire che non l'hanno mai trovato. L'assassino dello *Specchio*.» Sammy si voltò di scatto verso di lei, gli occhi luminosi, la mano ancora appoggiata sulla lastra di pietra.

«Credo che l'abbiano trovato», disse lei. Non l'aveva letto da qualche parte?

Sammy scosse la testa e si voltò di nuovo verso il muro. «Era uno stratagemma. Vogliono farci credere di averlo preso, così tutti si sentono al sicuro, ma...»

Lei alzò gli occhi al cielo. Sapeva che era inutile discutere con lui della sua ossessione, e forse aveva anche ragione. La maggior parte di ciò che sapeva sull'assassino dello *Specchio* era probabilmente più una leggenda metropolitana che altro.

«Possiamo andare ora?» chiese, e sebbene cercasse di

mantenere la voce ferma, le uscì un po' tesa, un po' strozzata. Questa era la terza scena del crimine o "casa infestata" che avevano visitato negli ultimi due mesi; la loro ultima escursione li aveva portati in una proprietà abbandonata che nessuno si era preoccupato di pulire, la scena di un omicidio-suicidio particolarmente orribile - sangue sui muri, sangue che impregnava i pavimenti, e le mosche... *dio*.

Lui si voltò verso di lei, le guance scavate e spettrali nelle dure ombre della torcia. «Stai scherzando? Aspettavo questo momento da settimane!»

«Lo so, ma...» I peli sulla nuca le si rizzarono nella calda brezza proveniente dalla porta aperta. E quello era di nuovo il topo che grattava dall'angolo? «Non voglio solo essere fatta a pezzi.»

Sammy sospirò e fece scorrere la mano lungo la parete posteriore - la parete che una volta era stata striata dal sangue di Meredith Lawrence. Accarezzandola nello stesso modo in cui accarezzava la sua schiena o le passava le dita tra i capelli. «Non è che l'assassino sia qui ora, Eden, solo la sua... essenza.»

«Essenza dell'assassino? Sei così strano», disse scherzosamente, ma rabbrividì comunque. E sotto la vibrazione ansiosa del suo cuore, lo stomaco si rivoltò - senso di colpa. Aveva ragione lui. Aveva aspettato a lungo.

Snap!

Non dall'angolo posteriore come aveva pensato, ma Sammy non sembrava averlo notato, occupato com'era ad esaminare il muro. Lei si voltò di scatto verso la porta rotta, ascoltando attentamente - il suo respiro, il respiro di Sammy, sibilavano nell'aria, il cuore le pulsava nelle vene della gola. Nient'altro, nessun altro suono, ma la sua gabbia toracica era diventata una morsa. «Sul serio, andiamo, ok?» Cercò di non far tremare la voce. «Sono stanca e abbiamo tipo un'ora di guida.»

«Va beeeene.» Sammy grugnì e spense la torcia, immergendo la stanza nell'oscurità. Lei sbatté forte le palpebre, cercando disperatamente di costringere i suoi occhi ad adattarsi alla nebbiolina arancione del lampione che aveva illuminato la stanza in precedenza, ma il buio sembrava ora più spesso, più dominante - non riusciva a vedere nulla se non il nero.

«Sammy! Dove s-»

Una mano le afferrò la vita e lei urlò.

Sammy rise. «Solo io, solo io». La attirò tra le sue braccia e premette le labbra sulle sue, e l'odore di muffa umida svanì mentre il profumo del suo sapone le riempiva le narici: speziato, quasi floreale. Si rilassò contro di lui... ma solo un po'. Perché era ancora così buio qui dentro? Ma i suoi occhi si stavano lentamente abituando; già poteva vedere il contorno della sua figura, sentire il calore della sua pelle: caldo. Sicuro.

«Vieni», disse lui. «Vieni a sederti sulla lastra».

«Sulla... stai scherzando?»

«Non c'è nessuno qui».

«Non è questo che mi preoccupa». Ma lo era, un po'. Quello scricchiolio poteva essere stato un assassino venuto a ucciderli come la povera Meredith Lawrence. *No, sono i film dell'orrore che parlano.* Se c'era una cosa che Sammy amava più della ricerca sui crimini veri, erano i film sui serial killer, più cruenti erano, meglio era. Forse avrebbe dovuto dispiacerle che passassero così tanto tempo sui suoi interessi, ma se doveva essere davvero onesta, c'era qualcosa nel martellare delle sue tempie anche adesso, nel fremito di nervi nella sua pancia, che rendeva i loro appuntamenti più interessanti della pizza con qualche idiota sportivo. E certamente meglio della cena e del film cliché che i suoi genitori pensavano stessero godendo. Lui era il ragazzo più interessante che avesse mai conosciuto.

«Immagino che potrei riportarti a casa...» Sammy fece scorrere la punta delle dita sotto l'orlo della sua maglietta, sfiorando lungo la sua spina dorsale e inviando piccole onde di eccitazione attraverso le sue terminazioni nervose, sciogliendo il ghiaccio che le aveva irrigidito la schiena da quando erano arrivati.

Si alzò in punta di piedi per sussurrargli all'orecchio: «Forse dovremmo tornare in macchina».

Lui infilò le dita nella parte anteriore della cintura dei suoi pantaloncini e slacciò il bottone. Lei indietreggiò verso la pietra. Forse era solo una leggenda metropolitana, forse qui non era mai successo nulla, e, anche se fosse successo, era così tanto tempo fa. E i proprietari del cimitero l'avevano sicuramente ripulito, giusto? È quello che facevano con la proprietà pubblica, dopo che la polizia aveva preso tutte le cose disgustose come prove. E diamine, lei e Sammy avevano fatto sesso nel fango appiccicoso accanto alla rimessa delle barche a nord, nello stesso punto nella terra dove tre persone erano state uccise a colpi di arma da fuoco. Non c'era modo che la polizia avesse ripulito completamente quello.

Eden indietreggiò contro la lastra - grazie a Dio i suoi occhi funzionavano di nuovo - e saltò sulla pietra. Una luce arancione filtrava attraverso la porta rotta. Chiuse gli occhi e si appoggiò a Sammy, ascoltando il pesante battito del suo cuore e il dolce sussurro del suo respiro contro il suo orecchio.

Snap!

Si bloccò. «Sammy, hai-»

Sammy cadde all'indietro - no, non cadde, *volò*, strappato dalla sua presa, i polpastrelli delle sue dita che bruciavano, il dolore che irradiava dal suo polso contorto. Le sue membra si sentivano disconnesse dal suo cervello, perché ora c'era qualcun altro lì, un uomo, un uomo enorme, il sottile bagliore del lampione nascosto dietro la sua mole, e aveva Sammy nel mezzo della minuscola stanza - aveva Sammy in ginocchio sul freddo pavimento del mausoleo, tenendo il suo ragazzo per la... faccia? Sì, le mani su entrambi i lati della sua testa. E lo sconosciuto stava mormorando con un basso ringhio sussurrato, in qualche altra lingua, una che non aveva mai sentito prima, ma era come nei vecchi film horror che Sammy guardava - stava evocando un demone? *Siamo sacrifici?*

Oh dio, tutti i film horror avevano ragione, e anche Sammy aveva ragione sul fatto che il ragazzo nero muore per primo, perché era Sammy quello in ginocchio. Ma anche la bionda dal seno prosperoso non durava mai a lungo. Eden sarebbe stata la prossima.

La sua bocca si seccò. Nastri di panico le tagliarono la gola, ostruendole le vie respiratorie.

Voleva gridare, dirgli di non fare del male a Sammy, dire che avrebbero fatto qualsiasi cosa, qualsiasi cosa se solo li avesse lasciati andare, ma la sua lingua era un peso, fredda e morta contro i denti inferiori.

Lo sconosciuto era silenzioso; non più parole strane. Non respirava nemmeno affannosamente. Forse non respirava affatto.

Poi Sammy urlò una volta, scalciò con le gambe; un rapido movimento delle mani dell'intruso - *crack!* - e la testa di Sammy si girò, troppo, troppo, le sue urla degenerarono in deboli lamenti, come un gattino che miagola. Debole. E poi Sammy non si muoveva più.

L'uomo gigante si raddrizzò e si avvicinò. «*'Ana last aleadui.*» Lei tese le orecchie, cercando di decifrare le parole. Stava borbottando? O proveniva da qualcun altro, qualcuno che non poteva vedere?

«I-io... non so cosa vuoi.» La sua voce echeggiò contro le pareti, il suo cuore un animale frenetico intrappolato sotto le costole.

«*'Ana last aleadui.*» Colpì le sue orecchie come un rombo di tuono - sommesso, minaccioso, ma in qualche modo distante. L'uomo si avvicinò ancora.

Eden indietreggiò sulla lastra fino a sentire il bordo posteriore - non c'era più dove andare, solo questo piccolo spazio tra la lastra e il muro dove una volta erano state scarabocchiate poesie con il sangue.

«*'Ana last aleadui.*» Questa volta la voce sembrava provenire da qualche parte dietro l'uomo, colpendo le sue orecchie in modo strano, duramente. Troppo basso.

«Per favore non uccidermi», sussurrò. Sammy piagnucolò. *Vivo, è vivo!*

Il respiro dello sconosciuto sibilò, troppo vicino. «Vivrai per ora», disse con una voce come seta, e lei sobbalzò per la sua sonorità - per nulla come il brontolio cupo che aveva sentito prima. «Vivrai per ora, se corri.» Si spostò improvvisamente, con la schiena contro il muro laterale, più in profondità nelle ombre, e il quadrato di luce arancione tornò, inondando lo spazio dietro di lui, così luminoso ora, rivelando il pavimento di cemento - *Sammy, non si muove, e il suo collo, cazzo, il suo collo.* L'uomo alzò un braccio massiccio. Indicò la porta.

Eden si arrampicò giù dalla lastra di pietra e si premette contro il muro opposto a dove lui stava. A tre metri di distanza. Un passo avanti e-

Si avvicinò lentamente alla porta, gli occhi fissi sullo sconosciuto, scavalcò - *oh cazzo, oh cazzo* - il corpo di Sammy e le sembrò di sentirlo rantolare il suo nome, ma l'uomo pazzo era lì ed era più vicino - era quasi a toccarla.

«Corri», sussurrò l'uomo.

Lei lo fece. Lasciò Sammy lì, l'unico ragazzo che avesse mai amato, saltò oltre le sue gambe come se fosse un mucchio di vecchi vestiti, e sbucò fuori dalla porta scheggiata del mausoleo nell'aria umida della notte.

I lampioni brillavano di un arancione malsano contro l'erba bagnata di rugiada come lacrime di sangue.

CAPITOLO 2

Anche alle sei del mattino, la tavola calda di Rita era animata dal tintinnio delle posate, dalle risate degli sconosciuti e dalle luci fluorescenti abbastanza intense da far tornare sobri gli ubriachi nel separé in fondo. Persino il vinile rosso brillava.

Posto nuovo. La solita vecchia atmosfera. Tranne che...

Edward Petrosky aggrottò la fronte. Di fronte a lui, Linda sorseggiava il suo caffè, le sue labbra a forma di arco erano le stesse di sempre, fatta eccezione per le rughe da sorriso che si erano insinuate ai lati. Anche le zampe di gallina agli angoli dei suoi occhi nocciola erano nuove, come piccoli promemoria di tutte le volte in cui aveva sorriso. Le si addicevano, come le sottili crepe sul soffitto sopra il tuo letto che riconosci, inequivocabilmente, come casa. O forse era Linda a *sembrare* casa. Durante l'ultimo anno, da quando aveva catturato l'assassino di loro figlia, Petrosky e la sua ex moglie avevano cautamente chiacchierato al telefono alcune volte... anche se lui non era mai stato un tipo da telefono. Non era ancora del tutto sicuro del perché Linda volesse mangiare con lui quella mattina, anche se si trattava solo di una colazione prima del lavoro. Le cose non sarebbero mai tornate come erano prima che perdessero Julie, prima del divorzio.

Cosa stai facendo, Petrosky?

Infilzò una polpetta di salsiccia di tacchino, desiderando fosse di maiale. Il tacchino doveva far parte del suo regime salutare per il cuore, ma questa lasciava un piccolo cerchio di grasso sul piatto - ne aveva già fatto gocciolare un po' sui jeans.

«Il tuo cibo va bene?» chiese Linda.

«Sì». *Avrei dovuto ordinare il bacon.* Sorrise goffamente e si ficcò il boccone in bocca proprio mentre il suo cellulare vibrava nella tasca anteriore, seguito da qualcuno che rappava su... *Che diavolo è un ass master? Maledizione, Jackson.* Cosa avevano i suoi partner con il suo maledetto cellulare? Avrebbe dovuto liberarsene.

Linda alzò un sopracciglio e mordicchiò il suo toast mentre lui portava bruscamente il cellulare all'orecchio.

«Svegliati, vecchio bastardo». Regina Jackson, la sua partner, aveva una voce che poteva far tremare il più burbero dei delinquenti, ma riservava il tono canzonatorio e cantilenante per lui perché sapeva che lo infastidiva più che limitarsi a sbraitare ordini.

«Cosa hai fatto al mio cellulare?» disse masticando la salsiccia - sicuramente grassa quanto il bacon. Gli piaceva di più per questo.

Lei rise. «Ah, 'Ass Master'... questo ti sveglierà di mattina. Sei già vestito?»

Lui deglutì, lanciando un'occhiata alla giacca blu navy sul sedile accanto a lui, con la fondina e la sua arma di servizio nascoste sotto. «Lo sono. Sto facendo colazione in una deliziosa piccola tavola calda, in effetti».

«Ma certo».

Lui si schiarì la gola e aggrottò la fronte guardando il

suo bicchiere d'acqua. Qualche stronzo ci aveva messo dentro un limone. Il silenzio si protrasse.

Jackson sospirò. «Muovi il culo e vai al Whispering Willows».

Il cimitero? «Cosa abbiamo?»

Linda lo osservava senza dire nulla, ma lui conosceva quell'espressione; l'aveva vista abbastanza volte durante i decenni del loro matrimonio: *Di nuovo una chiamata della polizia?* Questo era davvero come ai vecchi tempi.

«Un paio di studenti universitari hanno pensato di sfidare il cliché dei film horror e andare a esplorare».

«Quegli idioti si credono invincibili». Si tolse il tovagliolo dal grembo, attento a non macchiare di grasso la sua camicia blu. «Stupidi ragazzini bianchi».

Linda lo scrutò con i suoi occhi nocciola e si scostò un ciuffo ribelle dalla fronte - castani con striature bianche, ma non sale e pepe come i suoi; più simili a vene di metallo prezioso che attraversano la pietra. Gli piaceva anche questo di lei.

«La vittima questa volta è nera, ma credo tu abbia ragione sulla questione dell'invincibilità». La voce di Jackson era diventata solenne. «E questa volta, i ragazzi si sbagliavano».

―――――

Il Whispering Willows era come lo ricordava. Il cancello di ferro rotto che nessuno si era mai preoccupato di riparare, le tombe disseminate di bottiglie rotte, siringhe incrinate e qualche sporadico mazzo di fiori appassiti. I salici da cui il cimitero prendeva il nome costeggiavano l'entrata e correvano lungo il lato posteriore, con rami così lunghi da sfiorare il terreno. Un buon posto per un assassino per nascondersi se sapeva che un gruppo di ragazzi si stava dirigendo qui.

Jackson si trovava al centro del cimitero di fronte al mausoleo, affiancata da altri due agenti, un poliziotto biondo dal collo taurino con cicatrici d'acne dal mento all'attaccatura dei capelli, e un uomo più magro e muscoloso dalla pelle scura con occhi enormi che sembravano quelli di una rana quando vide Petrosky avvicinarsi. Jackson gli lanciò un'occhiata, il sole che brillava sui suoi capelli neri rasati. Le linee nette della sua giacca color kaki tagliavano lo sfondo dietro di lei.

«Cosa abbiamo?» disse Petrosky, con un tono appena sotto lo scatto. Jackson diceva che scattava troppo. Non che gli importasse cosa pensasse lei, e di sicuro se lo meritava dopo quel tiro mancino col suo telefono, ma distolse lo sguardo quando lei inarcò un sopracciglio e si accigliò invece verso i poliziotti in divisa.

Il poliziotto biondo si mise sull'attenti come se si stesse preparando per una marcia militare. «Omicidio».

«Ma davvero», disse Petrosky. «Hai qualcos'altro per me, Sherlock?»

La mascella del ragazzo cadde.

Uno tosto, eh? Petrosky fissò gli occhi sul poliziotto dagli occhi da rana. «Ho sentito che abbiamo un ragazzo universitario morto».

Occhi-sgranati annuì. «Sì. E una testimone donna con un polso slogato. Eravamo in pattuglia-»

«Stavate pattugliando qui?» Facevano occasionalmente dei giri da queste parti, ma la maggior parte dei disordini avveniva almeno tre isolati più a ovest. Dove c'erano le persone non imbalsamate.

«Sì, è stata una coincidenza, credo», si affrettò a dire Occhi di Bue. «La prima volta qui fuori in tutta la settimana. L'abbiamo sentita urlare davanti al cancello.

L'agente Babcock è rimasto con lei mentre io sono corso indietro qui all'edificio, ma il ragazzo era già morto».

Petrosky aggrottò la fronte. «Perché chiamare la squadra crimini sessuali?» Di solito lui e Jackson non venivano chiamati per omicidi di routine.

L'uomo sbatté le sue enormi palpebre. «Beh, credo che stessero facendolo quando l'assassino è entrato. E... non so. Sembrava che l'assassino... potesse avere una specie di feticismo».

Un feticismo per... i morti? Annusò, lanciò un'altra occhiataccia a Biondina, e si voltò verso l'edificio.

Jackson scosse la testa mentre entravano nel mausoleo. Le pareti erano più scure di quanto ricordasse - più sporche - anche se il puzzo di sangue non era cambiato dal giorno in cui era entrato per il caso dello *Specchio*. Poteva quasi vedere la poesia scarabocchiata con lettere cremisi uniformi e gocciolanti sulla parete posteriore.

«Qualcuno ti ha sputato nelle uova, o cosa?» La sua voce era tesa.

«Il ragazzo morto sul pavimento non è abbastanza per irritarti?» Petrosky si chinò, accovacciandosi sulle punte grigie delle sue scarpe da ginnastica, aggrottando la fronte per il forte odore muschiato che si intensificava più si avvicinava al pavimento. Non c'era da sbagliarsi con quell'odore - come una tubatura fognaria aperta.

Il ragazzo era a pancia in giù, la testa girata in modo innaturalmente lontano, guardando oltre la propria scapola. Le ossa della sua colonna cervicale sporgevano sotto la pelle sottile del collo, i suoi occhi marroni spalancati come se fosse scioccato che potesse accadere qualcosa di terribile in un cimitero fatiscente nel mezzo della notte. Le braccia erano distese, ma apparentemente non rotte. L'umidità aveva inzuppato il retro dei suoi pantaloni - scuro. Se l'era fatta addosso. Che modo di andarsene.

«Samuel Amos, diciotto anni», disse Jackson, con voce tesa. «Attaccato alle spalle, collo spezzato. Stava ancora gemendo quando la ragazza è corsa a chiedere aiuto - una certa Eden Johansson. Non sappiamo se l'assassino l'abbia prima immobilizzato e poi abbia aspettato che la ragazza se ne andasse prima di girargli la testa ancora di più o cosa. Dovremo ottenere i dettagli dal medico legale».

Petrosky si avvicinò alle scarpe del ragazzo; mocassini marroni di morbida pelle lucida. Costose. Le mani del ragazzo - le sue unghie - erano pulite, troppo pulite per uno studente universitario che esplorava un cimitero nel cuore della notte, ma i polpastrelli delle dita erano neri per aver toccato le pareti, o per essere caduto. Segni minimi di graffi sul pavimento. Non aveva avuto il tempo di reagire.

Si spostò all'indietro. Gli occhi del ragazzo lo seguirono.

«Questa è una stronzata a livello dell'*Esorcista*», mormorò Petrosky, ma la pelle d'oca gli risaliva lungo le braccia. Poteva quasi sentire il suo vecchio partner surfista dietro di lui, che scattava foto. *Fatti forza, California, questo è il lavoro.* Non si sa mai quando le persone che ami ti lasceranno.

O peggio.

Jackson non rispose, nemmeno per dirgli che era un cretino o qualsiasi altro insulto potesse inventarsi. Lui incrociò gli occhi vitrei e spenti del ragazzo - *mi dispiace per la tua sfortuna, ragazzo* - poi si alzò in piedi. «Andiamo a parlare con la ragazza».

«Donna», disse Jackson, dirigendosi verso la porta. Indicò il boschetto di salici che costeggiava il retro del cimitero, verso l'ambulanza appena visibile oltre le sottili striature dei rami di salice.

«Va bene. Ma sono sicuro di avere almeno quarant'anni più di lei».

Jackson sbuffò, il rumore si mescolò con quello dei loro piedi che calpestavano le foglie secche dell'anno precedente e l'occasionale fruscio dei suoi pantaloni sull'erba alta mentre aggirava le lapidi. Il sole che gli colpiva il viso era stridente. Troppo luminoso per l'occasione.

«Hai almeno quarant'anni più di quasi tutti», disse lei, con la voce ancora più tesa del solito.

Lui le lanciò un'occhiata. Lei teneva gli occhi fissi sul sentiero davanti a sé, ma lui poteva vedere la sfumatura violacea sotto le sue palpebre inferiori. «Non ho quarant'anni più di te», disse lui.

«Ho solo ventinove anni».

«Hai ventinove anni da quando ti conosco».

Uscirono sulla strada; beh, più che altro un sentiero sterrato, appena abbastanza largo per l'ambulanza, un modello più vecchio, sbiadito e ammaccato. Eden Johansson sedeva con le gambe penzoloni dal retro della barella, gli occhi fissi nel vuoto, ma sbatté le palpebre quando Petrosky e Jackson emersero da dietro i rami degli alberi. Anche l'EMT con i dreadlocks in piedi accanto all'ambulanza si raddrizzò, gettando via la sigaretta, probabilmente infastidito di dover aspettare i poliziotti con una ragazza che non era veramente ferita, ma era comunque un ipocrita. A Petrosky venne comunque l'acquolina in bocca. Jackson gli diede una gomitata e lo fulminò con lo sguardo - *no, hai smesso* - e lui si concentrò di nuovo sulla ragazza che tirava su col naso sulla barella dell'ambulanza. La *donna*.

«Posso andare a casa?» disse Eden Johansson con quella vocina sommessa da bambina che la gente assume quando è spaventata. Julie l'aveva usata quando aveva fatto qualcosa di sbagliato. Il cuore di Petrosky si strinse. Meno dolore rispetto agli anni passati, ma ancora. «Voglio solo andare a casa», disse di nuovo Eden.

Petrosky scrutò la strada: nessun segno che qualcuno li stesse osservando, non che si aspettasse che l'assassino fosse rimasto nei paraggi. Oltre il veicolo, la strada si divideva: un ramo serpeggiava verso il cimitero e gli alberi, l'altro sfociava in un'area aperta e pianeggiante, un tempo padiglione per le famiglie in lutto, ora ricoperta di erba del Kentucky e amaranto.

Il paramedico si avvicinò, emanando un glorioso profumo di tabacco mentolato. «Non è ferita fisicamente, ma ho pensato che avreste voluto portarla in centrale».

«Non è una prigioniera», disse Petrosky, aggiungendo mentalmente "testa di cazzo", anche se aveva assolutamente bisogno di parlarle, e il tizio non aveva fatto nulla di male se non stuzzicarlo con il fumo di sigaretta ormai dissipato.

Eden guardò Petrosky con cautela, ma non si ritrasse quando lui salì sul retro dell'ambulanza. Represse un gemito. Le ginocchia gli dolevano e la carne sul retro delle gambe bruciava; tre trapianti di pelle dopo un'irruzione l'anno scorso e i nervi erano ancora irritati. *Ne è valsa la pena.* Aveva salvato una ragazzina da quell'incendio. Layla lo chiamava ancora a volte per aggiornarlo sulla sua vita - scuola, amici - e questo lo faceva sempre sorridere.

«Raccontaci cosa è successo», disse Jackson, saltando su come una ginnasta per sedersi di fronte a lui.

Lei si tirò un ricciolo di capelli biondi con dita tremanti. «L'ho già detto agli altri».

«Facci un favore», disse Petrosky. «Per favore».

Lei lo fece, con frasi esitanti. Andare al mausoleo per vedere una vecchia scena del crimine. Darsi un po' alla pazza gioia. Poi... l'assassino enorme, il collo di Sammy che si torceva, lei che scavalcava il corpo del suo ragazzo e scappava per salvarsi la vita. L'assassino aveva sbirciato fuori per seguirla, disse, forse per capire in che direzione stesse andando. Grazie al cielo aveva deciso di non inseguirla. Dalle macchie d'erba sulle sue ginocchia nude, aveva trascorso tanto tempo a inciampare quanto a correre attraverso l'erba infestante. Tuttavia, sia dal suo racconto che da quello degli agenti intervenuti, la polizia era arrivata sulla scena in pochi minuti. Quindi come diavolo era riuscito questo figlio di puttana a scappare?

«Quanto era alto?» chiese ora Petrosky.

«Enorme. Come un mostro».

«Doveva abbassarsi per entrare nel mausoleo?» L'ingresso non era poi così alto - al massimo un metro e ottanta, appena sopra la testa di Petrosky.

«Io... no, non credo. Era in piedi dritto».

Meno di un metro e ottanta. Ma più alto di Eden Johansson, che non superava il metro e sessanta.

«Ma *era* enorme», insistette lei.

«Robusto? Muscoloso? O solo cicciottello?»

«Decisamente muscoloso». Eden si morse il labbro, gli occhi fissi sulla porta. «Posso fumare una sigaretta?»

Petrosky inspirò profondamente: l'autista ci stava dando dentro di nuovo. «Quella merda ti ucciderà». Si voltò verso la porta. «Ehi, Cheech! Ti dispiace?»

Da dietro il veicolo giunse un borbottio incomprensibile, poi il silenzio. Ma l'aria si schiarì.

Petrosky incrociò di nuovo lo sguardo di Eden. «Ha detto qualcosa?»

«Stava borbottando», disse lei. «Sembrava un discorso senza senso, una specie di... farfugliamento. Ricordo di aver pensato che fosse come... un'altra lingua. Quella che usano nei vecchi film».

Vecchi film? Petrosky inclinò la testa.

«Sai, come *L'esorcista*». I suoi occhi si riempirono di lacrime. «Sammy adorava quel film».

L'esorcista: era stato il primo pensiero di Petrosky

quando aveva visto la testa del ragazzo girata di mezzo giro. Era stato una specie di... cerimonia? Non sembrava giusto. Niente candele, niente scritte insanguinate, niente vomito verde o preghiere o preti... che loro sapessero. L'assassino aveva spezzato il collo del ragazzo in pochi secondi. E non sembrava che avesse toccato il corpo dopo, anche se avrebbero avuto un'idea più chiara una volta arrivati i risultati della scientifica.

«*L'esorcista*... pensi che stesse parlando in latino?»

«Credo di sì? Non ne sono sicura. In realtà, stava solo borbottando cose senza senso».

Petrosky annuì, aspettando che Jackson intervenisse come faceva di solito. I grilli frinivano nell'erba alta fuori. Lanciò un'occhiata alla sua partner dall'altra parte: scarabocchiava su un taccuino, il viso una maschera, spento e indecifrabile. Ultimamente era stata un po' distratta, o almeno più silenziosa del solito, ma lui sapeva che era meglio non ficcare il naso negli affari altrui. Poteva essere anche questo caso. Aveva perso un figlio adolescente cinque anni prima, ucciso per strada da un agente federale fuori servizio. Solo qualche anno più giovane della loro vittima.

Jackson continuava a scrivere, il viso impassibile. Una professionista.

«Ti ricordi cosa ha detto? Quando borbottava?» Petrosky riportò lo sguardo su Eden mentre lei scrollava le spalle.

«No, non parlo quella lingua. Era così strano, quasi come se la voce provenisse da un altro posto. Come se non fosse nemmeno lui a parlare».

Hmm. «Hai visto qualcun altro mentre camminavi nel cimitero? Magari quando stavi scappando?»

Scosse la testa. «Ho solo sentito quell'altra... voce. Ma era buio, credo, quindi non potevo davvero dire se le sue labbra si stessero muovendo. Forse sembrava solo diverso quando diceva quelle altre cose».

Il tizio poteva aver avuto delle allucinazioni: Petrosky ne aveva visti più di qualcuno discutere con se stesso. Tutti combattevano i propri demoni, ma alcune persone lo facevano ad alta voce.

«E poi alla fine...» I suoi occhi si velarono. «Mi ha detto di correre. In inglese. E ha detto che sarei sopravvissuta, ma solo per ora».

Solo per ora. Forse era tutto pianificato. L'assassino potrebbe tornare per lei. Ma perché lasciarla andare a parlare con la polizia per poi ucciderla dopo? Per il brivido della caccia? Debole, ma Petrosky ne aveva viste di più strane nei suoi anni in polizia - e di più sadiche. Ma nella maggior parte di quei casi, le vittime erano coinvolte in qualcosa che non avrebbero dovuto fare.

Tenne gli occhi fissi su di lei mentre chiedeva: «Qualcuno sapeva che saresti venuta qui?»

«Non credo. Ma immagino che Sammy l'abbia probabilmente messo online». Nuove lacrime le riempirono gli occhi.

Petrosky inghiottì il sospiro che gli era salito in gola. I ragazzi e i loro social media. Non che le persone cattive che facevano cose cattive fossero colpa della vittima, ma Cristo santo, le vittime non dovevano rendersi *così facili* da trovare. Fuori, il mondo oltre l'ambulanza respirava, il fruscio sommesso delle foglie come sussurri attutiti dei morti. L'assassino era là fuori da qualche parte, nascosto, a osservare? Sicuramente non aveva previsto la presenza della polizia quella mattina - forse stava per inseguirla quando gli agenti erano arrivati sgommando. E se i piani dell'assassino fossero stati sventati, potrebbe tornare a prendere Eden Johansson.

«Farò in modo che qualcuno ti porti al distretto per

incontrare un disegnatore», disse Petrosky. «Poi ti riporteranno a casa e resteranno con te per assicurarsi che tu sia al sicuro mentre cerchiamo l'uomo che ha fatto questo. Ti va bene?»

Eden si morse il labbro ma annuì.

«Bene». Si girò verso Jackson, che stava aggrottando le sopracciglia, forse scettica sul fatto che Eden avesse bisogno di una scorta, ma l'avrebbe fatto lui stesso se nessun altro fosse stato disponibile. «Puoi andare a prendere quei due idioti del cimitero?»

Eden sbuffò, quasi una risata, con gli occhi ancora arrossati. Ma lo sbuffo... sembrava promettente.

«Puoi essere più specifico su quali idioti vuoi?» disse Jackson mentre scendevano dall'ambulanza.

Lui strinse gli occhi.

Lei non si preoccupò nemmeno di guardarlo. «Non mi farai abbassare lo sguardo, vecchio brontolone. Non m'importa quanti anni hai più di me».

Eccola qui. Forse era rimasta sveglia troppo tardi a guardare le repliche di quella serie sui draghi. «Va bene, andrò io stesso». Le lanciò un'occhiataccia e si diresse di nuovo verso i salici prima che potesse vederlo sogghignare.

CAPITOLO 3

«**N**on sappiamo con certezza chi fosse l'obiettivo dell'assassino», disse Petrosky, mantenendo la voce bassa e pacata, anche se voleva andarsene da lì al più presto per fare qualcosa di utile. Stare seduto nell'ufficio del capo era come trovarsi dal preside, anche se il capo Carroll non lo stava rimproverando per i suoi voti scadenti. A Petrosky non importava della burocrazia o dei budget; voleva mettere una scorta su Eden Johansson finché non fosse stato sicuro che non fosse più in pericolo. «Il nostro sospettato potrebbe aver puntato la ragazza sin dall'inizio. Forse lo stalking si è trasformato in omicidio quando l'ha vista con qualcun altro, oppure aveva pianificato di inseguirla prima che arrivasse la polizia». *Ha detto che sarei vissuta, ma solo per ora.*

«Aspetta... stalking? Pensi che si tratti di gelosia?» Il capo Carroll alzò un sopracciglio incredulo, e lui improvvisamente desiderò che Jackson occupasse il posto vuoto accanto a lui, anche se non sembrava essere d'accordo con lui più di quanto lo fosse il capo.

«La gelosia è un motivo banale, ma è comune». Si

strinse nelle spalle. «Potrebbe averla pedinata con l'intenzione di violentarla, e il fidanzato si è messo di mezzo, oppure potrebbe essere un voyeur che si masturbava nell'ombra finché la gelosia non è diventata troppo intensa». Notando gli occhi socchiusi di Carroll e gli angoli tesi della sua bocca, concluse: «O potrebbe essere un sadico, che gode semplicemente nel guardare la loro paura mentre fuggono passando accanto ai loro fidanzati morti».

«Non "i loro fidanzati morti". C'era una sola donna, Petrosky. E una sola vittima. Singolare».

Ma ce ne sarebbero potute essere altre se non avessero fermato l'assassino subito. Forse c'erano già state altre vittime.

«Penso che Eden Johansson sia in pericolo», disse. «Un killer organizzato li ha osservati, pedinati e ha aspettato che fossero troppo impegnati per notarlo mentre si avvicinava nell'ombra. Non c'è motivo per cui non possa starla osservando anche adesso».

Carroll incrociò le braccia. «Sembra che questa volta non abbiamo nemmeno bisogno dello strizzacervelli».

Ovviamente avevano bisogno dello psichiatra. L'assassino aveva borbottato frasi senza senso; era altamente probabile che non si trattasse affatto di una situazione di stalking, che la ragazza non fosse in pericolo, che il loro killer fosse un pazzo delirante che farneticava sul nulla - che questo fosse un crimine di opportunità. Ma se l'avesse detto a Carroll, avrebbe ritirato la scorta. E sarebbe stata tutta colpa loro se Eden fosse morta come il suo fidanzato.

«Comunque, lo psichiatra non può fare male». Si passò una mano sul viso, come se stesse cercando di aiutare la gravità a far cadere a terra le sue guance flaccide. «E non sappiamo ancora molto, è vero», ammise. «I genitori di Samuel Amos sono venuti a fare l'identificazione, ma si sono rifiutati di rispondere ad altre domande fino a domani mattina. E ho già fatto sedere Eden con il disegnatore. Vedremo cosa ne verrà fuori».

Carroll si raddrizzò sulla sedia. «Hai appena detto che non sai molto?»

«Sto dicendo che abbiamo altro terreno da coprire».

«Quello che sento è che pensi che io abbia ragione».

«No, non ho detto-»

«Sì, sì che l'hai detto». I suoi occhi marroni brillarono mentre si appoggiava allo schienale della sedia e sospirò. «Vattene di qui, Petrosky. Trova questo stronzo così possiamo togliere Babcock e Khoury dal servizio».

«Chi?»

«Quei due idioti del cimitero», disse Jackson dalla porta. Si appoggiò allo stipite, con le braccia incrociate.

«Ah, sì», disse Petrosky. «Ebano e Avorio».

Jackson alzò un sopracciglio. «Pensavo che *noi* fossimo Ebano e Avorio».

«Va bene. Occhi di bue e Capitan Shock». Quel ragazzo biondo sembrava sorpreso come l'inferno - il cadavere di Amos era stato il suo primo?

Jackson scosse la testa. Carroll alzò gli occhi al cielo. Petrosky si diresse verso la porta con un cenno all'indietro verso il suo capo.

Mentre la strada di fronte al cimitero era solitamente deserta, gli isolati che circondavano Whispering Willows erano disseminati di sacchi a pelo, tende e case improvvisate fatte con scatole di frigoriferi, macchiate dallo sporco della settimana precedente come le casette di gioco ben amate dei bambini avvolti nelle coperte. In inverno, i rifugi del centro città erano pieni fino a scoppiare - meno gente per strada - ma durante i mesi estivi, i marciapiedi si trasformavano in un villaggio hippy maturo di odore di sudore e urina bollente. Non era mai stato un fan del patchouli, ma dannazione, questo posto ne aveva bisogno.

L'identikit che Eden aveva fornito loro - un uomo bianco generico, naso dritto, occhi distanziati, sopracciglia bionde alte, collo grosso, nessun tatuaggio - non portò da nessuna parte rapidamente. Non era una sorpresa; sicuramente si sarebbe nascosto la mattina dopo aver ucciso un uomo. Due donne che condividevano una bottiglia d'acqua squadrarono l'immagine per un tempo extra lungo e scossero la testa un po' troppo energicamente, ma nemmeno la promessa di cinquanta dollari le spinse a rivelare un nome o il luogo in cui l'avevano visto l'ultima volta. Forse non lo sapevano - il loro sospetto potrebbe essere semplicemente passato una o due volte, o forse l'identikit assomigliava per caso a un milione di altri ragazzi. L'era del CrossFit stava portando sempre più uomini con colli grandi come le loro teste; uomini troppo ingombranti per usare un bagno di un aereo.

I rifugi non portarono a nulla di nuovo, e gli ospedali locali non andarono meglio. Con quei borbottii, non potevano escludere una rabbia indotta da droghe o allucinazioni, e la forza sovrumana comune ad alcuni stimolanti poteva rendere più facile spezzare un collo a mani nude. Ma il personale dell'ospedale guardò Petrosky come se avesse chiesto loro una foto del pene quando si informò sulle recenti dimissioni e mostrò loro lo schizzo. Se ne andarono a mani vuote. Probabilmente questo tizio non era stato dimesso di recente comunque - gli psichiatri non l'avrebbero lasciato andare se fosse stato ancora in preda ad allucinazioni attive, e l'ultimo posto in cui un assassino sarebbe andato volontariamente era l'ospedale. E che il loro sospettato sentisse voci o meno, che parlasse da solo o meno, funzionava abbastanza bene da avvicinarsi di soppiatto a una coppia e torcere la testa di quel figlio di puttana a metà per poi nascondersi dagli agenti intervenuti. Non che il colpevole non fosse completamente pazzo - l'autoconservazione poteva prevalere sulla malattia mentale - ma non era così fuori di testa da non essere consapevole del mondo e del suo posto in esso. Quando si diressero verso il pranzo - un posto indiano su cui Jackson insistette dicendo che era «migliore di qualsiasi insipido ammasso di roba insipida che speravi di mangiare» - Petrosky aveva un mal di testa pulsante e una voglia di sigaretta. Dopo un'intera mattinata a setacciare le strade intorno al cimitero, non erano più vicini a trovare il loro assassino; anche se ci fossero stati testimoni, nessuno in quel quartiere voleva parlare con la polizia. Osservò la lanterna sopra il tavolo, i piccoli puntini di luce che proiettavano macchie vertiginose sulle pareti mentre la lanterna girava nella leggera brezza dell'aria condizionata. «Non potevano permettersi luci vere?» mormorò dopo che ebbero ordinato.

«La tua visione notturna sta già andando?»

«Penso solo che un posto dovrebbe avere un'illuminazione adeguata.»

Lei scattò il tovagliolo sul grembo, le labbra tese. «Come tutti i bar malfamati a cui sei abituato?»

Petrosky aggrottò la fronte. Era pulito da quando aveva arrestato l'assassino di sua figlia. Da più di un anno ormai.

Gli occhi di Jackson si allargarono. «Scusa, colpo basso. Sono solo stata un po'... distratta e-»

Lui guardò di nuovo il soffitto, le luci che giravano come la camera da letto dopo una bevuta. Poteva avere meno scheletri da mettere a tacere di questi tempi, ma a volte uscivano ancora e lo pungevano. «Non preoccuparti.»

«No, davvero, non intendevo-»

«Ho detto, lascia stare. Nessun rancore.» Non è che avesse torto, anche se faceva male. Tenne gli occhi sulla luce vorticosa. Forse avrebbe dovuto chiedere cosa la tormentasse. Ma era ovvio che non voleva parlarne, e lui odiava quando la gente gli faceva quella merda, intromettendosi nella sua vita privata, cercando di sistemarla. Anche se a volte... ne aveva bisogno.

Abbassò lo sguardo sulla sua partner, osservandola mentre masticava l'interno della guancia, fissando fuori dalla finestra. «Jackson?»

Lei guardò, ma non verso di lui: la cameriera era tornata. Non l'aveva nemmeno notata avvicinarsi. Morrison avrebbe detto che l'interruzione era l'universo che gli diceva di fermarsi e riflettere. Lui non ci credeva, ma... Chiuse la bocca.

Il cellulare di Jackson squillò mentre la cameriera stava posando il pollo al curry che Jackson aveva ordinato per loro, il piatto fragrante di spezie e sale, e stranamente... di colore arancione. Cavolo, avrebbe ucciso per un hamburger. Lei prese la forchetta, ascoltando il cellulare, e disse senza voce «Scott».

Evan Scott si era trasferito ad Ash Park dal Vermont su incoraggiamento di Petrosky: era stato fondamentale nell'aiutare Petrosky a trovare l'assassino di Julie. Scott aveva un master in scienze forensi e un mucchio di altre lauree di alto livello ed era un mago della tecnologia anche se tecnicamente non rientrava nella sua descrizione del lavoro. Il ragazzo era un genio. Si sperava che potesse trovare ciò che stavano cercando.

Jackson rispose con vari «Mm-hmm» per qualche altro minuto, la bocca che si contorceva sempre di più ad ogni secondo, poi finalmente rimise il cellulare in tasca. «Brutte notizie», disse, infilzando un pezzo di pollo. «Sembra che abbiamo un recidivo. Scott sta ancora lavorando per mettere insieme gli altri fascicoli dei casi: uno sembra che manchi di metà della documentazione, un errore di archiviazione o qualcosa del genere. Ma quello che abbiamo è sufficiente per pensare che ci siano almeno altri due casi collegati: altre due coppie che facevano sesso, il killer si avvicina di soppiatto all'uomo e gli spezza il collo».

Lo sapevo. Prenditi questa, Carroll. E ci voleva una tonnellata di forza per spezzare il collo a qualcuno: non era come nei film. Il loro killer doveva essere costruito come un camion.

«Uno degli omicidi è avvenuto nella strada dietro il cimitero», continuò Jackson, scrutando il riso. «Ha lasciato il tipo che urlava come un matto, ma era morto prima che qualsiasi passante lo sentisse: la donna che era con lui, sua moglie, non ha nemmeno chiamato. L'altro omicidio è avvenuto a un isolato o due oltre Whispering Willows, in uno dei vicoli. Entrambi i rapporti dicono che l'assassino parlava da solo». Allungò la mano verso l'acqua. «Ma c'è un problema. Il tipo è stato fuori gioco negli ultimi cinque anni».

«Per quanto ne sappiamo». Petrosky assaggiò il pollo e gli bruciò l'interno della bocca: piccante. Riuscì a dire con difficoltà: «Potrebbero esserci altri crimini che non sono stati denunciati, o vittime che ha nascosto da qualche-»

«Avremmo trovato i corpi. Questo tizio non ha nemmeno cercato di nascondere Samuel Amos, e ha lasciato che Eden Johansson corresse dritta alla polizia. Non si preoccupa di essere catturato».

«Non sappiamo se l'ha *lasciata* correre alla polizia. Potrebbe aver avuto l'intenzione di inseguirla, ma non si aspettava che la polizia passasse di lì». Petrosky si asciugò gli occhi pieni d'acqua. Un cibo così piccante era semplicemente stupido, ma... il suo naso era libero. Ed era saporito, salato, decisamente meglio del caffè ai funghi hippy con cui il suo vecchio partner l'aveva fregato. «Ha inseguito le altre? Ha detto alle altre donne di scappare?» La sua forchetta si fermò sopra il pollo; invece raccolse del riso e se lo mise in bocca, sperando che avrebbe raffreddato il bruciore sulla lingua.

«Non ne sono ancora sicura», disse lei. «Controlleremo».

Sì, l'avrebbero fatto. «Scott probabilmente è già a metà dei vecchi fascicoli. Il ragazzo è meticoloso».

«Un grande elogio da parte tua», disse lei, infilzando un boccone di verdure. *Con* il riso. «Scott ha promesso che avrà copie dei fascicoli completi nei prossimi giorni», disse Jackson. «Finora, comunque, i testimoni sono un vicolo cieco. La moglie dell'uomo ucciso dietro il cimitero è morta in un incidente d'auto - era ubriaca, si è schiantata contro un albero - e le indagini non hanno mostrato alcun collegamento con l'omicidio. La testimone dell'altro omicidio, quello nel vicolo, è svanita nel nulla subito dopo l'accaduto; hanno scoperto che la sua identità era falsa dopo averla interrogata».

Lui seguì il suo esempio e intinse il suo mix di pollo e riso nello - *questo è yogurt?* - e masticò, pensando. Quella zona... la testimone del vicolo era molto probabilmente una prostituta, non una fidanzata. Eden Johansson e Samuel Amos non erano i soliti visitatori previsti. E se un cliente fosse morto nel pieno della passione, le prostitute sarebbero state quelle sospette, quelle arrestate; non avrebbero chiamato la polizia se avessero potuto evitarlo. «Beh, se qualcuno può rintracciare la nostra testimone fuggitiva, quello è Scott». Tirò su col naso. Il pollo - il naso gli colava, gli occhi gli lacrimavano, ma lo yogurt aiutava.

Jackson annuì in accordo mentre lui si ficcava in bocca un altro boccone. «Nel frattempo, possiamo indagare su quella pausa di cinque anni», disse con la bocca piena di riso. Se l'assassino fosse stato rinchiuso da qualche parte, il loro lavoro sarebbe diventato molto più facile, ma qualsiasi interruzione poteva rivelarsi utile. Uscire dalla pensione degli omicidi di solito era scatenato da qualcosa. Un trauma? Una perdita? *Forse si sono solo stancati di combattere l'impulso di essere degli psicopatici.* Mise da parte la forchetta. «Vuoi occuparti tu delle prigioni, vedere chi è stato rinchiuso dopo l'ultimo attacco ed è appena stato rilasciato? Io andrò a convincere con le buone gli ospedali psichiatrici a darci una lista dei loro recenti dimessi».

Jackson scosse la testa e si tamponò il naso. «Quelle strutture a lungo termine sono private e ti manderanno a quel paese».

«Che posso dire?» Petrosky sorrise. «Mi piacciono le sfide».

CAPITOLO 4

L'ufficio ronzava con l'energia elettrica di altri sei poliziotti che andavano avanti a caffè e adrenalina, e il frenetico frusciare di scartoffie. Situato al secondo piano della centrale, il loro spazio di lavoro non era altro che una stanza a forma di L divisa da un pilastro portante e popolata da file di scrivanie rettangolari sormontate da vecchi PC e pile di fascicoli che non sarebbero mai stati completati neanche in un milione di anni; per ogni caso chiuso, c'erano dieci nuovi criminali in attesa.

Petrosky si appoggiò allo schienale della sedia e sorseggiò una melma da un bicchiere di carta, desiderando di avere una ciambella. Anche se si era abituato al cibo indiano, non era migliore di un panino al pollo di Rita come aveva promesso Jackson, e sicuramente non era meglio del gelato che lei si era rifiutata di fermarsi a prendere sulla via del ritorno alla centrale. E avevano bisogno di un dessert dopo aver avuto a che fare con gli ospedali.

Le poche strutture per pazienti ricoverati non avevano prodotto nulla di interessante. Sebbene gli psichiatri avessero accettato di esaminare l'identikit della polizia, nessuno aveva confermato che il loro sospetto fosse stato un paziente, e uno aveva detto che l'identikit corrispondeva a una dozzina di uomini che avevano dimesso nell'ultimo anno, anche se nessuno di questi era stato ricoverato per allucinazioni. Tornati alla stazione, un'altra ora aveva dato loro quindici possibilità dalla lista dei detenuti; di questi, solo uno si avvicinava vagamente alla descrizione di Eden Johansson. E lui era stato arrestato in Indiana per un reato di droga sabato notte. Era seduto nella centrale di polizia lì quando Samuel Amos è stato ucciso.

Jackson gettò una cartella manila sulla sua scrivania - i possibili sospetti dalle case di reinserimento e dalle comunità della zona. «Un paio di forse», disse. «Quasi tutti hanno una storia di abuso di sostanze, e Eden ha detto che borbottava frasi senza senso... forse riesce a funzionare, ma non è del tutto presente, capisci?»

Lui annuì e prese la cartella. Le persone con malattie mentali tendevano ad essere trattate come criminali. Alcuni si automedicavano a causa dei prezzi assurdi dei farmaci su prescrizione, e alcuni chiedevano l'elemosina perché erano troppo malati per mantenere un lavoro o permettersi le medicine, ma la maggior parte vedeva l'interno di una cella prima dell'interno di un ospedale, e non avevano altro posto dove andare dopo il rilascio se non una casa di reinserimento o una comunità. E non tutte le comunità erano rigorose con i loro registri; una volta aveva avuto un caso in cui il loro colpevole aveva usato un alias e pagato in contanti per evitare di essere scoperto.

Petrosky sfogliò fino alla foto del tizio che Jackson aveva messo in cima, il modo della sua partner di dire "questo è il mio sospetto numero uno". La foto della patente era scaduta da dieci anni, ma il tizio sembrava un buon candidato. La corporatura giusta. Era anche scomparso dopo l'ultimo omicidio cinque anni fa, e aveva... Petrosky alzò lo sguardo. «Disturbo schizoaffettivo? Che cazzo vuol dire?»

«Non ne ho la più pallida idea; questa è una domanda per lo strizzacervelli». Jackson prese la sua tazza di caffè mezza piena, la annusò e fece una smorfia. «Ma ha lasciato la casa di reinserimento ieri sera poco prima del copri-fuoco, prima degli omicidi, e non è tornato fino a questa mattina. Il proprietario non ha idea di dove sia andato. E con i suoi cinque anni di assenza... potrebbe aver lasciato qualche cadavere in un'altra parte del paese».

Petrosky sollevò la foto e incontrò gli occhi blu dell'uomo, dall'aspetto rabbioso con pupille affilate come pugnali. Come ci si aspetterebbe da un uomo che aveva spezzato il collo a un adolescente solo per essere stato nel cimitero. «Cosa l'ha riportato in città adesso?»

«Un lutto in famiglia all'inizio dell'anno. Sua sorella, credo. È riuscito a procurarsi un biglietto dell'autobus per venire qui al funerale e poi...» Scrollò le spalle.

Petrosky ripose la foto. «Perdere un familiare potrebbe scatenare un po' di follia».

Jackson sorrise, ma i suoi occhi erano spenti. Stanca? O... merda, non avrebbe dovuto menzionare la perdita della famiglia: Jackson aveva perso quanto lui. «La casa di reinserimento è a soli tre isolati dal cimitero», disse. «E il responsabile dice che borbotta sempre».

Petrosky si alzò. «Andiamo a vedere cosa sta borbottando».

Clayton Barnes era una bestia enorme di un uomo con una barba incolta dorata e occhi chiari, con borse sotto le palpebre inferiori di un profondo color bordeaux e gonfie.

Robusto, con un collo come una botte di vino, e alto almeno un metro e novanta, ma era possibile che si fosse accovacciato un po' per entrare nel mausoleo: facile fraintendere i movimenti al buio.

Petrosky si schiarì la gola. «Come sta oggi, signor Barnes?»

L'uomo alzò un sopracciglio. Il proprietario aveva insistito sul fatto che Barnes non aveva causato problemi fino ad ora: andava in terapia, curava la sua igiene personale, seguiva le regole, ma lo sguardo vuoto negli occhi di questo tizio non urlava certo "residente modello". Il fumo fuoriusciva dalle sue ampie narici, una sigaretta penzolava dal suo spesso labbro inferiore. Non proprio penzolava; era attaccata alla sua carne con la saliva. Ancora accesa.

Petrosky osservava il mozzicone della sigaretta, aspettando che cadesse sul ginocchio nudo di Barnes e gli desse fuoco ai peli della gamba, e più di tutto, desiderando poterne scroccare una. Ma l'aveva promesso a Shannon, la moglie del suo defunto partner, l'aveva promesso per sua figlia, che lo chiamava "Papà Ed". Shannon amava ricordargli che aveva cose per cui vivere, e che se si fosse ammalato di cancro, lo avrebbe preso a schiaffi. Sembrava giusto.

Jackson si agitò sulla sedia, la cartella con lo schizzo dell'artista del loro sospettato in grembo. Gli occhi di Barnes erano troppo vicini tra loro per corrispondere esattamente allo schizzo, ma Eden aveva dato solo un'occhiata veloce alle sue spalle mentre fuggiva, e anche in buone condizioni di luce, i resoconti dei testimoni erano raramente perfetti.

Barnes si grattò un orecchio carnoso, poi passò le unghie tra i capelli cortissimi e platino, la peluria che strideva contro le unghie con un sibilo irritante. Abbassò lo sguardo sulle ginocchia come se anche lui stesse aspettando che la cenere della sigaretta gli incendiasse la gamba.

Le ferite cicatrizzate sul retro delle gambe di Petrosky facevano male. Posò gli occhi sull'uomo davanti a lui. «Signor Barnes, può dirci dove si trovava nelle prime ore di questa mattina?»

«A dormire». Si grattò il collo, chiuse gli occhi per un attimo più lungo di un battito di ciglia e borbottò qualcosa che Petrosky non riuscì a sentire.

«È strano, signor Barnes, perché il proprietario di questa casa dice che Lei non si trovava da nessuna parte tra le nove di ieri sera e le sette e mezza di questa mattina».

Le labbra di Barnes si arricciarono mentre aspirava il fumo, poi si rilassarono di nuovo mentre la sigaretta gli pendeva ancora dalla bocca. «Sono tornato per la colazione». Aspirare, sbuffare, rilasciare, lasciare penzolare. La cenere finalmente cadde sul suo ginocchio e prontamente si spense: un anticlimax. Barnes non batté ciglio. «Giorno dei pancake».

«Non mi preoccupa il Suo cibo, Barnes, mi preoccupa dove si trovava».

Jackson fissava oltre l'uomo, il rivestimento. Forse avrebbe preso appunti se il tizio avesse dato loro qualcosa di utile.

«Non sono affari Suoi».

«Penso invece che lo siano». Petrosky si avvicinò così tanto da poter sentire l'odore del sudore dell'uomo, muschiato e fin troppo dolce: putrido. «Se non La conoscessi meglio, direi che stava facendo qualcosa di illegale».

«Dica quello che vuole». Barnes tossì, senza nemmeno alzare le mani per coprirsi le labbra, poi soffiò una boccata di fumo in faccia a Petrosky.

Petrosky si pulì la guancia dalla saliva, ma la bocca gli si riempì d'acqua. Perché tutte le cose più deliziose cercavano di ucciderti? «Che ne dice di questo: ha imparato come staccare la testa a un uomo nell'esercito?»

«Cosa?» Barnes alzò la testa per incrociare lo sguardo di Petrosky con un altro pesante battito di ciglia.

«C'è stato un omicidio nel cimitero la notte scorsa. È di questo che mi preoccupo, Barnes. Non m'importa se era fuori a drogarsi, se stava pagando qualcuno per farsi lavorare il bischero, se stava-»

«A loro importa. La casa».

«A loro importa che Lei sia uscito, Barnes. Pensa che Le sarà ancora permesso stare qui domani?»

Il suo sguardo tornò al ginocchio. Le spalle si incurvarono. «Sono andato a fare una passeggiata. Mi sono perso. Non possono cacciarmi per questo».

«Possono cacciarLa se La arresto?» Ma Petrosky conosceva già la risposta; la maggior parte delle case richiedeva che i residenti rimanessero astinenti dalle droghe e liberi da problemi con la legge.

«Non ho fatto niente», borbottò Barnes ai suoi piedi, poi alzò la testa e si grattò l'orecchio. Di nuovo. «Non potete-»

«Quella patina di sudore sul labbro superiore non è solo per il caldo», disse Petrosky, abbassando la voce. «Non riesci nemmeno a tenere bene quella sigaretta. E tutto quel grattarti... non credo che tu abbia preso le piattole o i pidocchi senza che la casa se ne sia accorta». Tirò fuori le manette e si alzò. «Oxy? Ci sono vicino?»

«Sto male, amico». Ma Barnes si sedette più dritto e guardò dietro di sé, probabilmente cercando il proprietario della casa di gruppo, il suo ginocchio urtò il tavolino facendo oscillare il posacenere che non si preoccupava di usare. «Te lo dirò, okay? Non voglio guai». Alzò le mani in un gesto di resa. La cenere cadde dalla sigaretta sulla sua coscia. Questa volta, Barnes sussultò e la spazzò via.

Petrosky si accomodò di nuovo sulla sedia. «Allora dove sei andato?»

Barnes tirò su col naso. «Stavo camminando, come ho detto. Io... ho un tizio, su Shane Road». Il panico gli illuminò lo sguardo quando si posò sulle manette, ancora strette nel pugno di Petrosky. «Ho dolore, okay? Ho ancora delle schegge conficcate nel culo».

Per un attimo, Petrosky sentì la sabbia secca nelle narici, il calore del sole del deserto sulla pelle, poi svanì. «Capisco, Barnes. Anch'io ho fatto il mio servizio militare». Era un miracolo che qualcuno si arruolasse ancora volontario; Barnes aveva servito, e non poteva nemmeno ricevere cure per le lesioni legate al servizio.

«Senti, non mi preoccupano le droghe», disse Petrosky. «Quello che fanno le case farmaceutiche, fregando tutti, quello è il vero crimine».

Jackson scosse la testa, ma finalmente Barnes incontrò gli occhi di Petrosky e annuì, con un angolo della bocca che si sollevava; l'angolo con la sigaretta. Il mozzicone si mosse. «Sì, amico. Hai proprio ragione». Si spostò, raddrizzandosi, ancora più grande di spalle di quanto Petrosky avesse inizialmente pensato; cavolo, Barnes avrebbe probabilmente dovuto stringersi per entrare in quel mausoleo di lato, e anche il culo grasso di Petrosky poteva passarci... sessanta chili più leggero di un anno fa, ma aveva ancora abbastanza ciccia da preoccupare il suo dottore... quando si degnava di andarci.

«Quindi sei andato da Shane...»

«Sì, ho preso la mia... roba. Sono tornato su per l'isolato, al vicolo dietro quel ristorante cinese. Lì nessuno fa domande».

Petrosky sapeva esattamente a cosa si riferiva: quattro isolati da Whispering Willows, lungo, buio, pieno di cassonetti come la maggior parte dei vicoli da quelle parti, e un sacco di profondi retro di negozi. Aveva interrotto più "appuntamenti" tra prostitute e clienti lì di quanti ne volesse ricordare, e ripulito tre cadaveri.

«Non ci vuole tutta la notte per procurarsi qualche pillola», disse Petrosky. *O per smaltire la sbornia.*

«L'ho... sniffato». Barnes si morse il labbro inferiore carnoso, per poco non colpendo la sigaretta. «Poi ho dormito un po'; è l'unico momento in cui riesco a dormire veramente, l'unica cosa che fa smettere quel dolore. Mi sono svegliato e ho vagato un po', ho finito il resto, sono svenuto di nuovo».

Petrosky lo osservò mentre si toglieva la sigaretta dalla bocca e la teneva tra l'indice e il pollice. Perché Barnes fosse lucido ora, probabilmente era strafatto o dormiva quando Samuel Amos è stato ucciso. E l'Oxy era un depressivo. Non era impossibile per qualcuno sotto l'effetto di Oxy fare una o due vittime, ma il loro assassino... aveva quasi staccato la testa a qualcuno con una torsione.

Ma il Whispering Willows si trovava tra questa casa e il vicolo dove Barnes sosteneva di aver dormito; solo perché era improbabile che avesse commesso il crimine non significava che non avesse visto qualcosa di utile. «Sei passato davanti al cimitero?»

Gli occhi dell'uomo tremavano nelle loro orbite carnose. Le sue mani tremavano contro le ginocchia. La cenere della sigaretta cadde sul pavimento. Nervoso da morire, e non solo per la droga.

Cosa sai? Era una coincidenza incredibile che il loro principale sospettato si fosse imbattuto nel vero assassino, ma queste piccole sezioni dimenticate della città erano più piccole di quanto chiunque dall'esterno potesse capire; c'erano solo così tanti posti dove andare, solo così lontano si poteva arrivare. «Cosa hai visto là fuori, Barnes?»

Barnes scosse la testa, mormorò qualcosa di incomprensibile, poi: «Non ho visto niente nel cimitero. Ma c'era un tizio... è uscito correndo da dove ci sono tutti quegli alberi. Dietro».

I salici. Dove era parcheggiata l'ambulanza: l'unica direzione in cui l'assassino poteva essere corso dato che la polizia era arrivata dal fronte. Il cuore di Petrosky accelerò, pulsando nelle tempie. «Com'era?»

«Un tipetto. Più basso di me».

«Non è che dica molto, amico». Ma anche se l'assassino poteva essere più basso di Barnes, c'era modo che avrebbe descritto l'uomo dello schizzo come un "tipetto"?

«Sì, hai ragione». Barnes sorrise, un sorriso tentativo, quasi sospettoso, ma meglio di un cipiglio.

«Cos'altro ricordi di lui?» intervenne Jackson, tamburellando la penna sul bloc-notes.

Barnes la guardò, poi tornò a Petrosky. «Era... di pelle scura. Forse arabo. E aveva un cagnolino tra le braccia, tipo un... cane salsiccia». Alzò un sopracciglio. «Pensi che fosse una cosa terroristica?»

Petrosky scrollò le spalle. «Attaccare uno studente universitario in un cimitero abbandonato non è proprio il modus operandi dei terroristi. Ma forse stanno iniziando a reclutare i bassotti. Il tempo ci dirà quanto sarà efficiente».

Il sorriso di Barnes svanì. Tirò su col naso, poi schiacciò la sigaretta nel posacenere. «Beh, in ogni caso, non aveva un bell'aspetto. È sbucato di corsa da dietro quegli alberi come se avesse rubato qualcosa. E io non volevo avere niente a che fare con la faccenda». Si grattò di nuovo dietro l'orecchio, e questa volta quando ritirò le dita c'era del sangue sotto le unghie.

Petrosky si appoggiò allo schienale della sedia. Questo uomo dalla pelle più scura sicuramente non era colui che Eden aveva visto uccidere il suo ragazzo, ma forse era un testimone. «Ci hai parlato?»

Barnes scosse la testa.

«Hai visto bene la sua faccia?»

«Capelli neri. Pelle scura. Senza barba... credo. Questo è tutto. Era abbastanza lontano da non poter vedere bene il suo viso». Strinse le labbra, mormorò qualcosa e tirò su un grumo di muco in gola.

Speravano di poter rintracciare questo tizio che portava a spasso il cane - sempre che Barnes stesse dicendo la verità - ma c'era ancora qualcosa che tormentava Petrosky. Era una coincidenza fin troppo strana che gli omicidi fossero cessati dopo la scomparsa di Barnes; che Barnes e il loro assassino avessero l'abitudine di parlare in modo incomprensibile. «E gli ultimi cinque anni, amico? Sei scomparso piuttosto completamente».

«Ero al VA upstate. Mi curavo per» - indicò la sua tempia con un'unghia insanguinata - «questo. Potete controllare».

«Lo faremo». Sarebbe stato abbastanza facile verificare le date di ricovero in ospedale con il consenso del tizio. Petrosky scrutò Barnes mentre l'uomo estraeva un'altra sigaretta dal pacchetto e se la attaccava al labbro. Il loro colpevole poteva sentire delle voci, poteva parlare in modo incomprensibile, ma Barnes non era colui che aveva ucciso Amos - Petrosky poteva sentirlo nel suo istinto.

Anche se il suo istinto si era sbagliato in passato.

CAPITOLO 5

Quella mattina l'ufficio puzzava di cibo italiano del giorno prima e di caffè ancora più vecchio, ma almeno era tranquillo; c'erano solo altre due persone nella stanza oltre a lui e Jackson, sedute alle loro scrivanie oltre il pilastro.

«È tutto dannatamente troppo pulito», sbottò Petrosky guardando il rapporto della scientifica che aveva in mano. Nessuna impronta digitale. Nessun capello. Nessuna traccia di saliva. Solo terra ed erba. «Come fa a entrare lì dentro e non lasciare nemmeno una minima traccia di sé su niente?»

Ma Petrosky lo sapeva fin troppo bene: guanti. O forse non aveva toccato nulla a parte la vittima - nessuna impronta utilizzabile sulla pelle se quello era tutto ciò che aveva afferrato. Questo tizio sembrava più organizzato di un uomo che vagava in giro borbottando tra sé e aspettando l'occasione perfetta per uccidere. Erano cattive notizie per loro: un assassino organizzato era molto più difficile da catturare.

Petrosky sbatté la cartella sulla sua scrivania accanto al

41

suo cruller al cioccolato mezzo mangiato. Dall'altra parte, il detective Decantor alzò un sopracciglio, ma il bestione sapeva bene che era meglio non dire nulla. Probabilmente il tipo era solo irritato dal fatto che Petrosky avesse interrotto i suoi ricordi su qualche star del pop a caso, o forse sui Kardashian, che Jackson gli aveva detto essere «una specie di gran cosa». Petrosky non ci capiva nulla. Persino Decantor non era riuscito a dirgli cosa avessero fatto oltre a «essere famosi» e Petrosky aveva visto una delle loro foto: nessuno dovrebbe stare così appiccicato alla propria sorella, no davvero. Quella roba era illegale nella maggior parte degli stati.

«Almeno c'erano impronte di stivali nell'erba», disse Jackson, sporgendosi verso di lui dall'altro lato della scrivania - *la mia scrivania, dannazione* - per scrutare il fascicolo. La sua manica di seta gli solleticò la mano. Aveva appeso il cappotto sullo schienale della sedia. «O una, comunque. Vorrei poter dire di più sul tipo di stivale, ma la suola era così consumata che il battistrada è praticamente piatto. Abbiamo una misura, però: quarantaquattro».

Con gli stivali consumati... forse era un senzatetto. «La misura giusta per un piccolo tizio arabo», mormorò Petrosky. Ma impronte piccole per un assassino mostruoso.

Jackson strinse le labbra. «Stai davvero prendendo sul serio quel tizio? Stava solo cercando di scaricare la colpa su qualcun altro».

«Forse sì, forse no. Non possiamo ignorarlo». Tamburellò con le dita sulla scrivania. Il tizio che portava a spasso i cani sicuramente viveva vicino alla scena del crimine. E il loro assassino? Tre omicidi nel raggio di un paio di isolati non erano un caso, quindi o l'assassino viveva nelle vicinanze o stava semplicemente cacciando vicino al cimitero. Ma perché lì? E questa volta la vittima era il figlio di un consigliere comunale: la pubblicità da sola lo avrebbe spinto a nascondersi sottoterra o a lasciare del tutto lo stato.

Jackson sospirò pesantemente e allungò la mano sulla scrivania di Petrosky per-

«Ehi!»

Si ficcò in bocca metà ciambella. «So che non possiamo ignorarlo», disse, con la voce aspra per il dolce che sarebbe dovuto essere suo. «Spero solo che questo "tizio arabo" sia un testimone del crimine, non un capro espiatorio». Un lampo di dolore le attraversò gli occhi: suo figlio era morto come capro espiatorio, ucciso mentre tornava a casa da un amico per il grave crimine di essere nero.

Sbatté le palpebre con forza e si pulì le labbra dallo zucchero con il dorso della mano prima che Petrosky potesse rispondere. «Manteniamo l'indagine riservata. Se la stampa ne viene a conoscenza, nell'attuale clima politi-co...» Scosse la testa.

Non c'era bisogno che dicesse a Petrosky di non parlare con la stampa. Quei bastardi erano gli ultimi che avrebbe chiamato se avesse potuto evitarlo, specialmente se c'era la possibilità che aizzassero il pubblico. Adocchiò una briciola di ciambella vicino alla sua clavicola. «Ne mangio solo una alla settimana, Jackson, e tu hai appena-»

«Te ne comprerò un'altra.» Guardò l'orologio. «Andiamo, è ora di andare da McCallum.»

Le scale che scendevano dall'ufficio erano buie e altret-tanto aromatiche quanto l'ufficio stesso, ma l'aria era più rarefatta, più leggera. O forse era la mancanza di persone che faceva allentare la pressione tra le spalle di Petrosky.

«Allora, come sta Linda? Un mio amico ha detto di averti visto alla tavola calda ieri mattina.» Jackson gli lanciò un'occhiata da sopra la spalla. «Era Linda, vero?»

Lui sospirò e ascoltò il suono sordo dei loro passi

contro i gradini: le sue suole di gomma scricchiolavano un po' più degli stivali di lei. Strinse le labbra.

«Lo sapevo!» esclamò Jackson. «Le buone notizie viaggiano veloce.»

«Lascia perdere, donna.»

«Non c'è niente di male se hai una fidanzata, anche se è la tua ex moglie. Magari posso aiutarla a trasferirsi... di nuovo.» Jackson spalancò la porta d'uscita e la calda luce del sole si riversò nel corridoio, aggredendo la parte superiore delle orecchie di Petrosky. I polacchi e il sole non andavano d'accordo.

«È stata solo una colazione, Jackson, e non si trasferirà assolutamente.»

«Non essere così precipitoso-»

«È allergica ai cani.»

Il sole brillava sulle punte dei suoi capelli corti mentre attraversavano il parcheggio verso l'edificio basso e marrone di McCallum. «Come, scusa?»

«È stata bene per quarant'anni, e ora non può nemmeno stare nella stessa stanza con un cane.» E il suo alano non se ne sarebbe andato da nessuna parte; Duke era stato un regalo di una donna che aveva aiutato una volta, una donna che aveva aiutato lui. Le aveva fatto una promessa. E dal cenno che Jackson gli rivolse mentre apriva la porta dell'ufficio di McCallum, capì benissimo tutto ciò.

«Santo cielo, guarda chi c'è!» Oltre la sala d'attesa, la porta dell'ufficio interno di McCallum era aperta, l'uomo stesso dietro la sua scrivania, i rotoli di pancia che premevano contro il mogano lucido. La sua giacca verde oliva vantava toppe di pelle sui gomiti, che potevano essere un segno di frugalità o una dichiarazione di moda intellettuale.

«Ha una nuova scrivania, dottore?»

«Certo. Con tutta questa ricchezza governativa, perché no?» McCallum ridacchiò in un modo molto simile a un Babbo Natale della Ivy League. Petrosky non poté fare a meno di sorridere. Gli era sempre piaciuto il dottore, anche quando l'uomo si comportava da vero bastardo nel tentativo di aiutare. Ma grazie a McCallum, l'alcolismo di Petrosky e le sue tendenze autodistruttive - va bene, *la maggior parte* delle sue tendenze autodistruttive - erano alle sue spalle... per ora.

«È passato troppo tempo dall'ultima volta che sei venuto qui.» McCallum fissò Petrosky, curioso senza essere accusatorio, molto da psicologo. Come se potesse leggerti la mente. Petrosky e Jackson si accomodarono sulle sedie dallo schienale alto di fronte a McCallum. Il telefono di Jackson vibrò. Lei lo ignorò.

«Allora, cosa ne pensa, Dottore?» disse Jackson. «Ha esaminato i fascicoli che le ho lasciato prima?»

McCallum annuì. «Se le dichiarazioni dei testimoni reggono, e l'uomo stava parlando da solo o con qualcuno che nessun altro poteva vedere, potremmo avere a che fare con diverse condizioni.» Intrecciò le dita sul suo ventre rotondo. L'uomo non era certo una star del pop magrolina e questo piaceva a Petrosky.

«Condizioni come...» Cos'aveva quel tizio Barnes? «Disturbo schizoaffettivo?»

McCallum scosse la testa. «Improbabile. Anche se stava borbottando tra sé, le azioni del vostro sospettato non erano disorganizzate né esitanti, almeno non secondo la dichiarazione del testimone.»

«Ma se stava borbottando parole senza senso...»

«Alcune condizioni portano le persone a dire parole diverse da quelle che intendono; potrebbero attaccarsi a parole che fanno rima, o persino mettere insieme un groviglio di parole apparentemente non correlate, ma non le portano a parlare magicamente in latino.»

«Beh, non sappiamo con certezza che fosse...»

«Inoltre, le persone con malattie mentali gravi e persistenti sono più propense a fuggire nel panico piuttosto che attaccare, lo sai.» McCallum si spostò sulla sedia e intrecciò le dita paffute sulla scrivania. «E il vostro assassino ha lasciato andare il testimone.»

«Ma alcuni di loro... sono paranoici, giusto? Deliranti? E se l'assassino stesse sentendo una voce che gli diceva che Samuel Amos era pericoloso, o una voce che voleva che uccidesse sia Amos che Eden Johansson?» *Ha detto che sarei vissuta, ma solo per ora.* «Ha ucciso un uomo a sangue freddo, borbottando tutto il tempo... ci deve essere una ragione.» Almeno sperava che fosse vero; li avrebbe aiutati a capire dove guardare dopo.

McCallum si schiarì la gola. «Punterei su uno psicopatico che cerca di convincersi a non far del male alle persone piuttosto che su qualcuno con una condizione come la schizofrenia o il disturbo schizoaffettivo. Qualcuno organizzato, ma che lotta contro i propri impulsi.» McCallum si sporse in avanti, con gli occhi luccicanti. «Avete altri casi: è chiaro che l'ha fatto prima. Forse è diventato disordinato, o è stato quasi catturato. È possibile che sia effettivamente riuscito a sopprimere quegli impulsi per i cinque anni tra gli omicidi. Forse questo parlare da solo era il suo modo di aumentare l'autocontrollo.»

«Quindi cosa è successo per farlo scattare ora?» chiese Jackson. «Avrebbe bisogno di un trigger, giusto?»

Il suo telefono squillò di nuovo. Lo premette all'orecchio e sussurrò nel ricevitore mentre McCallum diceva: «Certo, un trigger è possibile, ma se ha represso i suoi impulsi per così tanto tempo, potrebbe non essere nulla di eccezionale; guardare un film horror potrebbe bastare.»

Petrosky scosse la testa. «Maledetto Stephen King.»

Jackson stava ancora mormorando al cellulare, con le spalle ora tese. *Oh oh.*

«Ho più paura del telegiornale della sera». McCallum sorrise con tutto il viso. «Ascolta, se dovesse risultare che abbiamo a che fare con qualcuno che sente voci e reagisce con violenza, il piano per localizzarlo potrebbe cambiare, ma voi state già controllando le case famiglia e gli ospedali. E il disturbo antisociale di personalità, la psicopatia, è uno spettro. Ci sono tanti psicopatici quante persone con disturbo bipolare, ma la maggior parte di loro è semplicemente... insensibile. Priva di emozioni, ma non violenta».

Ma il loro assassino *era* violento. Che il sospettato avesse cercato o meno di combattere quegli impulsi, aveva ucciso silenziosamente ed efficientemente un giovane uomo con una torsione delle mani. Aveva ucciso almeno altre due persone prima di quello.

«Cazzo». *Jackson.*

Petrosky alzò lo sguardo mentre lei intascava il telefono. Il suo viso era teso.

«Abbiamo un problema», disse. «Uno grosso».

CAPITOLO 6

La casa dei genitori di Samuel Amos si era trasformata da una dimora con prato curato e un atteggiamento da "ho-un-giardiniere-e-tu-no" in un circo di jeans tagliati, telefoni con fotocamera e cartelli di protesta. E bandiere confederate. Jackson si irrigidì dal sedile del conducente mentre azionava la sirena, guadagnandosi uno sguardo rabbioso da un uomo bianco che teneva un cartello con su scritto «Terroristi Fuori».

Petrosky sentì salire il calore nel petto. «Ma che diavolo succede?» Jackson lo aveva informato un po' durante il tragitto: quella mattina era apparso un articolo su internet che affermava che Eden Johansson aveva erroneamente identificato un uomo bianco come l'aggressore quando il vero colpevole era una versione mediorientale. Chiaramente, Barnes aveva parlato.

Jackson parcheggiò la sua Escalade sulla strada di fronte alla casa degli Amos, mancando per un pelo un uomo che indossava una camicia a quadri stile boscaiolo nonostante il caldo. La sua mascella era dura come pietra.

Non aveva senso; anche se Eden Johansson avesse identificato l'uomo sbagliato - cosa che non aveva fatto - perché diavolo una trentina di uomini stavano manifestando fuori dalla casa della vittima? Strinse gli occhi verso un piccolo stronzo con un cartello che diceva «I Musulmani Uccidono gli Americani». *Crociati della Repubblica, un cazzo*. «Probabilmente sono qui perché non gli piacciono le coppie miste. Dovremmo portare loro dei lenzuoli bianchi e una croce da bruciare così possono vestirsi adeguatamente».

Si unì a Jackson dal suo lato dell'auto e si diressero insieme verso la casa. «Un branco di perdenti, ecco cosa sono», mormorò. «E hanno la bandiera sbagliata».

Jackson si girò verso di lui. «Cosa?»

«Ne serve una bianca, per la resa, come i Confederati ai vecchi tempi». Avanzò, preparandosi a farsi strada a forza, aspettando che qualcuno gli desse una gomitata nelle costole così da avere una scusa per sbattere un figlio di puttana nel retro dell'auto con un bel paio di braccialetti d'argento, ma la folla si aprì - troppo facilmente. Le loro voci si abbassarono mentre gli uomini indietreggiavano, con le mani ai fianchi o incrociate davanti a loro; nessuno aveva le mani dietro la schiena, cosa che avrebbe potuto dare a Petrosky un motivo per trascinarli fuori dalla fila. E ora che il percorso davanti era libero, poteva vedere l'erba verde vuota, dove la folla si diradava fino a scomparire sul marciapiede. Erano stati attenti a radunarsi sulla strada invece che sulla proprietà privata. *Immagino che non possiamo arrestarli per violazione di domicilio.*

Ma sebbene la folla fosse rimasta in silenzio al loro passaggio, l'energia frenetica fece rizzare i peli a Petrosky, specialmente quando si resero conto della presenza di Jackson. Poteva sentire la tensione irradiarsi dal suo braccio muscoloso - la tensione del muscolo.

«Li manderemo via comunque», disse. «Li rimanderemo a frequentare le loro mani destre come si conviene».

Qui, in un quartiere recintato a quarantacinque minuti da Ash Park, le regole erano più rigide - il cartello di Divieto di Sollecitazione all'ingresso del quartiere era prova sufficiente di ciò. «Nessuno ha bisogno di affrontare queste stronzate».

Emersero dalla nube di odore di corpi e Pabst Blue Ribbon e - stranamente - cappuccino da bar per vedere gli agenti del cimitero, la bionda ancora scioccata in mezzo al prato, il più composto Occhi di Bue in piedi sul portico anteriore. La folla ritrovò la voce mentre Petrosky saliva i gradini di cemento. «Che diavolo ci fai qui?»

Quegli occhioni si fecero ancora più grandi, cosa che Petrosky non avrebbe creduto possibile. Khoury, questo era il suo nome, ma... «Perché non sei con Eden Johansson?» Carroll aveva già tolto la sorveglianza?

«Noi siamo... voglio dire, Eden Johansson è qui. I suoi genitori e i genitori di Amos... credo siano migliori amici o qualcosa del genere. Lei vive proprio qui vicino». Fece un gesto vago oltre la folla verso sinistra della casa degli Amos, e Petrosky alzò una mano contro il sole. C'era una folla più piccola, ma altrettanto irrequieta, davanti a quella che doveva essere la casa dei Johansson.

«Perché ci sono dei nazisti davanti a casa sua?»

«Nazisti? Sono manifestanti, signore». Ma dall'espressione di Khoury, non ci credeva più di quanto ci credesse Petrosky.

«Chiama quei coglioni come vuoi, basta che mi aggiorni».

La mascella di Khoury si irrigidì. «Il gruppo sembra pensare che lei stia accusando ingiustamente un uomo bianco quando le prove dicono che l'assassino era musulmano».

La stessa stronzata di voce che avevano sentito, ma come era trapelata? Avevano interrogato Barnes meno di ventiquattro ore prima e non avevano ancora localizzato il testimone che passeggiava con il cane. «Perché Eden dovrebbe accusare falsamente qualcuno?»

«Un'altra cospirazione liberal?» Khoury scosse la testa. «La madre di Eden Johansson fa parte di un'organizzazione anti-armi, e il padre di Amos è un consigliere comunale - una brava persona. Noto per le sue idee più progressiste. Ha fatto grandi progressi nella pianificazione urbana, ha protetto i poveri quando una società voleva radere al suolo le case popolari».

«Sembri saperne molto di lui, Khoury».

«Sono cresciuto qui. Seguo ancora la politica locale».

Petrosky lo valutò, lo sguardo onesto e costante nei suoi occhioni. E annuì.

L'ingresso era almeno dieci gradi più fresco dell'esterno e privo di umidità. Petrosky non si era reso conto di star sudando, ma ora il retro del colletto della camicia gli si era appiccicato al collo, umido. Si asciugò la fronte e sbirciò nel soggiorno, dove il signore e la signora Amos sedevano su un divanetto in pelle nera, la famiglia Johansson sul divano abbinato di fronte a loro. Tutti impegnati in una gara di sguardi. Ancora sotto shock, o forse intorpiditi. Un tavolo di legno con una caraffa piena di tè freddo era posto tra loro. Solo Eden, in mezzo a quelli che dovevano essere i suoi genitori, alzò lo sguardo quando Petrosky e Jackson entrarono.

Questa era la parte peggiore, parlare con la famiglia della vittima. Probabilmente era per questo che tendeva a rimandarla.

Il signor Amos finalmente si voltò quando Petrosky e Jackson girarono intorno alle poltrone a orecchioni che facevano la guardia tra i divani come preti vestiti di blu navy. La barba nera di Amos, striata di bianco, contornava nettamente le sue guance brune, con linee così nette che sembravano disegnate. I capelli sulla sommità della testa erano altrettanto curati, rasati corti, ordinati come una siepe appena potata. Ma il suo viso lo tradiva; il dolore era evidente e impressionante. Scuri mezzi cerchi gonfi sotto gli occhi. «Hanno ragione loro? Eden... ha commesso un errore?»

Tanto valeva saltare le presentazioni, anche se tutti avrebbero sicuramente preferito andare dritti al punto. Tornare a bere. O qualsiasi altra cosa la gente facesse per attutire il dolore.

La signora Amos afferrò la mano del marito e sistemò le loro dita intrecciate sul suo grembo, l'azzurro chiaro del suo vestito di seta faceva risaltare le loro nocche in netto contrasto - la stretta del dolore su un limpido cielo estivo. Petrosky conosceva quella stretta, le nocche così serrate da perdere la circolazione. Aveva allontanato Linda più volte di quante volesse ammettere. Ma non il signor Amos; lui strinse la mano di sua moglie e si appoggiò a lei.

«So quello che ho visto», disse Eden sottovoce. «Non era musulmano. Anche se tipo... parlava come uno di loro».

Ma che... Le spalle di Petrosky si tesero. «Parlava come uno di loro?» All'inizio aveva detto che l'uomo stava pronunciando parole senza senso e poi le aveva detto di scappare. «Aveva un accento?» Ma l'aveva chiesto, ne era sicuro. Lei aveva detto che le parole suonavano... come *L'Esorcista*.

Lei strinse le labbra. E scosse la testa. «Beh... voglio dire, quando mi ha detto di scappare non aveva un accento».

«Cosa ti ha fatto dire che ce l'aveva, tesoro?» La signora Johansson aveva la carnagione pallida come il latte di sua figlia, ma le sue labbra erano dipinte rosse come il sangue. Perfettamente delineate. Tutto della signora

Johansson era perfettamente delineato, fino alle pieghe della sua gonna nera.

«Forse stava parlando quella lingua quando mormorava», disse Eden. «Musulmano».

Petrosky aggrottò le sopracciglia; musulmano non era una lingua più di quanto lo fosse messicano.

«Ieri hai detto latino», disse Jackson, con voce bassa. «Ora pensi che stesse parlando arabo?»

«Non lo so, è solo che... voglio dire, penso di sì».

Jackson si avvicinò a Petrosky, toccando il suo telefono. «Riesci a ricordare esattamente cosa ha detto?»

Glielo avevano chiesto anche loro, ed Eden aveva risposto che non lo sapeva... no, aveva detto che non parlava la lingua. Che non poteva capire.

Jackson porse il telefono verso Eden. «Anche se non sei sicura di cosa significhino, se ripeti le parole che ha detto, possiamo provare a tradurle. Questa app dovrebbe aiutarci anche a restringere la lingua».

«Um... qualcosa che iniziava con un suono *ch*? E poi... *aleaduì*?» Aggrottò la fronte. «Sono abbastanza sicura che fosse così, perché dopo, quando sono tornata a casa, pensavo che suonasse come un canto. Come a-la-du, capisci? Ma lui non stava cantando. Solo mormorando».

Jackson riprese il telefono, e Petrosky sbirciò oltre la sua spalla. Il suono *ch* non gli avrebbe dato un cazzo. Ma "*aleaduì*"...

«Nemico».

In arabo. Nessuna traduzione in altre lingue.

Cazzo.

«Sei sicura che sia quello che hai sentito?» chiese Petrosky. «Quella parola?»

«Io... sì, sono sicura».

Quindi il loro assassino, il loro assassino dalla pelle bianca e gli occhi blu, aveva parlato in arabo? Stava dicendo che pensava che Samuel Amos fosse il nemico? Doveva essere così: aveva lasciato andare Eden anche se aveva accennato che sarebbe potuto tornare.

Eden si avvolse le braccia intorno ai bicipiti e rabbrividì, tremando come le foglie dei salici - fragile. «Continuo a non pensare che quell'altra voce fosse... voglio dire, sembrava davvero che fossero due persone a parlare. Suonavano totalmente diverse. Non sono sicura che fosse lui».

«Scusa?» La signora Amos aggrottò la fronte e si sporse in avanti, verso Eden, i suoi occhi erano solo fessure di vetro scuro sotto le ciglia; le lacrime avevano da tempo lavato via il trucco dal suo viso. «Cosa intendi dire, cara?»

«Beh, l'altra voce non sembrava la sua, come quella del tipo... che ha fatto del male a Sammy».

Ah, sì, tutta questa storia delle due voci. «Hai detto di esserti girata mentre scappavi. Sei certa di non aver visto nessun altro?» Non avevano trovato altre impronte, nulla che indicasse la presenza di un secondo uomo sulla scena. D'altra parte, non avevano prove forensi nemmeno del loro sospettato, a parte quella singola impronta di stivale consumato. L'omicidio era stato... meticoloso.

Lei tirò su col naso. «Non ho visto nessuno, ma era molto buio sul lato dell'edificio, il... mausoleo. Penso che una volta ci fosse un lampione lì, ma non deve aver funzionato quando eravamo... quando ero lì». Il suo labbro tremò. «Forse la persona che ha ucciso Sammy... forse l'ha rotto apposta».

Avrebbero indagato, ma metà dei lampioni in quel quartiere erano stati distrutti senza motivo, solo per il brivido del vandalismo. Se il loro assassino si fosse spinto fino a rompere un lampione per nascondersi, era più probabile che fosse un attacco pianificato, ma forse non gli importava chi uccideva, purché la vittima facesse parte di una coppia - come nei precedenti omicidi. Forse gli piaceva avere un pubblico.

«Quindi, hanno ragione».

Petrosky sobbalzò: era stato così concentrato su Eden che si era completamente dimenticato del padre di Eden; il signor Johansson era così generico da essere invisibile: pelle chiara, vestito grigio, capelli grigi, occhi grigi, piccoli occhiali grigi. Rivolse quegli occhi argentei verso Petrosky. «Tutti quegli... *idioti* là fuori, hanno ragione, c'era qualcun altro lì e lei... noi...»

Petrosky non aveva mai pensato che le lacrime potessero essere grigie, ma il liquido che il signor Johansson sbatté via sembrava decisamente più tempestoso del normale. Un urlo - forse un coro - si alzò fuori, poi si placò. *Chiudete quella cazzo di bocca, stronzi.*

La mascella di Petrosky si irrigidì. «No, signor Johansson, non hanno ragione». *Non avranno mai ragione su nulla.* «Non abbiamo motivo di credere che Eden si sia sbagliata nel suo identikit dell'assassino, ma, come è routine in tutti i casi criminali, stiamo ancora cercando altri testimoni dell'omicidio». Si voltò sentendo un piccolo rumore dall'altro lato della stanza.

Gli occhi della signora Amos si erano riempiti di lacrime, e si toccò la frangia, i capelli acconciati e lucidi e perfetti come se non avessero idea dell'orrore che si stava svolgendo intorno. «*Omicidio*. Dio, lo so, so che è stato questo, ma sentirlo... Non mi ci abituerò mai, non ci riuscirò». Scoppiò in lacrime, e il signor Amos mise il braccio intorno alla moglie mentre lei nascondeva il viso sulla sua spalla.

«Ci dispiace di averlo detto così bruscamente», offrì Jackson. «Ma dobbiamo fare queste domande».

Fuori, qualcuno gridò di nuovo, e un clamore di voci agitate rispose, osceno di fronte al dolore, la tristezza qui dentro densa come fumo. La mascella gli faceva male, e cercò di rilassare la bocca prima di spaccare un molare. La confusione fuori non avrebbe aiutato i coniugi Amos ad aprirsi. E nemmeno, pensò, avere un pubblico.

«Possiamo parlare da soli, signor e signora Amos?» Avevano alcune domande difficili da affrontare oggi; la famiglia aveva chiesto privacy immediatamente dopo l'identificazione, ma lui e Jackson non potevano più aspettare nonostante il dolore della famiglia. Il dolore era parte integrante del mestiere della morte.

«No, queste persone», la signora Amos fece un gesto verso i Johansson, «sono come famiglia. Per favore».

Petrosky annuì, anche se non capiva, per niente. Lui non aveva voluto lasciare la sua stanza dopo che Julie era stata uccisa - si era rifiutato di parlare con Linda anche quando lei aveva singhiozzato attraverso la porta che aveva bisogno di lui. Forse se fosse stato migliore, sarebbero rimasti insieme... come probabilmente avrebbero fatto i genitori di Samuel.

Lui e Jackson si scambiarono uno sguardo e si sistemarono nella coppia di poltrone imbottite perpendicolari ai divani. «Parlateci di Sam», disse Jackson, e fu colpito, non per la prima volta, dai bordi duri nella sua voce - empatia intrecciata con un dolore troppo acuto da inghiottire.

«Si è laureato primo della sua classe», disse il signor Amos. «Voleva diventare avvocato, come il suo vecchio». Un lato delle sue labbra si arricciò in un sorriso, poi cadde di nuovo.

«Aveva amici insoliti? Persone che potevano essere arrabbiate con lui, che avrebbero potuto volergli fare del male?»

«Aspettate». La signora Amos si raddrizzò. «Pensavo che fosse un crimine casuale. Pensate che sia... che sia stato intenzionale? Che qualcuno ce l'avesse con il nostro Sam?»

Jackson alzò la mano. «No, non lo pensiamo, non necessariamente. Stiamo solo cercando di capire cosa sia successo, e qualsiasi informazione su chi fosse potrebbe aiutare. Anche cose che potrebbero sembrare insignificanti».

La signora Amos strinse le labbra in una linea sottile.

Il signor Amos scosse la testa. «Non c'è nulla che possa dirvi. Era un bravo ragazzo, un ragazzo davvero bravo».

Il silenzio si protrasse.

Eden si schiarì la gola. «Non conoscevamo nessuno del genere, persone arrabbiate o che lo odiavano o altro. Non frequentavamo nessuno strano». Ma erano abbastanza strani loro, andando in un mausoleo nel cuore della notte.

«Sapeva che stava progettando di andare al cimitero?» chiese Petrosky al signor Amos.

La signora Amos deglutì a fatica e tirò su col naso. «No», disse il signor Amos.

«Non l'ho detto a nessuno». Eden fissò lo sguardo su di loro, meno tremante ora. «Ma con la cosa dei social media...» Scrollò le spalle, ma era di gran lunga più loquace di chiunque altro nella stanza - e più propensa a fornire loro il contesto che cercavano. Gli amici spesso conoscevano gli adolescenti meglio dei loro genitori, per quanto fosse difficile accettarlo. Il volto di Julie gli balenò nella mente, e lui scacciò l'immagine.

«Da quanto tempo state insieme?» chiese Petrosky.

«Praticamente da sempre. Anni».

Un tempo tremendamente lungo alla loro età. Ma nonostante questo lungo percorso romantico, i suoi occhi erano limpidi - tutti i Johansson avevano gli occhi asciutti, cupi ma stoici. Persino gli Amos avevano smesso di piangere. *Questo non funzionerà.* Lui e Jackson avrebbero dovuto chiamarli separatamente in un secondo momento, quando si sarebbero sentiti liberi di abbassare la guardia - quando non avrebbero dovuto mantenere le apparenze. Forse quando lo shock sarebbe passato. Anche Eden ora guardava suo padre e non Petrosky o Jackson. Qualsiasi cosa avesse detto qui, in presenza dei genitori di Samuel, poteva non essere l'intera verità. Ed erano tutti così dannatamente... spenti. Silenziosi. *Strani*.

Petrosky si alzò. «Possiamo vedere la sua stanza?»

I coniugi Amos si scambiarono uno sguardo, e gli occhi del signor Amos si strinsero. La signora Amos si morse il labbro.

Reazione interessante. A volte le persone non volevano disturbare le cose dei loro cari, ma i genitori di Samuel sembravano... nervosi.

La signora Amos finalmente lasciò le dita del marito - probabilmente sudate ormai - e incrociò di nuovo le gambe. «È solo che... stava già iniziando a impacchettare le sue cose. Si sarebbe trasferito in autunno».

«Capisco signora, ma se potessimo vedere ciò che ha lasciato...»

I coniugi Amos si accigliarono, ma la signora Amos si alzò all'improvviso, come se si fosse seduta su una vespa. «Ve la mostro io. Per favore, non toccate le sue cose. Non credo di poter sopportare che... venga portato via altro».

Jackson inarcò un sopracciglio verso di lui mentre seguivano la signora Amos su per le scale e lungo il corridoio. *Qualcosa non va*. Le sue spalle formicolavano. La signora Amos indicò la porta. Ma poi si diresse verso le scale, lasciandoli nel corridoio come se non potesse nemmeno toccare la maniglia, figuriamoci varcare la soglia. E non appena Petrosky entrò, capì il perché.

«Porca miseria», sussurrò Jackson.

La stanza era una caverna, dipinta nera come la notte. Ma a differenza delle stelle che Petrosky aveva aiutato Shannon ad attaccare sul soffitto di Evie, le pareti erano coperte di foto di scene del crimine che rivaleggiavano con qualsiasi bacheca di un investigatore, ciascuna serie disposta come una piramide. Foto della casa o della scena in alto, immagini degli omicidi stessi sotto, poi armi del delitto, veicoli, luoghi di sepoltura, e...

La sua bocca si inaridì. Sulla parete destra, il mausoleo lo fissava, lo stesso mausoleo dove Samuel Amos era morto, e sotto di esso, una lucida foto a colori del cadavere di Meredith Lawrence legato all'altare di pietra, con l'addome squarciato dalle costole all'inguine, le interiora attorcigliate intorno a ciò che restava del suo ventre e riversate sul pavimento di cemento. E sulla parete del mausoleo, le parole insanguinate scarabocchiate dall'assassino con il sangue di Lawrence, parte di una poesia di *Through the Looking Glass*, da cui il killer *Looking Glass* aveva preso il nome.

Morrison aveva scattato queste foto? Era possibile. Ma il pensiero del suo ex partner, il suo partner morto, il padre di Evie, un uomo che avrebbe potuto essere suo figlio, era come un coltello nel petto, bruciante e doloroso. Non c'era da meravigliarsi che Shannon fosse scappata in Georgia. Doveva essere difficile rimanere nel luogo dove tuo marito era stato brutalmente assassinato. Forse tanto difficile quanto pattugliare le strade dove avevi trovato il cadavere del tuo partner.

«Nessuno ha pensato di menzionare che Samuel aveva foto della scena del crimine dello stesso luogo in cui è stato ucciso?» La signora Amos sembrava piuttosto restia a entrare nella stanza del ragazzo, ma i suoi genitori dovevano saperlo. Dovevano. Non è che il ragazzo avesse nascosto le foto.

«Come ha fatto ad avere queste?» Jackson si avvicinò alla parete, il naso quasi a toccare la foto di un uomo con il sangue che inzuppava il pavimento sotto il suo collo reciso.

«Alcune di queste sembrano provenire dai fascicoli del caso, non dovrebbero essere pubbliche.»

Petrosky si schiarì la gola e inspirò profondamente dal naso. «L'era dei social media, no?» Un poliziotto disonesto o un impiegato dell'archivio in cerca di qualche soldo extra, e i file privati non erano più così privati. «Forse Samuel ha pagato per informazioni riservate e ha ottenuto un po' più di quanto si aspettasse.» Si allontanò dalla foto di Meredith Lawrence. La sua visione aveva iniziato ad annebbiarsi. «Samuel Amos è andato al mausoleo per vedere il luogo di persona; era chiaramente ossessionato da queste cose, visitando vecchie scene del crimine, guardando queste foto e...» Toccò un filo rosso che Samuel aveva attaccato dalla foto di Lawrence a quella di un'altra vittima del *Looking Glass*: Jane Trazowski. Un'altra donna, con lo sguardo vitreo, eviscerata. Molti fili rossi in giro per la stanza. Molte vittime che Petrosky non riconosceva, casi che non erano suoi. «Il nostro killer ha detto che Samuel Amos era il nemico», disse Petrosky. «Forse è perché il ragazzo era sulle sue tracce... o le loro. Forse il piccolo Sammy aveva risolto qualche vecchio caso irrisolto ma non aveva avuto il tempo di dircelo. E se Eden ha ragione, se c'era davvero una seconda voce, un secondo uomo in quel cimitero, un complice potrebbe aver fatto da palo mentre l'altro uccideva Amos.» Frugò nei cassetti della scrivania: penne, foglietti adesivi gialli vuoti, balsamo per le labbra. Un rosario, di tutte le cose. Ma nulla che indicasse che il ragazzo avesse risolto un crimine: nessuna busta, nessun momento *eureka!*, nessun È STATO LUI scritto con un pennarello rosso. Solo i resti di una vita. «Chiederemo del suo laptop, dei tabulati telefonici. Forse è stato attirato lì. Tutto questo», agitò la mano verso le foto della parete gocciolante del mausoleo, verso le viscere insanguinate di Lawrence, «sembra una coincidenza troppo grande.»

Jackson annuì. «Daremo un'occhiata anche al distretto, vediamo se riusciamo a capire dove Amos ha ottenuto queste foto. Probabilmente sarebbe bene catalogare tutta questa stanza. Ai genitori non piacerà, ma... sai.» Scrollò le spalle e abbassò lo sguardo.

Lui sapeva. Nelle prossime settimane ci sarebbero state molte cose che i coniugi Amos avrebbero odiato, molta disperazione, molti oggetti nostalgici a cui aggrapparsi ora che non potevano più stringere il loro bambino, ma nulla avrebbe potuto riportarlo indietro. Nulla avrebbe riportato a casa nemmeno il figlio di Jackson. E Petrosky aveva ancora la luce notturna di Julie nella sua camera da letto. Almeno non fantasticava più di dipingerla con il suo cervello.

Un grido proveniente dall'esterno attirò la sua attenzione verso la finestra, il vetro incorniciato da spesse tende nere ora tirate indietro per lasciare quella strana roba velata, come al piano di sotto. Che c'era con queste tende? Un approccio a metà. O si apre la finestra o la si chiude. Petrosky scostò il tessuto trasparente e guardò le persone che si aggiravano con i loro cartelli. Un uomo sul marciapiede scattava foto della casa con il cellulare. «Maledetti social media», mormorò Petrosky. «Dovremmo mettere Scott al lavoro, vedere se riesce a capire da dove è venuta fuori la storia della falsa accusa? Cazzo, magari uno di questi stronzi ha ucciso Samuel Amos solo per poter incolpare un tipo di colore, e poi ha diffuso la storia sulle loro pagine internet.» Era una teoria assurda, e dallo sguardo che gli lanciò Jackson, lo sapeva anche lei.

Qualcun altro urlò dal prato, e questa volta un coro di voci rispose, imprecando, gridando.

«Non si fermano mai?» Babcock e Khoury erano entrambi sul vialetto ora, a contenere i manifestanti che apparentemente avevano pensato di avvicinarsi un po' di più per avere una migliore inquadratura della casa - almeno questa stanza probabilmente sembrava normale dall'esterno.

Un uomo alzò lo sguardo verso di loro, un idiota magro con una maglietta con la bandiera confederata e un mullet. Petrosky gli fece il dito medio. La sua bocca si aprì in una *O* scioccata e razzista.

Un altro tizio con la bandiera alzò le braccia in aria davanti a Khoury, urlando, indicando la finestra, gridando in faccia a Khoury. Avrebbero dovuto scendere, forse chiamare i rinforzi. «Possiamo spararne almeno a uno?» disse Petrosky. «È stata una giornata lunga, e migliorerebbe davvero il mio umore.»

Jackson finalmente rise, ma il suo viso si rabbuiò quando sbirciò oltre la sua spalla la scena in strada. «Magari.»

CAPITOLO 7

Petrosky osservava il sole al tramonto riflettere una luce rosa sui paraurti metallici nella corsia di immissione mentre Jackson faceva entrare la sua auto civetta sull'autostrada. Avevano un sospetto, forse due, e l'uomo che parlava arabo credeva che Amos fosse il suo nemico. La domanda era: perché?

Si passò il palmo grassoccio sul viso, inalando l'odore sensuale degli espressi del bar dove Jackson si era fermata. Persino il bicchiere - rosso e luccicante - sembrava presuntuoso, come se sapesse qualcosa che lui ignorava.

Una Jeep bianca lucente tagliò la strada all'Escalade di Jackson, guadagnandosi un lungo colpo di clacson dalla sua partner e una manciata di imprecazioni colorite - qualcuna più del solito.

«Tutto bene, Jackson?»

Lei gli lanciò un'occhiata e tirò su col naso. «Sì, quei bigotti mi hanno solo fatto incazzare.» Ma la tristezza nel suo sguardo gli diceva che i manifestanti non erano l'unico problema.

«Sei tu quella che non voleva sparargli», disse invece di

insistere. Si voltò di nuovo verso il finestrino e osservò i paraurti, poi la Civic bianca che si avvicinava lentamente alla loro destra - sbandando leggermente. «Speriamo che Scott se la stia cavando bene.»

Avevano chiamato Scott per catalogare la camera da letto. Scott era sempre entusiasta del lavoro sul campo - nel Vermont, era stato un detective alle prime armi, ma ciò che desiderava veramente era più tempo per esaminare le prove, il più da vicino possibile. E non sarebbe stato maldestro con gli oggetti del ragazzo Amos. Avevano bisogno di mantenere i loro rapporti con gli Amos e i Johansson cordiali, con una parvenza di fiducia reciproca nel caso avessero avuto bisogno di ulteriori informazioni, soprattutto perché tutti in quella casa sembravano strani... forse persino un po' misteriosi.

«Sono più preoccupata per Babcock e Khoury», disse Jackson.

La Civic bianca si affiancò al suo finestrino, e Petrosky osservò la donna al volante che si truccava gli occhi con l'eyeliner usando lo specchietto retrovisore. «Bah, se la folla diventa troppo pazza, sono sicuro che Babcock li butterà giù come birilli, colpendoli con quel suo collo gigantesco. O farà in modo che Khoury li fissi intensamente.»

Mise il distintivo contro il finestrino, poi si sporse e toccò il clacson di Jackson, tenendo gli occhi fissi sulla donna nell'auto accanto a loro. Lei sobbalzò e si voltò verso di loro, con un'espressione furiosa sul viso. Petrosky sorrise mentre la sua mascella cadeva, i suoi occhi semi-truccati si spalancavano; uno di essi aveva una striscia nera che arrivava quasi al sopracciglio.

«Sei riuscito a farle sbagliare il trucco?»

«Due punti per me. Credo che ora siamo a dodici.»

«Ti stai dimenticando del tizio con il rasoio elettrico.»

«Oh sì. Il ragazzo si è rasato metà del pizzetto.» Quel

tizio era più giovane della donna con l'eyeliner, anche se non così giovane come... La risata gli morì in gola mentre gli occhi vitrei di Samuel Amos riaffioravano nella sua memoria. Sbatté le palpebre. L'auto accanto a loro rallentò, e quando la donna truccata fu fuori dalla sua visuale, Petrosky disse: «Quindi, Amos era ossessionato dagli omicidi.»

«Anche tu sei ossessionato dagli omicidi», disse Jackson, con gli occhi sullo specchietto retrovisore.

«Io vengo pagato per esserlo.»

«Non molto.»

«Giusto.»

Jackson strinse le dita attorno al volante. «Supponiamo che l'ossessione di Amos per gli omicidi lo abbia portato a qualcosa, che abbia scoperto l'identità di un assassino. Perché non avrebbe chiamato la polizia?»

«Forse non aveva ancora prove. Voleva fare il vigilante.»

Jackson inarcò un sopracciglio verso di lui.

Petrosky la ignorò. «È anche possibile che non avesse effettivamente le prove che il killer credeva avesse, o che alcune delle immagini appese nella sua stanza contenessero un indizio che Amos non aveva mai notato. Basta un killer che si innervosisca». Un killer che sapeva che Samuel Amos aveva le foto in primo luogo. Ma né i genitori di Amos né Eden sapevano da dove provenissero quelle foto; lo avevano chiesto. E Amos probabilmente avrebbe detto alla sua ragazza se avesse risolto un crimine reale. Avevano chiesto anche di quello. Niente.

Jackson allungò la mano verso il suo caffè, ma invece di sollevare la tazza, tracciò il coperchio e poi lo picchiettò con l'unghia. «Potrebbe anche essere stato ossessionato dagli omicidi per motivi più oscuri. Lo abbiamo già visto entrambi in passato».

Petrosky socchiuse gli occhi guardando il sole che tramontava. La stanza di Samuel Amos era come quella di una dozzina di serial killer che Petrosky aveva inseguito. E anche se Eden lo aveva negato, Amos avrebbe potuto avere amici perversi che Eden non aveva mai incontrato, forse un amico più anziano che aveva ucciso altri due uomini più di cinque anni fa. Amos avrebbe saputo se uno dei suoi amici era un assassino?

Debole. Era tutto così *debole*.

Tap, *tap*, *tap* facevano le dita di Jackson sul coperchio del caffè. Ansiosa.

«Mi piace di più l'idea che Amos abbia scoperto chi fosse questo criminale piuttosto che sia lui stesso ad essere malato e perverso», disse Petrosky. «Sensazione a pelle. E quale motivazione migliore per il killer di uscire dalla pensione se non la paura della prigione?» Ma se Amos avesse saputo di questo tizio, perché si sarebbe reso il bersaglio perfetto?

«Mm-hmm». Gli occhi di Jackson erano sullo specchietto retrovisore, la bocca tesa. Non stava bene. Per niente.

«Lo so, lo so», disse lentamente, osservandola. «Analizziamo tutte le cose pazze che potrebbero essere. Mi aiuta a schiarirmi le idee».

I suoi occhi si spostarono dal parabrezza allo specchietto retrovisore. Lui si girò sul sedile e socchiuse gli occhi verso la Taurus blu che stava incollata al loro paraurti posteriore.

«È quella dietro cui abbiamo parcheggiato a casa degli Amos?»

Lei strinse gli occhi. «Sono sicura al sessantacinque per cento. Non l'ho vista uscire dal quartiere, però; l'ho notata circa sedici chilometri fa quando stavamo entrando in autostrada».

«Esci qui».

«Così possiamo farci sparare in una strada seconda-ria?» disse lei, ma la freccia era già accesa.

I pneumatici sovradimensionati dell'Escalade stridet-tero contro la rampa d'uscita, l'asfalto segnato da centinaia di riparazioni che si sbriciolavano. Petrosky osservò la Taurus nello specchietto laterale. La sua pistola pesava contro la parte bassa della schiena.

L'auto li seguì su per la rampa e svoltò a destra dopo di loro al primo semaforo.

«Forse dovremmo semplicemente speronarlo», mormorò lei.

Una stazione di servizio apparve davanti, le luci brilla-vano dal minimarket all'interno, ma non c'erano altre auto ferme alle pompe. Jackson fece entrare bruscamente il SUV in un posto vicino al retro e balzò fuori dalla porta del conducente, la mano sull'arma, mentre la Taurus svol-tava molto più lentamente nel posto accanto a loro. Anche Petrosky scese, fissando l'uomo che emergeva: pelle color ciliegia scuro, occhi marroni così scuri da essere quasi neri, capelli spessi e neri come quelli di Khoury e perfettamente gelificati, un casco che non si muoveva minimamente nemmeno mentre chiudeva la portiera. E il suo viso... familiare.

Petrosky lasciò andare la sua arma di servizio e tirò fuori la mano da sotto la giacca. «Ti conosco. Vero?»

L'uomo sorrise. «Ci siamo già incontrati. L'ultima volta mi hai detto di togliermi dal cazzo dalla tua scena del crimine».

Jackson stava in piedi vicino al paraurti posteriore dell'Escalade, con la mano ancora sulla pistola sotto la giacca.

«Giornalista», le disse Petrosky.

L'uomo tese la mano verso Jackson e sorrise di nuovo. «Reyansh Acharya, al vostro servizio».

Jackson si raddrizzò e si avvicinò minacciosamente nello stretto spazio tra le auto, con gli occhi che schizzavano fuoco. «Perché ci sta seguendo?» Gli diede una spinta sulla spalla con l'indice teso, e il tizio indietreggiò contro la sua Taurus. «Lei non ha alcun motivo di-»

Lui alzò le mani. «Volevo solo vedere cosa stavate combinando».

«Davvero in incognito», sbottò Petrosky.

«Sentite, ci sono tonnellate di articoli là fuori, sull'omicidio nel cimitero. Mi piacerebbe ottenere la verità al riguardo. La vera storia».

«Perché dovrebbe interessarle la verità quando le fake news vendono così bene?»

«È importante, detective». Acharya alzò un sopracciglio. «Ragazzo nero ricco, figlio di una figura pubblica, nella zona sbagliata della città, e ora la disobbedienza civile, i picchetti davanti alle case-»

«I picchettatori stanno perseguitando una famiglia in lutto perché pensano che il nostro testimone si sbagli sull'etnia dell'assassino», disse Petrosky. «Di sicuro non l'abbiamo detto noi a nessuno. È stato lei?»

«Certo che no». Si raddrizzò. «E i Crociati ce l'hanno con la famiglia Amos da anni. Pubblicano articoli, cercano di screditare il consigliere ogni volta che si deve votare qualcosa».

Petrosky aggrottò la fronte. Khoury sembrava sapere un sacco di cose sulla politica locale e non aveva menzionato alcuna storia di molestie tra i Crociati e la famiglia Amos. A pensarci bene, nemmeno il signor e la signora Amos l'avevano fatto.

Acharya stava ancora parlando. «Ho saputo da fonte

certa che un testimone ha visto un uomo dalla pelle scura scappare dal cimitero».

«Non sappiamo nulla con certezza». Jackson incrociò le braccia.

«Forse chi le ha riferito quel pettegolezzo è più di un impiccione», ringhiò Petrosky, sperando di apparire almeno un po' spaventoso, ma la sua furia stava scemando con l'età e con la mancanza di Jack Daniels.

«Pensa che Barnes sia un sospettato?» Acharya scosse la testa. «Non c'è modo che sia lui. Ho già parlato con le persone che ha visto quella notte, il suo spacciatore-»

«Avremo bisogno di quelle informazioni», disse Jackson. «Nomi, indirizzi, qualsiasi appunto abbia».

«Non rivelo mai le mie fonti».

Hai appena ammesso di aver parlato con Barnes, idiota. «Quindi solo un tizio dalla pelle scura che scappava dal cimitero, eh?» Fissò Acharya con aria torva. «Dovrei considerare lei un sospettato?»

Acharya sbuffò. «Perché siamo tutti uguali, giusto?»

«La sua gente sembra pensarla così». Petrosky diede un'occhiata all'edificio della stazione di servizio - in mattoni, con insegne al neon vistose in ogni finestra. Nessun movimento dall'interno.

Acharya si ritrasse. «La mia gente?»

Jackson alzò gli occhi al cielo. «Intende i giornalisti, che pubblicano storie su sconosciuti di colore lasciando che le masse riempiano i vuoti».

«Felice che almeno uno di voi parli il Bianco Arrabbiato», disse Acharya, accigliandosi.

«Non il Bianco Arrabbiato». Petrosky tirò su col naso. «Lei parla lo Stronzo».

Gli occhi di Acharya si spalancarono. Poi il suo volto si aprì in un sorriso, denti dritti e affilati come quelli di un buon predatore. «Smetterò di cercare di controllare il vostro linguaggio, visto che sembrate avere una così salda padronanza.»

«Sì, ce l'ha», disse Jackson, e quando Petrosky guardò nella sua direzione, i suoi occhi rimasero fissi su Acharya, senza nemmeno un accenno di irritazione verso l'uomo. *Interessante.* Di solito voleva prendere a pugni i giornalisti nelle palle ancora più di quanto volesse farlo lui.

«Ascoltate, c'è davvero un motivo per cui vi ho seguiti». Raddrizzò le spalle e rivolse uno sguardo d'acciaio a Petrosky. «Datemi un'esclusiva. E ho qualcosa per voi, qualcosa di grande».

Petrosky grugnì. «Che ne dici se ti portiamo al distretto e ti chiudiamo dentro finché non ci dai quello che hai?»

«Non è un cosa. È un chi. E conosco i miei diritti». Sorrise a metà, con un'aria saccente, e Petrosky dovette resistere alla tentazione di cancellargli quell'espressione dal viso con uno schiaffo. «Andiamo, datemi qualcosa, detective. Vi prometto che non ve ne pentirete».

Col cavolo, stronzo. Petrosky si voltò verso l'Escalade e afferrò la maniglia della portiera.

«Pensiamo che l'assassino parli arabo», sbottò Jackson. «O che stesse parlando arabo la notte in cui ha ucciso Amos».

Petrosky lasciò la maniglia e rimase a bocca aperta. «Ma che diavolo, Jackson?»

La mascella di Acharya cadde. «Arabo? Davvero?»

«Lo pensiamo, ma non ne siamo sicuri», disse Jackson. «E ovviamente capisci perché questa informazione sarebbe delicata... perché dobbiamo tenerla riservata per ora».

«Quindi non posso pubblicarla». Le cavità sotto gli occhi di Acharya sembravano improvvisamente più profonde nel crepuscolo crescente.

Jackson scosse la testa. «No, non puoi, non ancora. E

non puoi nominarci come tua fonte. Ma se hai fonti che possono aiutarci...»

La mascella di Petrosky si serrò. *Nemico, nemico, nemico* - la parola risuonava nelle sue orecchie e gli scuoteva il cervello. Il ragazzo morto con il collo contorto. Julie, con la gola tagliata, le labbra blu. Il figlio di Jackson, più o meno della stessa età, morto sul marciapiede. Voleva fare tutto il possibile per trovare questo tizio, e anche Petrosky lo voleva, ma avrebbe preferito picchiare Acharya piuttosto che fare il gentile. *Addio al tentativo di placare quei demoni, vecchio mio.*

«Ho una fonte, una buona. Ma voglio un'esclusiva. Non appena siete pronti a diffonderla...»

«Fatto», disse Jackson.

E prima che Petrosky potesse dire *Ti darò un'esclusiva, stronzo*, Acharya si era spostato sul retro della sua Taurus. Aprì la portiera.

Jackson trattenne il respiro.

Un corpo giaceva sdraiato sul sedile posteriore.

CAPITOLO 8

«C he cazzo hai fatto, Acharya?» Petrosky allungò la mano verso la pistola e questa volta non si fermò a toccare l'impugnatura: la estrasse dalla fondina e la tenne contro la coscia.

«Cosa?» Acharya sbirciò all'interno. «Ehi, Simmons!»

L'uomo si mosse. Non era morto.

«Chi è?» chiese Petrosky, rimettendo l'arma nella fondina.

«Il tuo testimone di pelle scura che scappava dal cimitero.»

Quello che aveva visto Barnes? Petrosky socchiuse gli occhi guardando oltre la spalla di Acharya verso la figura sul sedile posteriore. Capelli neri ricci, maglietta verde, jeans aderenti, troppo stretti per un uomo che si rispetti; sicuramente il tipo di tizio che avrebbe posseduto un bassotto. «Che cosa gli hai fatto?» *Schiaffeggiato per aver indossato quei pantaloni ridicoli?*

«*Io* non gli ho fatto niente. L'ho trovato al bar poco lontano dal cimitero, l'unico che beveva alle quattro del pomeriggio. E, ovviamente, in televisione c'era la copertura

72

del caso Amos... un sacco di foto del tuo muso accigliato.» Sorrise di nuovo. «Una cosa ha portato all'altra. Aveva un bel po' da togliersi dal petto.»

«Come facevi a sapere che sarebbe stato lì? Come facevi anche solo a sapere chi fosse?» Jackson aveva diffuso un avviso e una descrizione generale alle pattuglie ieri, ma non aveva prodotto risultati.

«Ho le mie fonti. Nessun altro ha visto nulla al cimitero, ma alcune persone conoscono questo tizio: porta a spasso il cane due volte al giorno, tutti i giorni, va al bar occasionalmente quando esce dal lavoro.»

«Quindi l'hai trovato e poi... l'hai rapito?»

«Non ho rapito nessuno.» Si chinò verso il sedile posteriore e scosse la spalla dell'uomo. «Simmons! Forza!»

Simmons gemette e si girò su un fianco.

«Sveglia!»

Il sole era già sceso sotto l'orizzonte, tingendo il cielo di un viola nebbioso.

Finalmente Simmons aprì gli occhi. «Che diavolo, amico?» La sua mascella cadde, e si mise a sedere di scatto, facendo una smorfia, con la mano sulla testa, le sue parole biascicate che gli uscivano dalle labbra come biglie. *Merda, è così che suonavo io una volta?* «Pensavo che andassimo da Denny's.»

Acharya scosse la testa. «Ho detto che potevamo andare da Denny's dopo aver fatto visita ai miei amici.»

«Pensavo che fosse tuo amico, amico, non pensavo che stessimo andando a vedere...» Incrociò lo sguardo di Petrosky e apparentemente non gli piacque quello che vide. Chiuse di scatto le labbra e abbassò lo sguardo annebbiato sul suo grembo.

«Il detective *è* mio amico,» disse Acharya, anche se Petrosky non lo era affatto. Simmons alzò di nuovo la testa e aggrottò le sopracciglia.

Petrosky fece un cenno all'uomo sul sedile posteriore. «Perché non facciamo un giro, Simmons?»

«Va bene.» Si leccò le labbra e sbatté lentamente le palpebre. «Ma uno di voi mi deve dei pancake.»

«Sei piuttosto presuntuoso per uno che sta ostacolando un'indagine di polizia.»

Gli occhi di Simmons si spalancarono, ma Petrosky scosse la testa. «Rilassati, ne prenderemo alcuni mentre andiamo alla stazione.» Si meritava qualche pancake dato che Jackson gli aveva rubato la ciambella settimanale, e comunque voleva del vero caffè. Soprattutto, avevano bisogno di far smaltire la sbornia a questo tizio.

Gli occhi di Simmons erano ancora iniettati di sangue, ma dopo la loro cena a base di pancake, l'uomo camminava in linea retta e non sembrava più così aggressivo come quando era seduto nel sedile posteriore della Taurus di Acharya. Il cibo, o forse il caffè, aveva notevolmente migliorato anche l'umore di Petrosky, eppure riuscì a plasmare un'espressione accigliata sul suo viso mentre conducevano Simmons all'interrogatorio. Non che fosse difficile; un cipiglio era più vicino allo stato naturale del suo viso di un sorriso compiaciuto, ed era infastidito per aver sprecato un'ora al ristorante a versare caffè in gola a questo tizio. *Basta fare il bravo, stronzo.*

Jackson scivolò sulla sedia di metallo accanto a Petrosky e accese il registratore. E annuì.

«Era chiaro che sapevi di essere stato testimone di un omicidio ieri mattina. Perché non sei venuto in centrale?» Petrosky intrecciò le dita sul tavolo di acciaio inossidabile, il metallo opaco nella luce fioca; una delle lampade del soffitto era bruciata. Probabilmente un bene per Simmons, che aveva gli indici premuti sulle tempie, i gomiti appoggiati sul tavolo. «Nemmeno una telefonata per aiutare a catturare un assassino, Simmons?»

Johnathan Simmons. Nato e cresciuto in America, di razza mista, con lo sguardo esausto di un uomo così stanco delle stronzate di oggi che avrebbe preferito infilzarsi un occhio con una forchetta piuttosto che rispondere a un'altra dannata domanda. Petrosky poteva capirlo.

Simmons alzò la testa, rilasciando le tempie. «Non sapevo che qualcuno fosse stato ferito fino a quando non sono uscito dal lavoro, lo giuro.»

«Allora perché sei scappato dal cimitero? Chiaramente hai visto qualcosa che non ti è piaciuto.»

«Pensavo fosse solo un pazzo qualunque. Non volevo guai.»

Non volevo guai. La stessa cosa che aveva detto Barnes, quasi parola per parola. Acharya lo aveva istruito? «Fammi capire bene, Simmons: hai visto un uomo, un uomo abbastanza inquietante da farti prendere il tuo cane e scappare dal cimitero come un'anima in pena, e non l'hai nemmeno menzionato a un collega? Non ci hai riso sopra, non hai borbottato 'dove andremo a finire'? Te lo sei semplicemente tenuto per te?»

«Questo mondo sta andando a rotoli da molto tempo.» Si passò una mano tra i folti capelli neri. «E di certo non avrei chiamato la polizia per qualcuno che parla da solo per strada. Hai idea di come sia là fuori? Mia madre è bianca, eppure tutti mi odiano comunque, con tutte quelle teste parlanti in televisione, la gente che inneggia alla costruzione di un muro... diavolo, metà di loro pensa che *io* sia messicano.»

«Non sei messicano?» Petrosky si sporse in avanti sul tavolo.

Jackson mormorò qualcosa che suonava come «porca miseria», ma non poteva esserne sicuro.

«Forse dovrei chiamare un avvocato», disse l'uomo, con il viso indurito.

Petrosky socchiuse gli occhi e si appoggiò allo schienale della sedia. Gli uomini innocenti non avevano bisogno di avvocati, ma questo tizio non corrispondeva minimamente alla descrizione dell'aggressore fatta da Eden, e aveva già negato di parlare qualsiasi lingua oltre all'inglese. Petrosky diede un'occhiata sotto il tavolo: scarpe da ginnastica taglia 47 all'interno, e lucide. Non c'era modo che avesse indossato gli stivali consumati taglia 45 delle impronte fuori dal mausoleo.

«Sta scherzando» disse Jackson a Simmons. «E se vuoi un avvocato, puoi chiamarlo. Ma questo non è un interrogatorio: non sei un sospettato, sei un testimone di un crimine orribile. Vogliamo solo catturare la persona che l'ha fatto».

Simmons tirò su col naso e rivolse lo sguardo a Petrosky. Petrosky annuì. «Ci può raccontare cosa è successo ieri mattina, signor Simmons? Ci dica perché si trovava vicino al cimitero».

Sbatté gli occhi annebbiati, troppo lentamente, ma sospirò, rassegnato. «Stavo portando a spasso il mio cane».

«All'una di notte?»

«Vado al lavoro alle tre e mezza, alla panetteria su Everston. Mi alzo, porto fuori Jeffie, vado in palestra, tutto prima che voi probabilmente vi alziate dal letto».

Puoi scommetterci.

Simmons incrociò le braccia.

«Abbiamo bisogno di sapere dell'uomo che hai visto» disse Jackson. «Eri uscito a portare a spasso il tuo cane e poi cosa? Dov'era lui?»

«In realtà non ho visto nessuno».

Jackson si bloccò. «Hai appena detto...»

«Ho detto che c'era qualcuno. Ero uscito a camminare dietro al cimitero. Sapete dove sono i salici?»

«Piuttosto buio là oltre i lampioni» disse Petrosky, sporgendosi in avanti per appoggiare di nuovo le mani sull'acciaio.

«Jeffie è timido, gli piace fare i suoi bisogni dove è buio, ed è appartato così non devo pulire, okay?»

«Il tuo cane potrebbe cagare in pieno giorno in mezzo alla strada laggiù. Non è il Ritz».

«Mi sembra comunque sbagliato» disse Simmons.

Petrosky scrollò le spalle. «Lo è comunque».

Il silenzio si prolungò. Alla fine, Simmons si schiarì la gola. «Ho sentito prima i suoi passi. Da qualche parte dentro il cimitero».

«Si è fermato? Come se stesse aspettando qualcosa?» *O qualcuno?* Forse l'assassino stava pedinando Johansson o Amos, o sapeva che stavano arrivando.

«No, stava... quasi marciando? Passo costante, si muoveva semplicemente in avanti. Penso, col senno di poi, che si stesse avvicinando al mausoleo, ma al momento, ho solo pensato che stesse attraversando il cimitero. Jeffie ha abbaiato e il tizio non ha rallentato. Non sembrava nemmeno averci notato».

«Come fai a sapere che era un uomo?»

«Non lo sapevo, finché non ha iniziato a borbottare».

Petrosky socchiuse gli occhi. Il loro uomo era entrato nel mausoleo e aveva ucciso Samuel Amos, ma aveva lasciato andare Eden Johansson. McCallum aveva ragione? Voleva uccidere anche lei, ma era riuscito a convincersi a fermarsi? Forse si era convinto a non aggredire Simmons e il suo cagnolino rompiscatole.

«Cosa ha detto?»

«Beh, quella era la parte strana, il motivo per cui me ne

sono andato». Simmons deglutì a fatica. «Continuava a ripetere: 'Non muoverti, stai zitta, puttana', più e più volte. E poi...» La sua fronte si corrugò. «Non lo so. Qualche altra lingua, ma quella voce era totalmente diversa. All'inizio ho pensato che forse stesse parlando con qualcun altro, ma ho sentito solo un paio di passi... credo. Immagino che Jeffie stesse abbaiando a quel punto, e lui continuava a blaterare, capisce?» Mise le mani sul tavolo, palmo in giù, come Petrosky. Pochi centimetri e le loro dita si sarebbero toccate.

Petrosky mise le mani in grembo. «Hai sentito qualcun altro prima o dopo quell'incidente? Hai visto qualcun altro oltre a questo "pazzo a caso" come l'hai definito tu?»

L'uomo scosse la testa. «No, come ho detto: non ho visto nessuno. Nemmeno il tizio che stava parlando.»

«E Samuel Amos? Eden Johansson? Magari li hai visti entrare mentre te ne stavi andando via di corsa?»

Simmons alzò le mani in un gesto di *stop*. «Giuro, il tizio che ho sentito era dietro i salici. Non c'è modo che stesse parlando con loro.»

«Non è questo che ti ho chiesto.»

«No, va bene? No, non li ho visti.»

Petrosky si passò una mano sul viso, la pelle ispida che sfregava contro i calli delle sue dita. Il mausoleo era proprio nel mezzo del cimitero, ben lontano dagli alberi, e i ragazzi non si erano avventurati affatto sul retro della proprietà secondo la dichiarazione che Eden aveva rilasciato a Occhi di Insetto e al Capitano Shock: erano entrati dal cancello principale e si erano diretti direttamente verso l'edificio. Se l'assassino si fosse nascosto dietro gli alberi, non avrebbero mai saputo che era lì.

Tuttavia, se avesse pianificato di uccidere un uomo, perché non andare dietro a Simmons? Perché lasciarlo andare via? *Non è il suo modus operandi*, la voce di Morrison gli sussurrò all'orecchio, e Petrosky sbatté forte le palpebre e cercò di deglutire il nodo che aveva in gola. *Ho bisogno di dormire un po'.*

«In che lingua pensi che stesse parlando?» disse Jackson. «Quando stava farfugliando?»

«Non ne ho idea.»

Petrosky alzò un sopracciglio. «Andiamo, sapresti almeno dire se stava parlando messicano.»

«Il messicano non è una lingua,» sbottò Simmons.

Jackson lanciò un'occhiataccia. «Smettila di prenderlo in giro, Petrosky.»

Lui sbuffò. A lei toccava sempre fare il poliziotto buono.

«Hai detto che la sua voce è cambiata,» continuò Jackson, rivolgendosi di nuovo a Simmons. «Che era diversa quando parlava quest'altra lingua. Sei sicuro che fosse lui a parlare? Che non fosse un'altra persona?»

«Io...» Simmons abbassò lo sguardo sul tavolo. «Ripensandoci, probabilmente erano due uomini, sì. È l'unica cosa che abbia senso. Le voci suonavano decisamente diverse, molto diverse, e Jeffie abbaiava così tanto che... beh, non sarei stato in grado di sentire altri passi una volta che Jeffie si era messo a abbaiare.»

Eden... cosa aveva detto? *Era così strano, quasi come se la voce provenisse da un altro posto. Come se non fosse nemmeno lui.* E faceva così buio in quel mausoleo. Un secondo uomo stava parlando in un'altra lingua da fuori la porta? O era una questione di personalità multipla? Erano stati chiamati via dal Dr. McCallum per il casino a casa Amos prima che Petrosky potesse menzionarlo.

Simmons strinse le labbra e portò di nuovo le punte delle dita alle tempie, massaggiando con piccoli cerchi come se cercasse di far passare il mal di testa. «Pensate che quel ragazzo fosse ancora vivo? Quando ero lì?» Abbassò le mani.

Se Simmons fosse arrivato dopo l'omicidio, avrebbe sentito Eden urlare e fuggire dal cimitero, avrebbe sentito la polizia. Simmons aveva invece udito le ultime parole pronunciate prima che l'assassino decidesse di spezzare il collo a Samuel Amos. Petrosky annuì. «Sì, la vittima era ancora viva».

Gli occhi di Simmons si riempirono di lacrime. «Mi dispiace davvero».

Non dispiace forse a tutti noi? Il senno di poi era una gran brutta bestia. Petrosky lo sapeva meglio di chiunque altro.

CAPITOLO 9

L a strada aveva un'atmosfera intensa a quest'ora della notte, densa e minacciosa come se ci fossero occhi su di te anche quando non c'erano. Ma era meglio essere cauti, Jane l'aveva sempre pensato, che fosse in un bar, tornando a casa a piedi, o semplicemente cercando di evitare suo zio quando aveva bevuto un po' troppo. O quando non l'aveva fatto.

Si affrettò su per il vicolo abbandonato dietro quello che una volta era il Ragdoll club, tendendo le orecchie, ma udì solo il debole scalpicciare di artigli sul compensato e quello che poteva essere stato un minuscolo squittio. Una volta aveva provato a dormire dentro il vecchio club, ma la muffa era terribile, come cercare di respirare attraverso il feltro - tranne forse nel cuore dell'inverno, ma è quando i topi erano al loro peggio. Non che non fossero terribili adesso. Un passo oltre la soglia e rischiavi leptospirosi, febbre da morso di ratto, salmonella, rabbia. Pensare che una volta era stata una studentessa di medicina. Che scherzo.

Il portone andò e venne, il suo cuore pulsava al ritmo

dei suoi passi. Nessun suono se non il sottile *fruscio* della brezza estiva che occasionalmente sibilava su per il vicolo dalla strada verso il cimitero come un respiro dei morti. Camminò più veloce. Troppo buio per i suoi gusti. Solo un esiguo traffico finiva mai sulla strada vicino a Whispering Willows - c'erano più luci negli isolati fuori dal cimitero, e intendeva raggiungere il cavalcavia prima di mezzanotte.

Hssssssh.

Jane si fermò, i peli sulla nuca le si rizzarono... era un respiro umano quello che aveva sentito? Ma si rilassò di nuovo quando sentì la brezza sulle spalle. Non avrebbe dovuto venire da questa parte - voleva solo stare da sola per qualche minuto. E aspettare che se ne andassero i poliziotti che l'avevano sorpresa a mendicare. Ora, la presenza della polizia non sembrava così terribile, anche se probabilmente l'avrebbero accusata di vendere droga o il suo corpo. Jane non aveva mai fatto nessuna delle due cose.

Crick.

Non era il vento.

Sicuramente i topi, però, o forse una foglia vagabonda contro il mattone. Persino una falena che sbatteva contro il vetro del lampione all'estremità del vicolo.

Crick.

Le viscere di Jane si contrassero. Non si bloccò - non aveva il lusso di bloccarsi, non lo si aveva mai qui fuori - e camminò più veloce, spazzando via i capelli dal viso, ascoltando così intensamente che la testa le doleva dall'orecchio alla tempia alla mascella. La pelle tra le scapole le prudeva violentemente, e il ghiaccio nelle sue vene si diffuse sulla sua carne, lasciando scie di pelle d'oca appiccicosa. Qualcuno la stava osservando. L'aveva sentito abbastanza volte da saperlo; l'aveva sentito quando mendicava intorno allo stadio di football nelle sere delle partite, uomini che si chiedevano quanto denaro per farla tornare in hotel; l'aveva sentito quando era all'università camminando verso il dormitorio, orde di fratelli di confraternita che si chiedevano fino a che punto potessero arrivare - ad alta voce. L'aveva sentito ogni volta che passava davanti al divano su cui suo zio era sempre sdraiato; l'aveva sentito prima che la sua mano le si chiudesse intorno al polso.

Passo uno: evita lo scontro dove puoi. I suoi passi erano una vibrazione staccata contro i suoi timpani, che rimbalzava contro i mattoni, contro i cassonetti in disuso, una frenesia di gomma sull'asfalto. La bocca del vicolo incombeva davanti - buio pesto oltre, nero nebbioso, ma c'erano luci nell'isolato successivo, lo sapeva. E gente. Doveva solo farcela.

Blam!

Una luce bianca le lampeggiò dietro gli occhi. Il mondo vorticò in una nebbia di dolore. Cadde in ginocchio, la nuca che le cantava - *un'agonia* - le mani che grattavano contro l'asfalto. Si trascinò indietro, cercò di spingersi su, di rimettersi in piedi, ma le vertigini la trascinarono di nuovo giù. Jane sbatté le palpebre, la vista sfocata, oscura, ma riusciva a distinguere... qualcuno. Un uomo magro emerse dalle ombre oltre il vicolo. Qualcosa nella sua mano, lungo, sottile. Un tubo? Non riusciva a mettere a fuoco gli occhi abbastanza bene, lei-

«Che ci fai da queste parti, ragazzina?» Basso e stranamente strascicato. I suoi passi erano osceni, terrificanti, lo strisciare notturno del mostro sotto il letto. Ma ne aveva visti abbastanza di mostri, e sarebbe stata dannata se avesse lasciato vincere questo.

Jane allungò la mano verso lo stivale e afferrò il manico del suo coltello a serramanico. *Un centimetro più vicino, stronzo, e te ne andrai strisciando senza testicoli.* Passo uno: evitare. Passo due: combattere.

Si trascinò all'indietro, dietro un cassonetto, contro il

muro dove le ombre erano più profonde, ben fuori dal bagliore del lampione. Il puzzo di escrementi di topo e vecchia urina le bruciava le narici. Strinse le dita saldamente intorno al manico della lama, gli occhi sull'uomo che si avvicinava.

«Vieni qui, ho qualcosa per te». Un accento, una specie di accento. Rise. Orribilmente. Ma c'era un altro suono sotto, più una sensazione che un rumore: una vibrazione. *Passi?* Ma l'uomo davanti a lei non stava camminando - si era fermato, la testa inclinata, come se potesse sentirlo anche lui.

«Stai zitta, puttana. Stai zitta, stai zitta». Un'altra voce. Dietro di lei, oltre il cassonetto dove non poteva vedere.

Oh merda. Erano in due. Il mondo girava, girava, girava.

Jane estrasse la lama dallo stivale, la mano tremante. Se solo potesse mettere a fuoco gli occhi... Si mise in piedi, ma rimase abbassata, accovacciata, il coltello al fianco, puntato, pronto.

L'uomo dietro il cassonetto fece un passo avanti, nella luce, ancora sfocato, ma era un bestione massiccio di uomo stagliato contro il bagliore giallastro e confuso. L'uomo davanti a lei colpì il tubo contro il palmo opposto, *tunk*, *tunk*, *tunk*. L'uomo più grosso si avvicinò.

«Va bene, va bene!» L'uomo con il tubo alzò le mani. «Va bene, vai tu per primo».

Jane mise una mano contro il muro, cercando di alzarsi, ma il mondo si capovolse, violentemente. La lama tintinnò sul pavimento.

«Stai zitta, puttana, stai zitta».

Fu l'ultima cosa che sentì prima che la sua visione diventasse nera.

CAPITOLO 10

l cellulare svegliò Petrosky la mattina seguente, urlando, non cantando - *quello decisamente non è cantare* - qualcosa sul dominare il culo, con la linea del basso che faceva vibrare il telefono così forte che gli sfuggì dal comodino, facendo cadere il bicchiere d'acqua nel processo. *Maledetto telefono*. Aveva mezza idea di sfracellarlo e sostituirlo con uno di quelli vecchio stile a conchiglia così Jackson non avrebbe potuto più manometterlo. Altre urla dal cellulare. Il Grande Dane di Petrosky sollevò la sua testa enorme... dal letto accanto a lui. «Non puoi stare qui sopra», borbottò Petrosky, e si portò il telefono all'orecchio. Il cane scodinzolò.

«Buone notizie!» La voce di Scott era più profonda di quando si erano incontrati la prima volta, ma aveva mantenuto quella cadenza di eccitazione giovanile.

«Spero proprio che siano buone notizie», brontolò Petrosky. «Stai interrompendo il mio sonno di bellezza». Si mise lentamente seduto, scalciando via la trapunta dalle gambe. La luce notturna di Julie brillava di rosa dall'angolo, tingendo le coperte blu di un vago viola attraverso i suoi occhi assonnati. Sul pavimento, l'acqua formava una pozza sul tappeto dal bicchiere che aveva rovesciato.

Meglio acqua che Jack Daniel's.

«Oh amico, mi dispiace. Se c'è qualcuno che ha bisogno di un sonno di bellezza, quello sei tu». Scott rise.

Petrosky diede un'occhiata all'orologio sul comodino: le sette del mattino. Duke emise un *gar-umph* dal cuscino di Petrosky. Quel furfante non era felice finché non strofinava il suo sedere su tutto. Petrosky allungò la mano e grattò Duke dietro le orecchie, e il cane batté un costante *tump*, *tump*, *tump* sul letto con la coda. «Hai qualcosa da dirmi, ragazzo, o mi hai chiamato solo per farmi incazzare?»

«Allora, ecco come stanno le cose», continuò Scott come se non avesse notato il malumore di Petrosky. «Le foto dalla camera da letto di Amos erano certamente proprietà della polizia - non sono mai state rilasciate online o usate dalla stampa, e alcune di quelle che Amos aveva erano di casi più vecchi, prima dell'era dei social media. Quelle immagini sono state usate durante il processo, ma nessuno al di fuori dei detective e di coloro che erano in aula le ha mai viste».

«Vengono dall'interno», disse Petrosky, facendo cenno al cane di scendere dal cuscino, ma Duke sbuffò di nuovo e spinse la mano di Petrosky.

«Sembra proprio di sì».

«Quindi inizieremo a controllare i registri della sala prove. Vediamo chi ha ritirato quelle scatole».

«Magari fosse così facile».

Sì, anche a me piacerebbe, ragazzo. Nessuno che pianificasse di rubare foto dalla sala prove si sarebbe registrato - o avrebbe firmato per la scatola corretta - a meno che non fosse un completo idiota. Il che potrebbe essere. Forse sarebbero stati fortunati. Petrosky si grattò la guancia, la barba ispida che gli graffiava i polpastrelli.

«Non sappiamo quando le foto sono state rimosse dalle prove», disse Scott. «Ma erano sicuramente dei nostri fascicoli; alcune avevano ancora i numeri dei casi scritti sul retro».

Petrosky aggrottò la fronte guardando Duke, che aveva posato il suo enorme muso bavoso sul letto. La coda del cane batteva sulle coperte. *Tump*, *tump*, *tump*.

«Quanti dei casi che Amos stava studiando hanno portato a condanne?» Se alcuni fossero ancora aperti, e irrisolti, Amos potrebbe aver passato più tempo a ricercarli, sperando in un indizio. Petrosky l'avrebbe fatto.

«Erano tutti casi chiusi... credo.» Scott tirò su col naso, con il *frusciu-frusciu* della carta che frusciava in sottofondo. «Sì, avevano il DNA, i testimoni... sembrano tutte condanne ineccepibili.»

A meno che non avessero condannato la persona sbagliata, la loro teoria di "Amos ha catturato un assassino" sembrava improbabile. Ma avevano ancora un uomo all'interno coinvolto, qualcuno che lavorava al distretto. Forse qualcuno che aveva informazioni che non avrebbe dovuto avere sui casi di cui Amos era ossessionato. Ed era ancora possibile che stessero cercando due sospetti. Sia Johnathan Simmons che Eden Johansson sembravano pensare che ci fosse una coppia di assassini all'opera.

«A proposito dell'omicidio di Amos però,» disse Scott. «Sto ancora lavorando per mettere insieme il resto della documentazione, ma ho trovato una nota in uno dei primi casi correlati, l'omicidio nel vicolo di fronte al cimitero, che era interessante.» Il sibilo di carte sfogliate arrivò di nuovo attraverso il cellulare, più forte di prima e in qualche modo agitato, come accuse sussurrate. «Il testimone ha detto che stava borbottando, ma che continuava a ripetere una frase specifica più e più volte.»

«Lo sappiamo già, Scott.» Eden Johansson aveva detto la stessa cosa.

«Beh, questo testimone ha detto che si correggeva alcune volte. Come se dicesse una parola, poi la ripetesse più lentamente e leggermente diversa, quasi fosse in trance o come se stesse praticando la lingua.»

«Praticando la lingua?»

«È quello che c'è scritto.»

Mhm. Forse il loro sospetto era nuovo all'arabo cinque anni fa. Ma ora sarebbe fluente, probabilmente ecco perché Eden Johansson non aveva menzionato che inciampava sulle sue parole, perché era stata in grado di distinguere una parola vera e propria - una parola che aveva ripetuto numerose volte. Ma... significava che avevano solo un assassino bilingue? *Che diavolo sta succedendo?* Sospirò, e Duke sospirò più forte.

Nemico. Nemico. Nemico.

«Facciamo un reset,» disse Jackson la mattina seguente. L'odore di caffè della stazione di servizio e di gas di scarico filtrava dal finestrino aperto dell'auto, calmando i nervi a pezzi di Petrosky. Rigirarsi nel letto tutta la notte non aveva migliorato il suo umore. Nemmeno la mancanza di colazione, ma non aveva intenzione di fermarsi in un ristorante - meno persone avrebbe dovuto affrontare oggi, meglio sarebbe stato.

Dopo la chiamata di Scott il giorno prima, aveva cercato nei vecchi fascicoli dei casi e in vecchi sacchetti di prove, esaminato i registri di prelievo e riesaminato i casi in cui Amos era stato interessato - o almeno da dove provenivano le foto nella sua camera da letto. Niente. Scott aveva ragione sul fatto che le condanne fossero pulite; avrebbe

RICHIAMO

dovuto fidarsi del ragazzo, come gli diceva sempre il Dr. McCallum.

Il laptop di Samuel Amos era ancora con i tecnici, insieme al suo telefono, ma finora entrambi sembravano puliti. In qualunque modo Amos avesse ottenuto le foto, non era stato tramite email o cellulare. Avevano anche perlustrato di nuovo il quartiere intorno al cimitero, questa volta cercando qualsiasi traccia di una coppia di uomini, un grosso assassino bianco con un amico di lingua araba che girava per il centro al momento dell'omicidio. Niente da fare. E Scott non aveva trovato altri casi che corrispondessero al modus operandi dell'assassino. I più simili erano alcuni vecchi omicidi singoli della mafia, ma nessuno dei coinvolti borbottava o parlava in arabo.

«Eden ha detto che l'assassino ripeteva "Nemico". O che qualcuno lo faceva». Jackson tamburellava sul volante, ansiosa. Come lui. Forse sarebbero stati entrambi tesi finché non avessero ammanettato il loro uomo. «Quindi, Amos era il nemico, ma non abbiamo idea del perché. Potrebbe essersi imbattuto in un indizio a causa della sua ossessione per gli omicidi, ma non troviamo prove che fosse nemmeno a conoscenza di quegli altri casi correlati, consapevole di *questo* assassino - e non puoi risolvere ciò che non hai mai visto. Il che significa che rappresenta qualcos'altro per il nostro sospetto». *Ma cosa?* Entrambi sapevano che un crimine d'opportunità era molto più probabile di un attacco pianificato.

La Tercel rossa dietro di loro cambiò corsia, e Petrosky lanciò un'occhiata nello specchietto laterale come se si aspettasse di vedere la Taurus blu di Acharya che li seguiva di nuovo, con quell'espressione compiaciuta sulla sua faccia stupida.

Si voltò di nuovo verso Jackson. Un crimine d'opportunità aveva senso, ma Amos era comunque "il nemico".

89

L'assassino odiava semplicemente la famiglia di Amos? «So che questo caso ha le caratteristiche di un crimine casuale, ma quei picchettatori figli di...»

Lei sbuffò. «Troppo ovvio».

«I criminali non sono sempre intelligenti, e quei tizi ce l'hanno con il consigliere».

Jackson smise di tamburellare. «Ciò significherebbe che qualcuno del gruppo ha ucciso altre due persone cinque anni fa. Che possibile motivo avrebbero avuto per prendersela con le prime due vittime se gli omicidi sono politici?»

«Non ho detto che *tutti* gli omicidi fossero politici». Ma i consiglieri comunali non avevano molto potere comunque - uno sfogo arrabbiato su un blog, certo, ma un omicidio? Non quadrava.

Lei scosse la testa. «Li odio quanto te, ma essere bigotti non li rende assassini».

«D'accordo». Lui tirò su col naso. «Metteremo insieme comunque una lista del gruppo; i copycat esistono. Per ora, esploreremo altre opzioni».

Allora perché altro Amos sarebbe stato il nemico dell'assassino? Forse Amos aveva fatto qualcosa quella notte nel mausoleo, qualcosa di abominevole agli occhi dell'uomo che l'aveva ucciso. Petrosky considerò il rosario nel cassetto della scrivania di Amos - la croce. «Il cimitero, le strade circostanti... quel posto è pieno di depravazione. Prostituzione, droga, di tutto. E Samuel Amos stava facendolo con la sua ragazza dentro un mausoleo. La profanazione dei morti, o almeno la mancanza di rispetto, potrebbe renderlo il nemico di qualcuno abbastanza devoto».

«Un omicidio morale? Quindi Amos era un nemico di... cosa? Della religione? E l'assassino stava semplicemente vagando là fuori in cerca di qualcuno che si comportasse in modo indecente?»

Non ci vorrebbe molto a guardare laggiù. Petrosky scrollò le spalle. Se aveva imparato qualcosa nei suoi decenni nelle forze dell'ordine, era che il movente doveva avere senso solo per l'assassino stesso. «I fanatici credono che le loro azioni siano giustificate».

«Non mi preoccupano tanto le sensibilità dell'assassino: qualsiasi cosa potrebbe essere un movente. Concentriamoci su ciò che sappiamo».

Che è un bel niente. «Vorrei solo che il nostro lavoro sul campo di ieri avesse portato a qualcosa», disse. Tuttavia, la teoria dei due assassini valeva la pena di essere esaminata. Un complice che stava nell'ombra fuori dalla porta mormorando in arabo sembrava poco plausibile, ma l'altro uomo potrebbe essere stato un palo. O stava dicendo all'assassino cosa fare, dicendogli che Amos era il nemico.

Socchiuse gli occhi nel bagliore giallo intenso del sole mattutino: troppo luminoso. «Forse dovremmo dare un'occhiata all'università dopo questo, cercare studenti degli ultimi anni che corrispondano alla descrizione del nostro assassino. Quelli che seguono un percorso di lingue straniere». A condizione che il racconto di Eden, la sua unica parola tradotta, fosse corretto: cosa che non potevano provare. Ancora.

Jackson finalmente allentò la presa sul volante e allungò la mano verso il suo caffè. «Sì, se vogliamo creare il panico, aumentiamo pure la xenofobia. Più grande è il posto in cui iniziamo a ficcare il naso, più velocemente si diffonde la notizia». Sorseggiò il suo caffè, fece una smorfia e lo rimise nel portabicchieri.

«Quegli idioti della Repubblica stanno già creando ulteriore clamore. La nostra indagine non può fare peggio di così». Afferrò il suo caffè: amaro, come i fondi in una caffettiera di tre giorni, ma sempre meglio di quella merda sopravvalutata delle caffetterie.

«I Crociati della Repubblica vogliono solo molestare gli Amos», disse Jackson. «Il padre ha detto che in passato non si è preoccupato di denunciarlo perché non voleva dare loro più potere, più attenzione alla loro causa».

«E sono stati più che felici di intensificare i loro sforzi nel secondo in cui hanno visto un'apertura, anche se quell'apertura era il brutale omicidio del figlio del consigliere». Ripose la sua tazza e sospirò. «Ma hai ragione, non vogliamo dare loro più munizioni. E non c'è alcuna comunanza razziale tra le vittime».

«Ma sono tutti americani. È su questo che il gruppo sta insistendo molto, cercando di forzare l'angolo del terrorismo. È come se non si fossero mai preoccupati di ricercare cosa fanno realmente i terroristi».

«Ci affideremo al tuo amichetto Acharya per far passare questo messaggio alla popolazione in generale». Anche se entrambi sapevano che un idiota su internet con un titolo acchiappa-click valeva più dei fatti concreti.

«Odio che questa sembri una caccia alle streghe».

«Stiamo ancora cercando un tipo bianco robusto che conosce la zona». Solo uno che parlava arabo, e dallo stato dei suoi stivali consumati fino al suolo, uno che probabilmente non aveva i fondi per frequentare l'università. Non era probabile che avesse un genitore di lingua araba se ancora cinque anni fa inciampava sulle parole, e se l'assassino avesse imparato all'estero, diciamo, durante un periodo nell'esercito, non era probabile che andasse in giro a fare pratica. Il loro assassino dovrebbe risaltare come un pollice gigante e pallido. Allora perché non riuscivano a trovarlo?

Jackson entrò con la macchina nel centro comunitario e frenò abbastanza bruscamente da far scattare la cintura di sicurezza di Petrosky.

Il centro comunitario del centro città offriva corsi di

arabo a frequenza libera due volte a settimana, quindi c'era una discreta possibilità che qualcuno che stava imparando a parlare si fosse presentato qui. Petrosky si mise la cartelletta con lo schizzo sotto il braccio e seguì Jackson attraverso il parcheggio rovente, asciugandosi il sudore dal collo. Il corso di arabo si teneva ogni martedì e giovedì sera alle sei, ma lo stesso insegnante presiedeva un corso di inglese come seconda lingua alle dieci - come voleva la fortuna - oggi.

Una donna esile in un abito blu era in piedi davanti alla lavagna sul lato opposto della stanza, scrivendo verbi inglesi col gesso: correre, camminare, parlare. I suoi capelli neri brillavano, lucidi sotto le luci fluorescenti.

Petrosky si avvicinò lungo il corridoio centrale, schiarendosi la gola. «Ami Satou?»

Lei si voltò. «Sì?» La sua voce era bassa e piena, senza traccia di accento che lui potesse percepire. L'ufficio principale aveva detto che insegnava saltuariamente da sei anni, ma sembrava così... giovane. Magra, con una struttura ossea simile a quella di un uccello e occhi scuri molto distanziati. Quando si strinsero la mano, le sue piccole dita erano fresche ma salde e ruvide di gesso.

Jackson mostrò il suo distintivo. Il viso di Satou non cambiò espressione, il labbro ancora incurvato, lo sguardo fermo se non spento. Perfettamente composta. Rimase immobile quando Petrosky tirò fuori dalla cartelletta lo schizzo dell'assassino di Amos, quello a cui Eden aveva contribuito. «Riconosce quest'uomo? Forse dalle sue lezioni di arabo?»

Lei diede un'occhiata all'immagine. «No, non posso dire di conoscerlo. Ma è un po' generico, non crede?»

«Sono d'accordo, tutti gli uomini bianchi si assomigliano.»

Jackson gli diede una gomitata nelle costole, guadagnandosi un sopracciglio alzato da parte di Satou.

«Perché state cercando quest'uomo? Dovrei preoccuparmi?»

Petrosky rimise lo schizzo nella cartelletta, con le costole che gli dolevano. «Abbiamo solo bisogno di parlargli. Se dovesse presentarsi qui, ci chiami, ma non lo avvicini. Potrebbe essere pericoloso.»

La compostezza di Satou vacillò: per un momento, gli angoli delle sue labbra si abbassarono e un lampo di paura brillò nei suoi occhi, ma la sua ansia svanì altrettanto rapidamente. «Perché pensate che verrebbe qui? È... una questione di violenza domestica? Sta cercando qualcuno del corso?»

«Niente del genere. Pensiamo che possa essere stato uno studente, soprattutto negli anni passati. Speravamo che un uomo bianco alto che impara l'arabo potesse spiccare.»

Incrociò le braccia, macchiando di gesso una manica scura. «Non credo. Ho avuto parecchi uomini bianchi in quel corso, ma nessuno che assomigli al... vostro disegno. La maggior parte sono adolescenti più grandi che entrano nell'esercito, e ho anche uno studente anziano: vuole essere in grado di comunicare con la famiglia di sua nuora. È molto dolce.»

Petrosky si mise la cartelletta sotto il braccio. «Avremo bisogno di un elenco dei suoi studenti, idealmente risalente a cinque o sei anni fa.» Quando il loro assassino avrebbe parlato con più esitazione.

«Non faccio l'appello. È un corso gratuito, non dà crediti universitari o altro». Guardò in lontananza, pensierosa. «Probabilmente conosco i nomi di metà della classe attuale. I cognomi di qualcuno in più. Posso scriverli, oppure potreste tornare più tardi questa settimana e visitare direttamente la classe. Anche se...» Satou si morse il labbro inferiore. «Non sono sicura in quale città lavori, ma conoscete un certo Larry Babcock? Credo sia un poliziotto: è venuto alcune volte alla mia lezione di arabo in uniforme, con il nome sul taschino. Hanno un gruppo di studio, quindi potrebbe conoscere altre persone se non volete aspettare».

Babcock... Babcock. Perché suonava così famili-

Oh merda.

Il Capitano Shock. L'agente che era arrivato per primo sulla scena del crimine di Amos. E il suo partner, Khoury... era indiano? O mediorientale? Petrosky e Jackson si scambiarono uno sguardo. Babcock era sicuramente un uomo grosso, non il bestione che Eden Johansson aveva descritto, ma chiunque sarebbe sembrato più grande nascosto nell'oscurità, specialmente dopo aver quasi staccato la testa al tuo ragazzo. E tutto ciò che Babcock e Khoury avrebbero dovuto fare era correre nella direzione opposta a quella presa da Eden, salire sull'auto di pattuglia e guidare fino all'ingresso del cimitero.

Poliziotti che aiutano una signora in difficoltà. Che copertura perfetta.

CAPITOLO 11

«Beh, è stato facile», mormorò Petrosky, risalendo sul SUV di Jackson.

«Troppo facile. Se fosse stato Babcock a uccidere Amos, Johansson l'avrebbe riconosciuto quando si sono fermati davanti a Whispering Willows».

«Era buio. Ha dato appena un'occhiata indietro mentre scappava». E se avesse incontrato Babcock tre minuti dopo per strada, in piena uniforme, quali erano le probabilità che collegasse i due? Era sotto shock. Anche se per un momento avesse avuto dei sospetti, avrebbe potuto convincersi del contrario, perché era assurdo.

«Pensi che si presenterà?» chiese Jackson, sfrecciando lungo Main Street verso il distretto, con il sibilo degli pneumatici che vibrava lungo la schiena di Petrosky.

«Oh, si presenterà. Gli ho detto che avevamo bisogno di lui in centrale entro un'ora perché abbiamo una pista».

Lei si voltò di scatto verso di lui. «È questo che gli hai detto? Se è lui l'assassino, lascerà la città, non si presenterà al distretto».

«Non se ne andrà». Petrosky tirò su col naso. «Gli ho

detto che abbiamo un sospettato in custodia e che si è dimenticato di firmare i suoi documenti. Se l'ha fatto lui, sarà entusiasta di essere riuscito a farla franca».

Jackson tornò a guardare la strada, le dita che tamburellavano sul volante, più velocemente di prima.

Un minimarket si avvicinava sulla destra, con insegne al neon che promettevano "Birra" e "Liquori" dalle vetrine. Petrosky distolse lo sguardo, cercando di ignorare il modo in cui la sua bocca si era appena inumidita. Più avanti, qualcuno aveva lanciato un paio di scarpe da ginnastica sui cavi elettrici, di solito a rappresentare un vecchio omicidio di gang o uno spacciatore disponibile nelle vicinanze, ma non era sicuro quale dei due si applicasse in questo caso. Forse entrambi. Probabilmente entrambi.

Chiuse gli occhi e ascoltò il sibilo costante degli pneumatici dell'Escalade sull'asfalto bruciato dal calore, punteggiato da troppi *tonf-tud*. Amos aveva ottenuto quelle foto della scena del crimine da qualcuno nel distretto di Ash Park. Babcock stava seguendo corsi di arabo, la lingua parlata dall'assassino. Supponendo che Babcock fosse il loro uomo... Che possibile motivo aveva per uccidere Amos? Forse Babcock si era rifiutato di procurare altre foto e Amos l'aveva minacciato di denunciarlo, ma non era un movente per l'omicidio; Babcock non avrebbe nemmeno fatto il carcere per aver rubato delle foto.

A meno che Amos non avesse scoperto qualche altro misfatto degno di essere rivelato, e per cui valeva la pena uccidere. Ma no, un poliziotto saprebbe fare di meglio che lasciare un testimone. Un poliziotto saprebbe fare di meglio che attaccare quando c'è qualcun altro nei paraggi. Se Babcock stava fornendo foto ad Amos, avrebbe potuto far incontrare il ragazzo ovunque. Perché aspettare che Amos fosse in un cimitero con la sua ragazza e tendergli un agguato? E quegli altri due omicidi nel passato: aveva cercato di copiarli per coprire le sue tracce, o era responsabile di tutti e tre?

«Ass Master» risuonò dal cellulare di Petrosky, e lui imprecò sottovoce, strizzando gli occhi sullo schermo: Scott.

«Notizie migliori!»

Questo dannato ragazzino. Sembrava che avesse appena preso tre shot di quell'espresso che piaceva tanto a Jackson.

«Sputa il rospo, Scott».

«Ho trovato delle chiamate dal telefono fisso di Amos al cellulare di Babcock. Mi dispiace davvero, Detective».

«Ragazzo, non hai nulla di cui dispiac-»

«Stupido. Non ho pensato di controllare il telefono fisso: i ragazzi delle superiori e dell'università di solito usano i cellulari per tutto. Non commetterò di nuovo questo errore».

«Sono sicuro che non lo farai». Petrosky sorrise al telefono. «Hai le date delle chiamate per me?»

«Certo che me lo ricordo. E ogni volta, nella stessa settimana in cui avvenivano le chiamate, Amos prelevava denaro da un bancomat proprio vicino alla stazione di polizia, trecento dollari alla volta, per un totale di dodici volte.»

Petrosky sospirò. «Figli di papà.»

Jackson inarcò un sopracciglio mentre entrava nel parcheggio della stazione in una nuvola di polvere e ghiaia.

«Esatto? E in quelle settimane dei prelievi, ogni singola volta, Babcock era nell'archivio - una volta che sapevo chi e quando cercare, è stato un gioco da ragazzi. Non è quasi mai in archivio altrimenti. Certo, non ha mai firmato per prelevare le scatole da cui provenivano le foto, ma...»

Tutto quello che Babcock doveva fare era registrarsi con una richiesta che sembrasse legittima, assicurarsi che non ci fosse nessun altro in giro, e prendere i fascicoli o le scatole sbagliate. Non erano vigili come avrebbero dovuto essere - no, non avevano tanto personale quanto avrebbero dovuto avere. Petrosky stesso ne aveva approfittato in più di un'occasione, ma era un enorme fastidio quando qualcun altro lo faceva.

Almeno ora sapevano da dove Amos aveva ottenuto le foto. Anche se adesso sembrava più probabile che Babcock stesse solo fingendo di essere scioccato quando aveva visto il corpo senza vita di Amos - forse non era affatto sorpreso.

Jackson lo stava osservando, con la mano sulla maniglia della portiera, ovviamente in attesa di un aggiornamento. Lui indicò attraverso il parabrezza verso la stazione. Babcock era già qui, diretto verso le porte con quella sua andatura da troppi-esercizi-con-i-manubri.

Jackson scosse la testa. «Bastardo presuntuoso.»

«Lui, o io?»

«Entrambi.»

Petrosky rimise il telefono in tasca. «Portami su per la strada a prendere altro caffè. Voglio farlo sudare un po'.»

«Buon pomeriggio, Agente Babcock.» Petrosky sorrise e si accomodò lentamente sulla sedia dall'altro lato del tavolo d'acciaio, lo stesso dove aveva interrogato Simmons l'altro ieri. Posò davanti a sé il suo amaro caffè di Rita's. Aveva mangiato anche una ciambella sulla strada del ritorno, e dannazione, se l'era meritata, specialmente se fosse riuscito ad andarsene quella sera con Babcock in cella.

Babcock incrociò le braccia sul petto - petto largo, braccia e polsi grossi come il collo, mani che potevano essere abbastanza forti da spezzare la spina dorsale di un

MEGHAN O'FLYNN

ragazzo. «Hai detto che avevi bisogno di me qui subito. Ho lasciato tutto.» Stava praticamente facendo il broncio.

«Hai un appuntamento importante?» Petrosky si sporse in avanti, osservando il viso di Babcock trasformarsi in un mezzo sorriso. «O forse sei preoccupato di arrivare tardi alle tue lezioni di arabo al centro comunitario.»

L'uomo aggrottò la fronte. Si appoggiò allo schienale della sedia.

«Perché non me ne parli, Agente? Sei affascinato dalle lingue del mondo o cosa?» Poteva sentire gli occhi di Jackson su di lui da dietro il vetro a specchio che li collegava alla stanza adiacente.

«Io... suppongo.» Babcock si accigliò. «Pensavo che avessi un sospetto in custodia. C'è qualcosa che devo firmare?»

«E questo identikit...» Petrosky fece scivolare il disegno del loro sospetto dal suo fascicolo. «Ti assomiglia un po'.»

Babcock sorrise come se fosse uno scherzo, o non preoccupato o del tutto privo di emozioni. «Assomiglia anche a un milione di altre persone. Ragazzi, avreste davvero potuto fare di meglio con questo.»

Petrosky picchiettò con l'indice sull'identikit, proprio tra gli occhi, il silenzio si protrasse finché Babcock non alzò un sopracciglio. «Sei... strano, Detective.»

«Non hai ancora visto niente». Petrosky sorseggiò il suo caffè, lo sguardo fisso sul viso di Babcock. I peli tra le spalle gli si rizzarono.

Babcock fu il primo a interrompere la gara di sguardi e scosse la testa. «La gente mi aveva avvertito su di te, Petrosky. So che ti piace scherzare». Sorrise di nuovo, ma era un sorriso forzato. «Sii sincero con me, da poliziotto a poliziotto: di cosa si tratta?»

Ti darò io da poliziotto a poliziotto, faccia da idiota. «Parlami di Samuel Amos».

«Cosa vuoi sapere di lui?» Ma i suoi occhi si erano ristretti. «Non lo conoscevo, cosa stai-»

«Oh, ma tu lo conoscevi eccome». Con un fruscio di carte, Petrosky sostituì lo schizzo del composito con le informazioni che Scott aveva stampato per lui e indicò la terza riga. «Questo è un prelievo in contanti effettuato con il bancomat di Amos. Proprio vicino alla stazione di polizia».

Babcock guardò la pagina e poi di nuovo Petrosky. Scrollò le spalle. «E quindi?»

Petrosky sorrise in un modo che sperava sembrasse predatorio, perché si sentiva davvero come una volpe a caccia. Una volpe grassottella e facilmente irritabile... no, forse un procione. Aveva persino le occhiaie.

«Hai incontrato Amos in ciascuno di questi giorni. Gli hai dato alcune foto».

La mascella di Babcock si irrigidì. «Non so di cosa stai parlando». Ma le sue nocche erano bianche.

«Sapevi che ci sono telecamere di traffico all'angolo est di Main Street?»

«Cosa c'entra-»

Petrosky portò la tazza di caffè alle labbra, assicurandosi che il logo "Rita's" fosse rivolto verso Babcock, e osservò la consapevolezza farsi strada negli occhi azzurri dell'uomo. Se Amos fosse venuto verso la stazione dal bancomat, e Babcock si fosse diretto verso Amos dalla stazione di polizia, si sarebbero incrociati da qualche parte nel mezzo: il ristorante sarebbe stato un luogo d'incontro conveniente. C'erano telecamere di traffico che puntavano proprio su quell'incrocio, praticamente sulla porta d'ingresso di Rita's. Le telecamere erano rotte da mesi, ma Petrosky scommetteva che Babcock non lo sapesse.

«Ho anche i registri dei depositi delle prove», disse Petrosky.

«Non ho firmato-»

«Tu ed io sappiamo benissimo che, indipendentemente da ciò che hai firmato per portare fuori, hai dato quelle foto a Samuel Amos. E ci hai guadagnato un bel gruzzoletto: tremilaseicento dollari».

Babcock fissò per un momento, le narici dilatate, poi sospirò così pesantemente che Petrosky sentì la brezza dall'altra parte del tavolo. «Non pensavo... che importasse. Tutti quei vecchi casi, erano già chiusi, non vedevo il danno. Mi sono assicurato di non dargli nulla di attivo».

«Non sono particolarmente preoccupato del fatto che tu abbia rubato le foto. Sono molto più preoccupato del motivo per cui Samuel Amos meritava di morire».

La testa di Babcock si ritrasse all'indietro, be', per quanto potesse con quel collo taurino. «Cosa?»

«Ti ha chiesto qualcosa che non potevi fornire? Minacciato di denunciarti? O ha trovato qualcosa che non volevi nelle sue indagini personali?»

«Ma che...» Babcock respirava a malapena. «Non puoi essere serio, io non-»

Cambia argomento. Tienilo fuori equilibrio. «Come hai fatto a cambiarti di nuovo in uniforme prima di andare a prendere Eden Johansson?»

Le mani di Babcock tremavano così forte che le punte delle dita vibravano contro il piano del tavolo. «Rimettermi l'uniforme? Eravamo in pattuglia. Non mi sono cambiato».

«Allora perché Eden non ha notato il tuo distintivo mentre eri occupato a uccidere il suo ragazzo?»

Ed ecco di nuovo quella faccia scioccata: occhi spalancati, mascella a terra, narici dilatate come se stesse cercando invano di inspirare più aria. «Cosa sta... Le ho detto, eravamo in pattuglia e l'abbiamo sentita urlare».

«E siete accorsi subito. Khoury è rimasto con la ragazza, e tu sei corso più veloce che potevi fino al mausoleo e sei comunque riuscito a non vedere un bel niente».

Il volto dell'uomo arrossì. I pugni si strinsero. Sembrava che l'agente Babcock avesse un bel caratterino. «Non è stata colpa mia! L'assassino doveva star scappando mentre la ragazza correva verso la strada! Probabilmente era già sparito prima che la vedessimo».

«Affascinante come siate riusciti ad arrivare così in fretta, tra l'altro. Al posto giusto al momento giusto?» Petrosky si appoggiò allo schienale della sedia.

«Per l'ultima volta, eravamo in pattug...»

«Quanti bianchi pensi ci siano là fuori che parlano arabo?» Poteva quasi sentire Jackson nella sua testa: *Gli farai venire il colpo della frusta.*

«Io... non ne ho idea. Cosa...»

«Ecco il punto, Babcock; salta fuori che il nostro assassino stava parlando in arabo proprio prima di girare la testolina del piccolo Sammy». Era anche possibile che Khoury fosse nell'ombra fuori dal mausoleo - la seconda voce. Quella faccenda delle due voci continuava a infastidire Petrosky, inviando piccole fitte alla base del suo cervello.

Babcock scattò in piedi e alzò entrambi i palmi. «Aspetti... il borbottio di cui parlava era una vera lingua?»

«Dimmelo tu, testa di cazzo».

«Non sapevo che l'assassino stesse parlando arabo, lo giuro! Lei ha detto che stava solo borbottando nonsense!»

Petrosky voleva saltare su quella frase, voleva saltare dritto alla gola di Babcock, ma probabilmente era vero. Eden Johansson aveva detto la stessa cosa a Petrosky e Jackson nell'ambulanza.

«Oh dio, non posso credere...» La mascella di Babcock lavorava senza sosta. «Non sono stato io, mio dio, Detective. So come sembra, ma le giuro, io...»

«Spiegami una cosa, Babcock. Capisco perché hai rubato le foto. Non la passerai liscia, ma lo capisco - sono un sacco di soldi. Ma perché stavi prendendo lezioni di lingua? Khoury parla inglese; non è che voi due abbiate problemi a comunicare». Non era nemmeno sicuro che Khoury parlasse arabo, ma sembrava una buona supposizione, e su questo punto, Petrosky era perso. Certo, Amos poteva essere diventato il nemico se avesse scoperto qualche segreto di Babcock, ma perché mormorarlo in arabo mentre stavi uccidendo il ragazzo? Solo perché il testimone non capisse cosa stavi dicendo? Era più facile tenere la bocca chiusa del tutto, e Babcock non sembrava avere problemi a farlo. Poteva essere un coglione, ma non era pazzo.

Il viso di Babcock impallidì, da guscio d'uovo a cenere. «Okay, era un po' uno scherzo».

Petrosky lo fissò, poi disse lentamente: «Stavi imparando un'intera lingua per uno scherzo?»

Babcock guardò le sue scarpe. Le sue scarpe decisamente non di taglia undici - forse dodici. Petrosky guardò il suo caffè. Forse avrebbe dovuto rinunciare a quel donut celebrativo.

«No, voglio dire... okay, a volte Khoury parla con sua moglie in arabo quando siamo in pattuglia. Al cellulare. E so che si dicono cose sporche, ma lui continuava perché io non potevo capirlo. Così ho iniziato questo corso, e ora posso infastidirlo al riguardo e...» Stava praticamente iperventilando.

«Cosa?»

«Sua sorella è molto carina».

La... sorella di Khoury? «Stai imparando l'arabo per impressionare una donna?»

Babcock guardò di nuovo le sue scarpe. Il che era una risposta sufficiente.

CAPITOLO 12

«Quel cretino.» Petrosky si lasciò cadere sulla sua sedia, mentre intorno a lui l'ufficio era in fermento. Posò il suo bicchiere di Rita's accanto al caffè del giorno prima che era ancora sulla scrivania, tirò fuori il cellulare e mandò un messaggio a Scott. Sperava che il ragazzo avesse finito di mettere insieme i fascicoli dei casi precedenti.

«La pagherà per aver manomesso le prove», disse Jackson, accasciandosi accanto a lui.

«Gli daranno un cazzo di buffetto sulla guancia.» Petrosky gettò il suo caffè stantio nel cestino e appoggiò la testa pesante tra le mani. Aveva appena chiuso gli occhi quando Decantor rise dall'altra parte dell'ufficio. Quell'uomo andava mai in pattuglia? Come faceva ad avere un tasso di risoluzione così alto quando passava tutto il tempo a chiacchierare con i suoi amici in ufficio? «Non riesco ancora a crederci.»

«Volevi che fosse lui.»

«Sì, lo volevo.» Non necessariamente Babcock, ma... qualcuno. Qualcuno che potessero togliere dalla strada e rinchiudere, un volto a cui potessero puntare il dito e dire agli Amos: «Questo è l'uomo che ha ucciso vostro figlio, e lo faremo pagare.»

Tum, tum, tum. Petrosky alzò la testa. Decantor, un tipo grosso, con una bocca ancora più grossa. Sorrise a Petrosky con un milione di denti bianchi splendenti.

«Hai gli ultimi pettegolezzi sui Kardashian o cosa?»

«Il capo ti sta cercando.»

Petrosky guardò l'orologio alla parete, di quelli con le lancette che i ragazzi di oggi non sanno nemmeno leggere - le tre e un quarto. «Perché Carroll non mi ha chiamato?»

«Per lo stesso motivo per cui sto gestendo io le chiamate del tuo testimone. Eden Johansson ha chiamato una volta ieri e due volte oggi per chiedere se avevate preso il colpevole, ma non aveva nuove informazioni per voi. Glie-l'ho chiesto.» Decantor si chinò e toccò la base del telefono, rimettendo la cornetta al suo posto.

Ah, già. Petrosky scrollò le spalle. «Sto solo evitando i giornalisti. È stata già una settimana lunga.» Avrebbero comunque contattato la Johansson più tardi. Per vedere come stava reggendo.

«Grazie, Decantor», disse Jackson, e il marcantonio le fece un cenno, ma c'era una dolcezza nel suo sguardo che Petrosky non aveva mai visto prima. Oh dio... c'era qualcosa tra Decantor e Jackson? Aprì la bocca per chiedere, ma Jackson si stava già alzando in piedi. «Finiamola qui.»

Giusto. Probabilmente era meglio non sapere... a meno che il culo amante dei Kardashian di Decantor non avesse fatto del male alla sua partner, nel qual caso-

Più tardi.

«Maledetto Babcock», borbottò Petrosky.

«Avremmo dovuto chiamare gli Affari Interni.»

«Col cavolo. Siamo immersi fino al collo in un'indagine per omicidio, non possiamo occuparci di quegli stupidi stronzi». Il corridoio sembrava più lungo del solito, e il corpo di Petrosky più pesante di quando si era svegliato, come se ogni grammo di irritazione si fosse attaccato alla sua carne. Probabilmente era colpa della ciambella. O di Decantor. O del fatto di sapere che stava per ricevere una strigliata.

La porta dell'ufficio del capo era aperta.

«Bene, bene, bene, guarda chi si vede». Il capo Carroll incrociò le braccia, la sua fronte solitamente liscia era corrugata dall'agitazione.

«Se continui così, la tua faccia rimarrà in quel modo». Petrosky chiuse la porta dietro di loro e si lasciò cadere sulla sedia di fronte alla scrivania del capo. Jackson scivolò nel posto accanto a lui.

Le narici di Carroll si dilatarono. «Avete visto le notizie oggi?»

Le notizie? Lanciò un'occhiata a Jackson, che stava tirando fuori il cellulare, con il viso teso. *Babcock è già riuscito a ottenere uno spazio in prima serata?*

Scosse la testa. «Nah, mi piacciono le notizie come mi piacciono i giornalisti. Inesistenti».

La mascella di Carroll si contrasse come se volesse strappargli la gola. «Che diavolo avete combinato voi due?»

Lui scrollò le spalle. «Un sacco di cazzate. Ma non ho idea per cosa sono nei guai in questo momento».

«Smettila di fare il furbo. Ci sono stati due attacchi alla comunità musulmana nelle ultime otto ore. Una moschea imbrattata con simboli nazisti, un proprietario di un negozio di alimentari musulmano picchiato fuori dal suo appartamento».

«Benvenuta nel mio mondo», mormorò Jackson, con gli occhi ancora sul telefono, probabilmente scorrendo le notizie a cui Carroll si riferiva. «I miei figli... mio figlio...

non possono nemmeno indossare una felpa con cappuccio».

La sua voce tremava, anche se solo un po'? Petrosky si girò di nuovo verso il capo, deglutendo il nodo che aveva in gola. «Gli attacchi sono collegati alla Repubblica di Jackoff?»

«Non se ne stanno prendendo il merito, ma scommetto sui Crociati della Repubblica, sì, o sui loro seguaci».

«Ne abbiamo qualcuno in custodia?»

«Non ancora. Ma abbiamo delle persone che ci stanno lavorando. Brave persone». All'improvviso sembrò esausta.

Petrosky aggrottò la fronte. «Non capisco ancora come la colpa di questo ricada su di noi, Capo».

«Questi atti di violenza sembrano essere legati a un articolo di giornale uscito online questa mattina. L'articolo sostiene che l'omicidio al mausoleo di Whispering Willows fosse un atto di terrorismo».

Gli rivolse uno sguardo duro, ma Petrosky scosse la testa e disse: «Non abbiamo assolutamente alcun motivo di pensare che questo sia collegato ad attività estremiste, e non l'abbiamo detto a nessuno».

«Hai detto a qualcuno che l'assassino parlava arabo?»

Acharya-quel giornalista pezzo di merda bugiardo. Una fiamma gli sbocciò nelle viscere e si diffuse al petto.

«Non c'è motivo di pensare che le nostre fonti abbiano divulgato quell'informazione», disse Jackson, ma la sua voce era troppo acuta, troppo tesa, e le sue dita erano artigli intorno al cellulare. «La notizia sembra provenire dai canali dell'estrema destra. Forse uno dei manifestanti ha origliato qualcosa.»

Il che era una stronzata. Nessuno, inclusi Petrosky e Jackson, sapeva nemmeno che l'assassino stesse parlando una lingua reale fino a quando non avevano parlato con Eden Johansson a casa degli Amos, e dopo, erano andati dritti alla macchina. Non avevano detto una parola a nessuno, tantomeno ai tizi che agitavano cartelli, anche se Petrosky aveva lasciato che il suo dito medio facesse un po' di conversazione.

«Origliato?» Il viso di Carroll era quasi viola - poteva sentire la tensione irradiarsi dalla sua forma seduta. Pungente. «Come avrebbero potuto quei manifestanti-»

«Senta, ho detto a Jackson che dovevamo sparargli, ma non me l'ha permesso», Petrosky tirò su col naso. «Se lo chiede a me, è troppo indulgente con il crimine, ma posso-»

Carroll balzò in piedi. «Chiudi quella cazzo di bocca, Petrosky». Rivolse uno sguardo gelido a Jackson e si sporse sulla scrivania. «Tu scopri come è successo. E se dici un'altra dannata parola alla stampa, ti ritiro il distintivo, perché so che non è stato il culo sospettoso di Petrosky».

«Non puoi esserne sicura. Potrei sorprenderti», disse Petrosky.

Lei si girò verso di lui. «E non pensare nemmeno per un momento di essere fuori dai guai per Babcock. Non appena Khoury ha capito cosa stava succedendo, è venuto nel mio ufficio a lamentarsi di te. Aspettati una chiamata dagli Affari Interni».

«Non vedo l'ora». Petrosky si alzò. «Ma giusto per essere chiari, se non sparo agli Stronzi, posso sparare a Babcock invece?»

«Fuori dal mio ufficio».

«Indulgenti con il crimine, tutti voi». Ma per una volta, fece come gli era stato detto.

CAPITOLO 13

Una volta fuori nel corridoio, Jackson lasciò andare un respiro come se l'avesse trattenuto per tutto il tempo che era stata nell'ufficio del capo.

«Vuoi che vada a prendere a pugni Acharya nelle palle?» disse Petrosky. I loro passi echeggiavano nel corridoio.

«Se prendere a pugni le palle fosse la soluzione, lo farei io stessa. Il tuo vecchio culo non spaventerà nessuno». Ma la sua mascella sembrava abbastanza dura da spaccare il granito. «Non è Acharya. Solo che... non ti sembra che non quadri, vero?»

«È una merda, ma non mi sorprenderebbe da parte sua. È un giornalista sporco e marcio, e ci ha seguiti per sedici chilometri con un tizio chiuso nel bagagliaio».

«Simmons era svenuto nel sedile posteriore di Acharya. Per scelta sua».

«Come vuoi. Acharya è un coglione».

L'aria nell'ufficio sembrava più leggera rispetto a quella del corridoio, e stranamente silenziosa, come se tutta la stanza fosse stata in attesa del loro ritorno dopo essere stati strigliati. Ma solo Decantor era alla sua scrivania, con il naso nei suoi fascicoli, scrivendo furiosamente.

«Un coglione, certo, ma avrebbe avuto un'esclusiva se avesse tenuto la bocca chiusa per qualche giorno», disse Jackson.

Su questo Jackson aveva ragione. Perché Acharya avrebbe rinunciato a tutto questo solo per pubblicare che l'assassino aveva pronunciato alcune parole in arabo? Avrebbe perso qualsiasi credibilità avesse con il dipartimento, e a lui importava della credibilità. *Non rivelo mai le mie fonti.*

«Torno tra un'ora», disse Jackson. «Ti serve qualcosa?»

Un cheeseburger? Il metabolismo di un ventenne? Un bastone per picchiare Babcock? «No, grazie».

Lo lasciò alla sua scrivania, e lui accese il computer, un vecchio PC scadente che non reggeva il confronto con il Mac che Scott lo aveva aiutato a scegliere per casa sua. Bevve l'ultimo sorso freddo dalla tazza di caffè di Rita e rivolse la sua attenzione al fascicolo del caso sul suo desktop. Mh. Sembrava più pesante, più spesso di quanto fosse prima che andassero nell'ufficio del capo, e... lo era. Scott doveva essere stato qui. Aprì il fascicolo.

Come aveva detto Jackson, c'erano due omicidi precedenti che corrispondevano al modus operandi dell'omicidio Amos: uno vicino al cimitero, dietro i salici piangenti, e l'altro qualche isolato più in su, nel vicolo dietro un nightclub in stile rave. Il nightclub ora era abbandonato, i proprietari stanchi di combattere contro i mandati, ma spacciatori e prostitute continuavano a frequentare il vicolo dietro il Ragdoll.

Girò la pagina. La prima foto della scena del crimine mostrava un uomo dalle spalle larghe a pancia in giù, con la testa girata dalla parte sbagliata: Gerald Polluck, un ex marine di trentadue anni che abusava della moglie. Aveva rapito sua moglie e l'aveva portata dietro il cimitero per mostrarle dove sarebbe finita se avesse proseguito con il divorzio. Poi l'aveva stuprata per buona misura. Nella dichiarazione che la signora Polluck aveva rilasciato alla polizia:

Vorrei poter guardare quell'assassino uccidere quel figlio di puttana una seconda volta.

Toccante. Continuò a leggere.

La signora Polluck era stata all'aperto, quando c'erano ancora i lampioni in quella sezione del cimitero: avrebbe dovuto essere in grado di vedere l'uomo che aveva allontanato suo marito da lei. Ma aveva fornito una descrizione vaga, niente di più che robusto, forte e biondo. E la seconda vittima, quella del vicolo... si era rifiutata del tutto di fornire una descrizione.

Registrata come Nicki Vasquez, la donna stava camminando dietro il club Ragdoll quando un uomo che non riconosceva l'ha aggredita alle spalle, l'ha gettata tra i rifiuti accanto al cassonetto e ha tentato di violentarla. Le ha sbattuto la testa contro il cemento, le ha strappato la biancheria intima e stava cercando di aprirle le gambe con forza quando è stato strappato via da lei da un altro uomo che «non ha visto», anche se era stata in grado di descrivere il suo tentato stupratore nei minimi dettagli. Una prostituta aveva trovato il potenziale aggressore di Vasquez morto nel vicolo con la testa girata a metà, e aveva chiamato la polizia senza rendersi conto che Vasquez era priva di sensi dietro il cassonetto. Il documento d'identità nella sua scarpa era stato usato per ricoverarla in ospedale, e erano riusciti a farle alcune domande prima che scomparisse dal reparto di terapia intensiva. La sua patente di guida era falsa, ovviamente. La vera Nicki Vasquez aveva risposto al telefono quando avevano cercato di rintracciare la donna.

Gettò il suo bicchiere vuoto di Rita's nella spazzatura. Nessun collegamento evidente tra le vittime degli omicidi: razze ed età diverse, cosa che già sapevano. Ma gli attacchi erano avvenuti nella stessa zona generale e ora, con i fascicoli dei casi più completi forniti da Scott, sembrava chiaro che tutte le vittime fossero sopra una donna al momento dell'omicidio. Il sospettato potrebbe essere un vigilante che pattuglia il quartiere, salvando le donne dagli attacchi. Ma con Samuel Amos, aveva commesso un errore.

Petrosky tamburellò le dita sui fascicoli dei casi, aggrottando le sopracciglia davanti allo schermo vuoto del computer. Eden Johansson non era stata in pericolo, ma le prime due vittime *erano state* salvate dall'uomo in questione, dall'assassino. Quelle donne avevano un debito con lui. Forse lo avevano protetto non rivelando la sua identità. Non poteva parlare con la signora Polluck, morta in un incidente d'auto tre anni prima, ma la donna precedentemente conosciuta come Nicki Vasquez... nome falso, ma all'epoca, si sarebbe preoccupata se il suo salvatore fosse stato catturato, se stesse bene? E in tal caso, avrebbe potuto chiamare la stazione? Eden Johansson aveva chiamato qui tre volte in altrettanti giorni, e odiava il tipo, pensava. Decantor aveva persino annotato ogni chiamata nel fascicolo, quel bastardo perfezionista.

Sfogliò la sezione sul secondo omicidio. Molto più sottile del primo. I detective non avevano spinto troppo l'indagine: senza testimoni collaborativi, sarebbe stato improbabile ottenere una condanna. D'altra parte, senza Amos, senza la morte di un ragazzo innocente, forse anche Petrosky l'avrebbe lasciata correre.

Almeno gli ultimi detective avevano tenuto i registri

delle telefonate. Una dozzina di chiamate annotate, anche se la maggior parte sembravano segnalazioni casuali, con numeri che corrispondevano al prefisso del centro città, probabilmente la donna che aveva trovato il corpo dietro il Ragdoll, o altre prostitute ansiose per un assassino nel loro ambiente. Nessuna sembrava aver portato a qualcosa. Ma due chiamate avevano attirato il suo interesse: *Chiamante anonima femminile, ha chiesto se l'assassino fosse stato catturato*. Un numero sembrava corrispondere a quello di una segnalazione precedente in cui la chiamante riferiva di aver visto il sospettato fare l'autostop, ma un testimone che cercava di nascondersi non avrebbe chiamato così spesso, e certamente non con segnalazioni per trovare l'assassino a meno che non stesse cercando di depistare, il che sembrava inverosimile. Ma l'altra... Aveva una data e un'ora, e metà di un numero di telefono scritto a matita dove non era stato cancellato nella piega del foglio. Sarebbe stato abbastanza? Non per lui, ma forse abbastanza per Scott.

Afferrò il telefono dalla scrivania. «Ehi, ragazzo, ho un lavoro per te». Con la coda dell'occhio, vide Jackson rientrare nell'ufficio: caffè, grazie a Dio. Ma perché ne aveva tre?

«Dimmi» disse Scott, e Petrosky lo fece e ascoltò le dita del ragazzo che cliccavano sulla tastiera. «Dammi tre minuti...» *Clack-clackity-clack*. «A proposito, papà chiede di te».

Jackson si fermò alla scrivania di Decantor, e il ragazzone mise da parte la penna, alzò lo sguardo verso di lei e disse qualcosa che la fece ridere. Probabilmente qualche stronzata su Britney Spears. Britney era ancora una cosa?

«Passerò questa settimana, va bene?» disse Petrosky, osservando Jackson posare il caffè extra sulla scrivania di Decantor. «Di' a tuo padre che gli porterò un po' di quei ciccioli che gli piacciono».

Il rumore della tastiera si fermò, poi riprese. «Nessuno di voi due dovrebbe mangiare ciccioli».

Forse no, ma il cancro aveva cercato di uccidere il padre di Scott, George, per molto tempo, e finalmente era in remissione da sei settimane. Quale modo migliore per festeggiare se non con i ciccioli? Era così che Petrosky aveva festeggiato la sopravvivenza al suo attacco di cuore. Beh, quello e guardare il cervello di un assassino sadico esplodere in una nebbia rossa. «Se porto del tofu, mi prenderà a calci in culo».

«Verissimo». Scott rise. «Vuoi aspettare ancora un minuto?»

«Nah, richiamami».

Petrosky ripose il telefono sulla base mentre Jackson gli metteva il caffè accanto e praticamente si lasciava cadere sulla sedia.

«Non hai una scrivania tua, Jackson?» Cos'avevano i suoi partner con i problemi di spazio? Non solo doveva condividere l'auto, ma praticamente doveva condividere anche la sua sedia.

Lei appoggiò i piedi sulla scrivania, mancando per un pelo la cartellina... e il suo caffè fumante. «Non era Acharya. Era Barnes».

Petrosky sentì degli occhi su di sé; lanciò un'occhiata a Decantor che prontamente distolse lo sguardo. «Barnes non ci ha detto nulla di qualcuno che parlava arabo» disse Petrosky. «Non lo sapeva nemmeno».

«No, ha solo detto che erano scuri di pelle. E quando parlava con Loni Trumbull, è questo che le ha detto. Scuri di pelle con un bassotto».

«Loni... la rossa che è sempre sulla TV via cavo a blaterare sui messicani?»

«Proprio lei. Ha visitato la casa famiglia dopo di noi, ha convinto Barnes a partecipare a una qualche diretta sui social media. Probabilmente lo ha pagato bene, o abbastanza bene; diavolo, potrebbe averlo fatto anche per un panino con le polpette. Ma l'unica che ha detto qualcosa sulla lingua era Loni stessa».

«Chi gliel'ha detto? Quell'informazione doveva venire da qualche parte».

«Lei dice di no. Che non era una forzatura presumere che l'uomo dalla pelle scura fosse uno straniero e che messicano o musulmano fossero le scelte più ovvie».

«Se l'è tirata fuori dal culo?» Ma non era esattamente così. Aveva detto al suo pubblico quello che volevano sentirsi dire.

«Sì. Poi mi ha chiesto perché la polizia non la stesse prendendo più seriamente. Perché preferissimo lasciar andare i terroristi piuttosto che fare davvero il nostro lavoro». Jackson scrollò le spalle. «Le ho detto che saremmo andati a prenderla. Sospetto di essere una complice per via delle informazioni riservate».

«Si è già fatta assistere da un avvocato?»

«Sicuramente. Viene citata in giudizio due volte a settimana». Jackson sorseggiò il suo caffè e fece una smorfia. «Merda. Scotta».

«In un certo senso voglio prendere a pugni Acharya comunque». Lanciò un'occhiata quando la sua partner non rispose. Jackson si stava mordendo il labbro. «Forse se compri altro caffè a Decantor, andrà lui a prendere Loni per noi. Lo farà sicuramente se gli offri la cena». Anche se forse lo aveva già fatto.

Lei sbatté le palpebre. Lo sguardo fermo. La mascella rilassata.

Hmm.

Il telefono sulla scrivania squillò stridulo e Petrosky sobbalzò. Jackson rise. «Non sei abituato a rispondere a quello, eh?»

«Meglio di quella stronzata dell'"Ass Master".» Portò il pesante ricevitore all'orecchio.

«Ottime notizie!» disse Scott. «Ti ho procurato un cellulare. E un nome.»

Petrosky sorrise. «Ti porterò anche delle cotenne di maiale, ragazzo. Te le sei meritate.»

CAPITOLO 14

Trina Layton, precedentemente nota come Nicki Vasquez, aveva vene come mappe stradali sulle sue braccia pallide e gli zigomi scavati di un fantasma da film horror. Ma gli zigomi sembravano intenzionali; il suo viso era pesantemente truccato in tonalità di beige, le palpebre dipinte di nero e viola che non avresti trovato nemmeno sul poliziotto di pattuglia più privato di sonno. Ciglia da tarantola.

Layton socchiuse gli occhi verso Jackson attraverso la fessura della porta. Bell'edificio, un blocco di nuovi condomini ad Ann Arbor. Non aveva ancora sganciato il chiavistello scorrevole, il che, nel suo campo di lavoro, era probabilmente saggio. «Posso aiutarla?»

«Polizia di Ash Park, signora» disse Jackson. «Possiamo entrare?»

Il viso di Layton si indurì in un milione di linee dipinte di pietra pastello.

«Non si tratta di Lei.» Petrosky si fece avanti dietro Jackson, la mano sulla porta, e incrociò lo sguardo di Layton. «Non ci interessa quello che fa, o più specificamente, con chi lo fa.» Il braccio di Jackson si tese come se volesse colpirlo, ma lui tenne gli occhi su Layton. «Abbiamo bisogno del Suo aiuto. L'uomo che ha fermato il Suo aggressore cinque anni fa... potrebbe essere nei guai.»

«Quale aggressore? Non so nulla di-»

«Il vicolo dietro il Ragdoll.» La cartella che Petrosky aveva infilato sotto il braccio sembrava pesante. «Lei ha visto un uomo a cui è stato spezzato il collo.»

Gli occhi di Layton si schiarirono, ma la sua fronte rimase corrugata, sospettosa. «Pensa davvero che lui potrebbe essere...» Sospirò.

«Sappiamo che Le ha salvato la vita» disse Jackson. «Ci permetta di ricambiare il favore. Dobbiamo trovarlo prima che qualcun altro si faccia male.»

La porta si chiuse di scatto.

Jackson alzò gli occhi al cielo. «Tanto per que-»

Il chiavistello scorrevole tintinnò. Poi la porta si aprì e Layton fece un passo indietro facendoli entrare.

Ogni superficie nella casa di Trina Layton era meticolosa quanto il suo viso. La seguirono attraverso l'atrio in un salotto ultra moderno arredato in pelle grigio chiaro, con pareti grigie, mobili grigi, persino cuscini decorativi grigi. Stranamente reminiscente della personalità del signor Johansson, tranne per il fatto che questi avevano stile. Si sperava che non toccasse nulla con la faccia, altrimenti ci sarebbero state macchie di beige e viola ovunque.

Si sedettero l'uno di fronte all'altro nella cucina a vista. Gli occhi di Layton rimasero fissi sull'altro lato del tavolo, forse cercando di non guardare la cartella che lui aveva posato sul legno grigio. «Allora, cosa sta succedendo? Avete trovato l'uomo che... il tipo che mi ha salvata?»

«Non ancora. E per la cronaca, capiamo perché sia scappata» disse Jackson. «Neanch'io sarei rimasta, al Suo posto.»

Layton aggrottò le sopracciglia e volse lo sguardo verso Petrosky. «Pensavo avesse detto che era nei gua-»

«È un eroe, lo capisco» disse Petrosky. «Se si limitasse a eliminare gli stupratori, probabilmente non mi preoccuperei nemmeno di cercarlo. Sta facendo il nostro lavoro al posto nostro, in realtà.»

Jackson gli lanciò un'occhiata: probabilmente sapeva che non stava scherzando.

«Ma questa volta ha ucciso un ragazzo innocente, signora Layton. Uno studente universitario al parco con la sua ragazza.»

Le labbra di Layton si strinsero: disgusto? Verso Petrosky o verso l'omicidio?

«Pensiamo che potrebbe essere stato costretto», continuò Petrosky. «Che qualcun altro potrebbe averlo spinto a fare del male alle persone».

Jackson inarcò un sopracciglio - *Usa la tua faccia da poker, Jackson, per l'amor del cielo* - ma non c'erano leggi contro le bugie, e lui avrebbe detto qualsiasi cosa a Layton se questo li avesse aiutati a trovare il loro assassino. D'altra parte... forse la teoria della coercizione non era del tutto irragionevole. Anche se non avevano indizi su un singolo killer, figuriamoci su una coppia.

Petrosky si voltò di nuovo verso Layton, il cui mignolo vibrava contro il legno grigio. *Cosa sai?* «Si ricorda se c'era qualcun altro con lui?», chiese. «Magari qualcuno sullo sfondo, dietro di lui?»

Lei guardò il suo orologio - d'oro, con minuscoli diamanti che brillavano intorno al quadrante - e sbatté le palpebre. «No. Non c'era nessun altro».

«Forse qualcuno che mormorava sullo sfondo? Più in fondo al vicolo, che gli diceva cosa fare? Magari dicendo qualcosa che non ha capito?»

«Io... no, c'era solo lui. Un uomo. Ma parlava in due lingue».

Ecco che andava a farsi benedire la loro teoria dei due assassini.

«Ne è sicura?», disse Jackson.

«Certo che sono sicura, perché non dovrei...»

«Perché quando ha rilasciato la sua dichiarazione, ha detto di non aver visto né sentito nulla oltre a lui che balbettava le parole». Jackson si sporse così tanto sul tavolo che Layton si ritrasse sulla sedia, mettendo le mani in grembo. «È strano che ora ricordi così tanto di più».

I suoi occhi brillarono, di sfida, ma anche... d'intelligenza. «Mi avrebbero arrestata se fossi rimasta a chiacchierare. Ora il termine di prescrizione sia per la prostituzione che per l'adescamento è scaduto».

«Forse semplicemente non voleva che lui finisse nei guai», disse Petrosky dolcemente.

«Mi ha salvata». Il suo labbro tremò leggermente.

Petrosky mise la mano sul braccio di Jackson e le fece un cenno. La sua partner si rilassò sulla sedia grigia mentre lui si rivolgeva a Layton. «Capisco perché vorrebbe proteggerlo. Ma dobbiamo proteggere le persone innocenti là fuori. E mentre lui potrebbe fare molto bene, ha commesso un errore». Aprì la cartella e ne estrasse una foto, l'unica cosa che aveva portato: Samuel Amos, alla cerimonia di diploma del liceo, sorridente per l'eternità. «Non meritava di morire, signora Layton. La prego di aiutarci prima che qualcun altro venga ucciso».

Layton fissò Amos, il suo viso sorridente, gli occhi luminosi di speranza, di vita. Tirò su col naso e fece una pausa così lunga che lui pensò potesse rifiutarsi di rispondere, ma poi si schiarì la gola. «Era buio, quindi non l'ho visto bene. Capelli chiari, tagliati molto corti. Ed era... grosso. Muscoloso». Scosse la testa. «Mi ha salvata, sa? Lo ha fatto davvero».

Questo era vero, ma di certo non aveva salvato Samuel Amos. «E riguardo a ciò che ha detto? Ha detto agli agenti che parlava in due lingue, incespicando sulle parole». Gli altri testimoni l'avevano identificato come un farfugliare incomprensibile.

«Sì, due lingue. E so esattamente cosa ha detto». Sbatté le palpebre. «Ha detto che lui non era il nemico».

Non era *il nemico?* Il suo cuore accelerò. Quella cosa del nemico non era stata divulgata al pubblico. Ma perché dirlo? Se Petrosky stesse cercando di calmare qualcuno, direbbe «va tutto bene» o «non ti farò del male», ma mai «non sono il nemico». Petrosky osservò il viso di Layton in cerca di un movimento del sopracciglio, un tremito delle labbra, qualsiasi cosa indicasse incertezza, ma lei lo fissava, senza battere ciglio. Risoluta. «Quali sono state le sue parole esatte?»

«Questo è tutto. Ha detto: "Non sono il nemico".»

Non sono il nemico.

«Lo ha ripetuto più e più volte», disse Layton, «anche se a volte... balbettava un po'. Come se fosse confuso. Stordito, capisce?»

Jackson inclinò la testa. «Quindi Lei parla arabo?»

«Parlo molte lingue». Layton incrociò le braccia, gli occhi fissi su quelli di Petrosky.

«Dove le ha imparate?» chiese Jackson.

Layton finalmente spostò lo sguardo su Jackson, con uno sguardo velato e sensuale, il tipo che daresti... a un cliente. «Conosco ogni tipo di uomo, Detective. Pensa che non possa essere abbastanza intelligente da capirli tutti?»

«Lei è fluente in arabo imparato per strada?»

Lo sguardo sensuale svanì, sostituito dal veleno. «Va bene, ha ragione. Ok? Non sono fluente. Ma posso capire di che lingua si tratta e conosco le parolacce, anche le... cose sporche». Le sue narici si dilatarono. «In questo settore, conviene sapere se ti stanno chiamando una graziosa puttanella o una brutta troia. Sono quelli cattivi che ti fanno male di proposito: meglio essere preparate». La sua mascella si era indurita. Arrabbiata. E sembrava che avesse un dannato buon motivo. «Quindi, sì, ho riconosciuto la lingua, come riconoscerei il francese o il tedesco. E dopo... continuavo a sentirlo, la sua voce, capisce? In loop, persino nei miei sogni. Alla fine l'ho cercato».

Sembrava una reazione traumatica, ripetere certi momenti più e più volte. «Ha detto qualcos'altro?» chiese Petrosky.

Il suo sguardo cadde sul suo grembo, le spalle tese. «Stava... credo che stesse anche borbottando un po'». Si morse il labbro. «Ma in inglese».

Petrosky attese. Layton stava chiaramente nascondendo qualcosa.

«Lui... potrebbe aver detto di fare silenzio». Alzò di nuovo la testa e rimise le mani sul tavolo, con i palmi verso il basso. Unghie corte e curate; sobrie, a differenza del resto del suo aspetto. «Ma sono sicura che fosse solo perché era sconvolto per quello che era successo, non voleva che nessuno sentisse».

Parlava come se lo stesse difendendo: cosa aveva detto che necessitava di essere difeso? D'altra parte, il loro sospettato aveva borbottato anche tra i salici... che Simmons aveva sentito. Forse Layton aveva sentito la stessa cosa.

«Le ha dato un nome?»

Lei distolse lo sguardo.

«Trina?»

«Sta' zitta, puttana. Va bene? Ha detto: "Sta' zitta, puttana".»

124

Questo non è giusto. «Sta' zitta, puttana» *e* «Non sono il nemico»? Queste frasi sembravano in contrasto, anche se le chiamasse con nomi offensivi o meno, chiaramente non vedeva le testimoni femminili come nemiche. Aveva salvato Layton. E la signora Polluck. Probabilmente pensava di star salvando anche Eden Johansson.

Ma si era sbagliato.

CAPITOLO 15

l dottor Woolverton era un piccolo smilzo con occhiali spessi dalla montatura verde e un perenne ghigno sdegnoso, come se stesse facendo di tutto per farsi prendere a calci nel sedere. Quando Petrosky entrò nell'obitorio, Woolverton si spinse gli occhiali sul ponte del naso.

«Che cosa hai per me, dottore?»

Woolverton lo guardò con sospetto - niente di nuovo - poi abbassò lo sguardo sul ragazzo morto. Samuel Amos, disteso sul tavolo di acciaio inossidabile a pancia in giù, con la testa girata di lato quasi nella stessa posizione in cui Petrosky l'aveva visto la prima volta nel mausoleo, anche se Woolverton gli aveva chiuso gli occhi con un piccolo punto sotto ciascuna palpebra.

E il suo collo... merda. Al mausoleo, Petrosky aveva notato le ossa sporgenti sotto la pelle, ma sotto la luce abbagliante delle lampade da esame di Woolverton, il riassetto delle ossa era uno spettacolo dell'orrore, come nocche nodose e artritiche. L'incisione lungo la colonna vertebrale, ora suturata, che Woolverton aveva fatto non migliorava la situazione. Nera. Rabbiosa.

126

«Frattura della vertebra C-1», disse Woolverton. «Avrebbe influenzato immediatamente la sua capacità di respirare e parlare, e causato la perdita del controllo di intestino e vescica».

«Il testimone ha detto che stava ancora gemendo quando è scappata». Petrosky si chinò per esaminare i lividi intorno alle orecchie del ragazzo. Impronte di dita. Palmo. «Ci sono state due lesioni?»

«Due lesio-»

«Beh, era ancora vivo e gemeva quando lei se n'è andata. L'assassino lo ha strattonato una seconda volta, o è morto per la lesione iniziale?» Non era sicuro del perché fosse importante; in ogni caso stavano avendo a che fare con un uomo che chiaramente voleva Amos morto, ma forse il sospettato si era divertito a guardare il ragazzo lottare per respirare. O forse lo aveva subito tolto dalle sue sofferenze.

Woolverton scosse la testa così forte che gli occhiali gli scivolarono di nuovo giù per il naso affilato. «Una sola lesione. Se il vostro testimone lo ha sentito gemere, si sarà fermato poco dopo. Una frattura così grave... la sofferenza non è durata più di pochi minuti». Woolverton tirò su col naso. «Piccolo miracolo, suppongo, che non abbia sofferto a lungo - anche se fosse sopravvissuto, sarebbe rimasto in stato vegetativo».

Lo sguardo di Petrosky cadde sui dischi sporgenti nel collo di Amos. Chiuse gli occhi per un attimo più lungo di un battito di ciglia e si concentrò di nuovo sul medico legale.

Woolverton strinse le labbra, ma si rilassò mentre diceva: «La fidanzata ha chiamato l'ufficio prima oggi. Se le parli, falle sapere che se n'è andato velocemente. E che non c'era nulla che avrebbe potuto fare per salvarlo».

Ma che diavolo? «Non gliel'hai detto tu quando ha chiamato?» *Pensavi di prolungare la sua sofferenza per divertimento, stronzo?*

«Non lo sapevo. Non avevo ancora completato il mio esame. Settimana impegnativa, purtroppo».

Petrosky strinse gli occhi verso Woolverton, ma lo sguardo fermo dell'uomo allentò la tensione nelle spalle di Petrosky. Il medico legale poteva essere un po' stronzo, ma era onesto fino all'osso, cosa che Petrosky apprezzava... di solito. D'altronde, tutti avevano un po' dello stronzo dentro di sé. Alcuni più di altri.

Woolverton si schiarì la gola, con un suono troppo acuto e rauco, come un gatto che cerca di espellere una palla di pelo. «Ha fatto bene a scappare. Se avesse provato a combattere contro questo tizio... non avrebbe avuto alcuna possibilità.»

«Perché lo dici?» Non che fosse in disaccordo - qualsiasi resistenza e si sarebbero trovati di fronte a due cadaveri - ma Woolverton di solito non faceva dichiarazioni generali sulle persone vive. Era un esperto solo quando smettevano di respirare.

«Per fare questo tipo di danno è dannatamente impossibile se non sai cosa stai facendo, e a volte anche se lo sai: stai cercando qualcuno con un addestramento specializzato e una forza enorme.» Aggrottò la fronte, il viso teso. «Molto difficile da fare», ripeté. «L'unica altra volta che ho visto una cosa del genere è stata quando studiavo a New York. C'era stata una serie di omicidi legati a una delle famiglie criminali di lì.»

Petrosky si raddrizzò e alzò un sopracciglio. «Sicari?» Scott aveva trovato degli omicidi della mafia quando stava cercando crimini correlati.

«Non sto dicendo che questo tizio facesse parte di un'esecuzione professionale, ma il tuo killer era forte, veloce e altamente efficiente. A parte quel caso della mafia, non ho mai visto niente di remotamente simile.»

Petrosky si passò il palmo sulla faccia, già ispida per la barba incipiente. Che possibile motivo avrebbe avuto qualcuno per mandare un sicario? Il consigliere comunale, il padre di Amos, gli venne in mente, ma non c'era nulla di così grave a quel livello di governo. Nulla per cui valesse la pena uccidere il figlio dell'uomo. Avevano controllato. E se Samuel Amos stesso avesse avuto informazioni che valevano la pena di uccidere, che giustificavano l'organizzazione di un omicidio su commissione...

No, erano sciocchezze. Le altre vittime non erano obiettivi predefiniti, erano crimini di opportunità. Se Amos fosse stato scelto in anticipo, significava che Amos conosceva l'identità di questo killer in particolare, ma non avevano motivo di credere che fosse vero. Amos non aveva foto della scena del crimine di Polluck, o della scena di Layton. Nulla indicava che fosse a conoscenza di quei crimini.

Ma Amos era al cimitero. Perché Meredith Lawrence era stata uccisa lì. Coincidenza? Petrosky lasciò vagare lo sguardo sul viso del ragazzo, gli occhi ora chiusi di Amos, la sua carne grigiastra, lo scolorimento intorno alla colonna vertebrale.

Il loro killer non si preoccupava di qualche teppistello del centro. Questo assassino rimaneva nella sua zona, come un poliziotto di ronda. O... un militare in pattuglia.

E attaccava solo quelli che vedeva come nemici. Non le donne, lo aveva reso chiaro: gli uomini. Ma se pensava di fare la cosa giusta, perché fermarsi per cinque anni? Ma lo sapeva: la prigione, sposarsi, avere un figlio, trasferirsi, il senso di colpa all'antica... una qualsiasi delle mille circostanze della vita poteva portare a una pausa nell'attività criminale, anche nell'attività criminale compiuta con le migliori intenzioni.

Woolverton lo stava fissando, ma il dottore sapeva bene di non chiedere se stesse bene. Petrosky annuì per salutare e si diresse verso l'auto, con le parole dell'assassino che gli risuonavano nella testa - *Non sono il nemico* - in arabo. Il loro sospettato potrebbe star combattendo contro i propri impulsi, come aveva detto il dottor McCallum, sentendosi in colpa anche mentre lo faceva. Forse quelle parole erano per sé stesso e non per le donne, nel tentativo di convincersi di non essere così cattivo.

Sì, ogni volta che voglio sentirmi meglio con me stesso, mi limiterò a sussurrare 'Non sono uno stronzo' finché non ci crederò. Come se potesse servire.

Jackson era ancora al posto di guida dove l'aveva lasciata, con il cellulare all'orecchio, la sua voce un basso ronzio sullo sfondo. Non alzò lo sguardo quando lui chiuse la portiera.

La rottura del collo... così efficiente. Come aveva detto Woolverton, poteva essere un sicario, ma un sicario avrebbe avuto un bersaglio specifico, non si sarebbe impegnato in attacchi improvvisi. Quindi cosa rimaneva loro? Un tipo delle forze speciali che aveva perso la testa? Aveva deciso di farsi giustizia da sé e ferire coloro che ferivano gli altri? Ma se gli stupratori erano il nemico, allora perché uccidere Amos? *Perché l'assassino ha fatto un errore.* O forse era andato oltre il punto di preoccuparsene.

Se solo ci fosse stato un modo per restringere la lista dei soldati, ma non potevano semplicemente richiedere i nomi di tutti quelli dispiegati più di cinque anni fa - c'erano duecentomila soldati dispiegati in un dato anno, troppi per passarli al setaccio. Senza un nome, un numero di previdenza sociale, o anche solo il servizio specifico, erano fregati.

Jackson mise via il cellulare, il viso teso. «Allora?»

Lui socchiuse gli occhi notando la brusca piega verso il basso della sua bocca, il leggero fremito del labbro... era preoccupata. Forse suo figlio - il più giovane aveva bisogni speciali e a volte aveva episodi a scuola. Al ragazzo piaceva passare il tempo con Petrosky, però; il bambino non era un tipo da chiacchiere inutili, ma era un ottimo ascoltatore se non eri noioso. Le vecchie storie di polizia erano piuttosto interessanti, anche se lui ometteva le parti spaventose per il ragazzo. «Dobbiamo andare a prendere Lance?»

«No. Va tutto bene». Mise in moto il SUV. «Vuoi aggiornarmi?»

Lui non insistette. «Woolverton ha detto che era una frattura netta, considerevole forza, cosa che già sapevamo. Ma con tutto ciò e quello che ha detto Layton... penso a un militare, forse forze speciali. 'Nemico' è un termine da zona di guerra». Anche se perché dirlo in un'altra lingua? Era solo per caso che Layton l'avesse capito, e l'assassino non aveva motivo di credere che lei sarebbe stata in grado di comprendere.

Jackson lo squadrò, poi annuì. «Possiamo fare un giro all'ospedale dei veterani domattina. Vedere se conoscono qualche tipo delle forze speciali che parla da solo. In arabo».

«Giusto». Non spiegava perché il loro sospettato stesse praticando la lingua qui, balbettando sulle sue parole o perché avrebbe detto «stai zitta, puttana» a donne che presumibilmente stava salvando. Ma se avevano un soldato in missione, anche se solo una missione nella sua mente, non si sarebbe fermato.

I soldati non lo facevano mai.

CAPITOLO 16

Le strade non erano ancora completamente buie, non ancora, ma anche nel cuore della notte, non aveva bisogno dei suoi occhi; poteva sentirla avvicinarsi, poteva assaporarla nell'aria. Inspirò, profondamente, lentamente... carne salata. E *fiori*. Profumo, dall'oriente.

Tac-tac, *tac-tac*.

Il crepuscolo si infittiva. Drizzò le orecchie, ascoltando attentamente il costante battere di scarpe sull'asfalto, un solo paio ora; ce ne sarebbero stati altri? La sua pancia doleva, acida. Ma non aveva tempo per questo, non oggi. Aveva i suoi ordini. Aveva sempre i suoi ordini.

Tac-tac, *tac-tac*.

Più vicino.

Il suono rimbalzava sui muri intorno a lui, sui cassonetti, sui mattoni. L'avrebbero sentita. Qualcuno l'avrebbe sentita. Il suo petto era rigido, i polmoni congelati.

Tac-tac, *tac-tac*, *tac-tac*.

Più vicino.

Tac-tac, *tac-tac*.

Eccola.

Capelli lunghi e scuri. Gonna corta. Scarpe alte. *Tac-tac-tac-tac.* Non guardò nella sua direzione, e perché avrebbe dovuto? Lui era nascosto nelle ombre profonde oltre il portone, nascosto in un luogo a cui nessuno avrebbe dato importanza. Terra di nessuno. E se stavi abbastanza fermo, abbastanza silenzioso...

Tac-tac.

Lei passò.

Tac-tac.

Più lontano.

Tac-tac.

E poi lo sentì, un basso tono strascicato che gli fece rizzare i peli tra le spalle: «Dove vai, ragazza?»

Strisciò fuori dalle ombre e la seguì.

CAPITOLO 17

L'ospedale dei veterani era una colossale struttura di mattoni marroni direttamente uscita dagli anni '30. Più finestre, però, e sbarre su ognuna di esse sopra il primo piano per impedire alle persone di gettarsi nel vuoto. Cosa che, purtroppo, era fin troppo comune. Petrosky ci era andato vicino lui stesso, più di una volta, ed entrare in questo edificio era un promemoria di quei tempi bui. Beh, quello e il fatto di essersi tirato fuori dal buco dopo il suo attacco cardiaco.

Il dottor McCallum lo aveva aiutato. Così come il perdono, non per il bastardo che aveva ucciso sua figlia, o lo stronzo che aveva brutalmente assassinato il suo partner - non l'avrebbe mai avuto dentro di sé - ma per se stesso. Per non essere stato in grado di fermare nulla di tutto ciò. Per aver lasciato che accadesse come un idiota.

Ok, quindi non era perfetto, ma almeno non era un alcolizzato. Non più.

Lui e Jackson presero l'ascensore fino al quarto piano, e lei lo seguì attraverso il labirinto di corridoi fino al reparto cardiologico. Bussò due volte a una porta già aperta vicino alla fine.

«Edward!» La dottoressa Rosenberg gli sorrise da dietro la sua pila di fascicoli - una delle poche persone che potevano permettersi di chiamarlo così. Fece il giro della scrivania e lo abbracciò. La sua testa arrivava solo alla sua spalla, ma lui aveva sempre pensato che sembrasse molto più alta - era addirittura imponente se avevi le palle di contraddirla. Una volta aveva saltato un appuntamento di controllo cardiaco e lei gli aveva fatto una ramanzina quando aveva chiamato per riprogrammarlo. Ma gli aveva comunque dato qualche informazione sul caso dietro l'appuntamento mancato, più di quanto avesse mai avuto bisogno di sapere sugli anticoagulanti che avevano scoperto nella borsa della vittima.

Ora gli punzecchiò il petto attraverso la sottile cartella che portava, i suoi intelligenti occhi marroni che si increspavano agli angoli. «Come va il cuore?» Il suo viso si illuminò tutto quando sorrise.

Non poté fare a meno di ricambiare il sorriso. «Continua a battere».

«Stai ancora facendo quella cosa della ciambella una volta alla settimana?» Lanciò un'occhiata a Jackson, il suo attuale contatto di emergenza da quando Shannon si era trasferita in Georgia.

Jackson annuì, e Rosenberg si voltò di nuovo verso Petrosky, alzando le sopracciglia. «Lo sai che stai meglio *senza* ciambelle, vero?»

«Sì, ma che razza di vita sarebbe?»

Rosenberg sospirò e tornò al suo posto dietro la scrivania, facendo loro cenno di accomodarsi sulle traballanti sedie di legno di fronte a lei. I cerchi scuri sotto i suoi occhi, a malapena nascosti dal trucco, gli fecero dolere il petto - non per lo stent. Grandi medici come Rosenberg, i dottori che si assumevano il carico di lavoro di tre medici in qualsiasi ospedale normale, meritavano almeno pelle, ma i finanziamenti governativi non stavano esattamente arrivando a fiotti per dotare completamente il posto, figuriamoci per abbellirlo. I poteri forti spendevano molti più soldi per mandare le persone in guerra di quanti ne spendessero per prendersene cura una volta tornate.

«Immagino che non siate qui per una visita di cortesia», disse ora Rosenberg, chiudendo il fascicolo aperto sulla sua scrivania e spingendolo di lato.

«No, non lo siamo». Si accomodò sulla sedia. «Stiamo cercando un assassino».

«Che sorpresa.» Incrociò le mani sulla scrivania. «Qui intorno ci sono molte persone con il sangue sulla baionetta, non che li chiamerei assassini. Ma cosa ti fa pensare che io possa conoscere quello che stai cercando?»

«Oh, non credo che tu lo conosca, non esattamente.»

Rosenberg si immobilizzò. Socchiuse gli occhi. «Se hai una domanda generale sui sintomi o sui farmaci cardiaci, posso aiutarti, ma-»

«Non è proprio quello che sto cercando.» Il loro tizio stava parlando una seconda lingua che le persone intorno a lui non capivano. Jackson aveva ragione: le parole non erano per loro. Stava parlando a se stesso. «Spero davvero che qualcuno del reparto psichiatrico possa riconoscere il suo volto.»

Rosenberg incrociò le braccia. «Vuoi che chiami la dottoressa Idowu.»

«Andiamo, dottoressa, è questo il modo di parlare di tua moglie?»

«Dire che è una dottoressa? Si è guadagnata quel titolo, e lo sai bene.» Lo fissò con uno sguardo di ghiaccio.

Petrosky mise le mani sulle ginocchia e si sporse in avanti sulla sedia. «Ascolta, non ti sto chiedendo di fare nulla di illegale. Ma forse potrebbe semplicemente... venire a chiacchierare con noi. E se per caso tua moglie riconoscesse il nostro schizzo, o magari conoscesse un gigante biondo delle forze speciali che parla arabo e ama parlare da solo...»

Lei sospirò, tirando fuori il cellulare dalla tasca del camice bianco. «Vai ad aspettare in mensa, Edward. Vedrò cosa posso fare.»

La mensa brulicava dell'energia stanca di medici sovraccarichi di lavoro, assistenti sociali indaffarati e familiari disperati in cerca di buone notizie, anche se era possibile che quell'aria di malessere fosse interamente nella sua testa; non era abituato ad andare in ospedale a meno che la morte non fosse imminente. Petrosky si fece da parte per lasciare passare un uomo sulla trentina, dall'aspetto consumato, sulle stampelle, e scrutò le sedie di plastica, poi il lungo bancone metallico pieno di panini, insalata di maccheroni, budini e bibite alla spina. Un gruppo di uomini dai capelli bianchi rideva dal tavolo nell'angolo anteriore, uno di loro appoggiato pesantemente su un bastone metallico fornito dall'ospedale e con il petto pieno di medaglie.

«Dovremmo mangiare?» chiese Jackson. «Tanto vale, invece di perdere tempo ad aspettare una donna che sicuramente è troppo occupata per il tuo culo prepotente.»

«Tutto è un vicolo cieco finché non lo è più.» Petrosky scosse la testa e si diresse verso un tavolo in fondo. «E lei verrà.» Idowu era efficiente, con modi bruschi e senza fronzoli, e regimentata come ci si aspetterebbe da un ex medico dell'esercito. Inoltre, erano arrivati al momento giusto, lo stesso momento in cui era venuto mesi prima:

subito dopo il giro di visite, quando i vassoi del pranzo dei pazienti arrivavano in reparto. L'unico momento in cui la dottoressa poteva avere dieci minuti liberi.

«Pensi che si presenterà in base alle tue due sole interazioni con lei?» Jackson scivolò su una delle sedie, la cui gamba metallica stridette contro le piastrelle.

Petrosky si fece strada intorno al tavolo e si sedette accanto a lei; poi sorrise quando Idowu entrò con disinvoltura nella caffetteria con una cartelletta sotto il braccio. Un brillante copricapo arancione le copriva i capelli dalla nuca alla fronte.

«Detectives». Aveva un accento sudafricano che arrotondava le sue vocali e induriva le sue *T* in scoppi staccati che colpivano l'orecchio come un colpo su un charleston. Si lasciò cadere sul sedile di plastica di fronte a Petrosky e gettò il suo registro sul tavolo con un fracasso. «Ho sentito che volete interrogarmi. Ma dovete capire che non sono autorizzata a fare il nome di alcun paziente, per quanto possiate supplicare». Alzò le sopracciglia verso Petrosky - *vai al sodo*. Il bagliore acuto negli occhi della dottoressa non era cambiato.

Lui fece scivolare lo schizzo dalla sua cartella. Lei lo guardò appena. «Dovrete fare di meglio. Muscoloso, immagino? Molti degli uomini che passano di qui frequentano la palestra come facevano quando erano in servizio attivo. Vecchie abitudini».

Petrosky annuì. «Che ne dici di questo: stiamo cercando un uomo bianco che parla arabo. Potrebbe avere qualche tipo di malattia mentale, qualcosa che lo fa parlare da solo. Probabilmente vive qui vicino - sembra conoscere la zona». Il suo sguardo scivolò oltre Idowu mentre un altro uomo entrava. Massiccio dalla mascella ai polpacci, capelli neri, pugni a martello serrati ai fianchi. Indossava jeans e una maglietta, ma aveva gli occhi socchiusi di un uomo che era ancora nella zona di combattimento, lo sguardo che saettava di qua e di là, cercando una preda - o cercando chi lo stava cacciando.

L'uomo si voltò, ma i suoi pugni rimasero serrati: i pugni carnosi di qualcuno disposto e ben in grado di avvolgerli intorno alla tua gola per averlo guardato male.

«Gli omicidi sembrano essere motivati da presunti torti», disse Jackson, guardando appena l'uomo dai pugni a martello. «Interrompere stupri in corso. Due dei testimoni si sarebbero inginocchiati e lo avrebbero ringraziato se non fosse scappato via».

Idowu tamburellò un dito sul suo registro, guardando oltre Petrosky - pensierosa. «Avete considerato le case famiglia?»

«Ci siamo già stati, l'abbiamo già fatto». Ma i senzatetto erano più difficili da trovare, e il fatto che gli stivali fossero così consumati rendeva ancora più probabile che fosse un senzatetto. Petrosky mise gli avambracci sul tavolo. Idowu non avrebbe rivelato nomi, e doveva ammettere che un soldato che parlava arabo non era insolito, non di questi tempi. Ma forse avrebbe riconosciuto cosa stava dicendo il loro assassino. «Il nostro tizio continuava a ripetere la stessa cosa - "Non sono il nemico"».

Idowu strinse le labbra. «Se fossi stata paracadutata in una zona di guerra, sarebbe la prima cosa che avrei imparato».

Merda. Aveva ragione. Era stato così preso dal trovare l'assassino che aveva frainteso la situazione. Non sarebbe stata la prima volta. Quindi dove li lasciava questo?

«Quindi, Detective, siete ridotti a un veterano biondo e robusto?»

Petrosky si appoggiò allo schienale della sedia. «Sì, ma qualcuno abbastanza forte da spezzare il collo di un uomo a mani nude-

Si fermarono tutti quando risuonò il frastuono di piatti, seguito dal grido gutturale e basso di un uomo aggredito. L'uomo robusto che Petrosky aveva visto entrare era in piedi al tavolo proprio dietro di loro, con pezzi di panino al prosciutto e formaggio e patatine fritte sparsi sul pavimento intorno ai suoi piedi. Le sue narici si dilatarono, non in modo aggressivo, ma con vergogna. Le sue mani si aprivano e chiudevano convulsamente. Fissava.

L'urlo risuonò di nuovo. Petrosky guardò oltre lui verso l'angolo anteriore. Il vecchio con le strisce aveva abbandonato il suo bastone e giaceva sotto il tavolo a pancia in giù, con le mani sulla testa. Urlava, urlava, urlava come se stesse morendo. E quelle urla, Petrosky le conosceva-

I polmoni di Petrosky si chiusero di colpo e, per un momento, vide la testa del suo migliore amico svanire accanto a lui, sangue e ossa che gli schizzavano sulla guancia, ma quando sbatté di nuovo le palpebre, la stanza era tornata, e il suo cuore pulsava dolorosamente nella gola.

«Scusatemi, detective» disse Idowu alzandosi, scrutando l'uomo che ora strisciava sotto il tavolo - le sue urla erano come un coltello nelle viscere di Petrosky. «Il nostro lavoro non finisce mai».

Su questo, Petrosky poteva essere d'accordo.

CAPITOLO 18

«Sei sicuro di voler sprecare altro tempo su questa cosa? Solo perché hai una sensazione che questo tizio sia un veterano senzatetto non significa che lo sia davvero».

Avevano già provato tre rifugi, ognuno più inutile dell'altro. «Non può far male», disse Petrosky, «anche se probabilmente è scappato da Ash Park una volta che la stampa ha iniziato a fiutare qualcosa».

«O pensi che sia qui o pensi che non lo sia».

Ma Petrosky non sapeva quale delle due - nessuno dei due lo sapeva con certezza. In ogni caso, era improbabile che il loro killer fosse a caccia di altre vittime, e se si stava nascondendo, avrebbero potuto avere un po' di tempo per trovarlo prima che uccidesse di nuovo.

Jackson sorseggiò il suo caffè. «Meglio che tornare al Ragdoll, immagino».

Avevano fatto una deviazione nello stesso vicolo dove Trina Layton era stata aggredita. Il Ragdoll era stato da tempo chiuso con assi - l'unica finestra sul retro, un quadrato di un metro e venti per un metro e venti all'al-

141

tezza del petto, probabilmente apparteneva un tempo alla cucina, ma si era trasformata in una finestra per la consegna di droga e più recentemente in un passaggio per l'entrata e l'uscita dei topi. Una sbirciata all'interno dell'edificio vuoto aveva detto loro tutto ciò che dovevano sapere: non c'era modo che il loro uomo si nascondesse lì. Anche se ci fosse stato spazio per un sacco a pelo tra i mucchi di assi rotte, vetri frantumati e giornali impregnati di urina di ratto, chiunque fosse rimasto più di qualche minuto sarebbe stato divorato vivo.

Jackson guidava, la luce serale le colpiva la fronte attraverso il parabrezza, le sue dita tamburellavano sul volante. Ogni tanto, guardava il suo telefono strizzando gli occhi. In attesa di una chiamata? Ma se avesse voluto fargli sapere di cosa si trattava, gliel'avrebbe detto.

Lui aggrottò la fronte guardando fuori dal finestrino. Scott non poteva hackerare i registri ospedalieri... o non voleva. E mentre la dottoressa Idowu aveva accettato di tenere d'occhio le persone che corrispondevano alla descrizione - «Non può far male chiamare se vedo qualcuno nella hall» - i veterani senzatetto in Michigan erano più di cinquemila. Anche se avessero ristretto la loro lista di sospetti per colore dei capelli e corporatura, avrebbero comunque avuto un migliaio di uomini che potevano corrispondere alla descrizione, e nessun buon modo per rintracciarli per le strade se non con il vecchio metodo del lavoro di polizia sul campo.

Ancora una. Ancora una fermata e sarebbero andati avanti. Petrosky osservava il bagliore inquietante del sole morente contro gli edifici ricoperti di graffiti, la luce che gettava un ritratto particolarmente ben fatto del volto di una donna in una profonda foschia rossastra che la faceva apparire demoniaca.

La mensa dei poveri si trovava due isolati più su rispetto a dove Trina Layton era stata aggredita e salvata; al momento era vuota, fatta eccezione per una ventina di tavoli stile mensa e un uomo di mezza età dietro il lungo bancone metallico nella parte anteriore della sala comune. L'addetto alzò lo sguardo, con un piatto in mano, e si spinse la retina per capelli sulla fronte mentre Petrosky e Jackson si avvicinavano. Sorrise così intensamente che le sue guance sembravano palline da golf in alto sul suo viso pallido. Perché era così allegro?

«Ehi, salve. Siete qui per fare volontariato?» I suoi occhi azzurri si incresparono mentre sorrideva ancora di più, presumibilmente alla prospettiva di non dover sistemare tutto il cibo da solo. «Non vi aspettavo, ma possiamo-»

La sua espressione cambiò quando Jackson mostrò il suo distintivo; lui afferrò il piatto con più forza. La sua mascella si serrò.

«Di solito, devo parlare per far irritare così la gente», disse Petrosky.

L'uomo gli lanciò un'occhiata e posò il piatto sulla pila. «State cercando qualcuno?»

Jackson annuì mentre Petrosky estraeva lo schizzo dalla cartella. «Molto bene, signor...»

«Dubicki. Justin Dubicki.»

«Ha visto quest'uomo?»

Dubicki strinse gli occhi guardando lo schizzo e alzò le spalle. «Non credo. Ma è difficile dirlo.»

«Glielo renderemo più facile. È grosso, molto robusto. Mani che sembrano in grado di spezzare il collo di un uomo... perché possono farlo davvero.»

Dubicki aggrottò le sopracciglia. «Aspetti, quest'uomo... ha ucciso qualcuno?»

«Abbiamo solo alcune domande su un'indagine in corso.» Dove era stato quest'uomo? Il caso era su tutti i notiziari; avevano persino trasmesso lo schizzo quella mattina, sperando di calmare alcune delle voci sul terrorismo.

Dubicki guardò oltre di loro verso le finestre anteriori, verso la luce arancio-rossa che si riversava sul pavimento.

«Sta aspettando qualcuno?» chiese Jackson.

«Oh, io... no.» Il suo sguardo cadde sul bancone. Sulle sue mani, appoggiate sulla superficie. Nocche bianche. Sul suo avambraccio, il contorno mal pixelato di una ballerina hula ondeggiava i fianchi mentre i muscoli si tendevano e rilassavano.

«Forse dovrebbe venire con noi, signor Dubicki. Trascorrere un po' di tempo al distretto? Magari questo l'aiuterebbe a ricordare?»

«Io... non potete portarmi da nessuna parte, non ho fatto-»

«Allora perché è così nervoso, signor Dubicki?»

«È solo che... potrei conoscere un tipo così. Non è super alto, ma è particolarmente... largo? Muscoloso, come avete detto. Collo così.» Dubicki alzò le mani e fece una dimostrazione: come un dannato pallone da basket. «Ma non so dove si trova, e non so come mettermi in contatto con lui.»

Stronzo. «Perché nasconderlo?»

Dubicki abbassò lo sguardo sulle sue mani di nuovo - circospetto. Sospettoso. «Lui... sembrava un bravo ragazzo. E so che ha scontato la sua pena, un militare, sa?»

Un bravo ragazzo? Non era una ragione sufficiente per nascondere informazioni alla polizia. E dal modo in cui Dubicki scrutava ogni angolo della stanza tranne dove

Petrosky e Jackson erano in piedi, stava nascondendo qualcosa di molto più personale.

«Senta, Dubicki. Lei e io sappiamo entrambi che questa non è tutta la storia, e con una telefonata posso ottenere tutto ciò che mi serve su di lei». Tirò fuori il cellulare dalla tasca anteriore, e Dubicki alzò una mano.

«Va bene, va bene». L'uomo sospirò. «Sono in libertà vigilata».

«Ah, quindi questo lavoretto è il suo servizio alla comunità, eh?»

Annuì lentamente.

«E il tipo qui è un suo amico? Forse qualcuno con cui non dovrebbe associarsi?»

Dubicki si morse il labbro inferiore. «No, io... non pensavo, comunque. Viene qui ogni tanto, prende un vassoio. Chiede anche una sigaretta, a volte vado a fumare con lui. Parliamo solo del tempo e cose del genere, però, niente come... quello di cui state parlando».

Jackson tirò fuori il suo piccolo taccuino, e gli occhi dell'uomo si spalancarono. «Allora che ne dice di dirci tutto quello che sa su di lui», disse Jackson, «e noi considereremo di non chiamare il suo agente di sorveglianza. Sono sicura che sarebbero felici di sapere che si è rifiutato di collaborare con le forze dell'ordine in un'indagine per omicidio».

Dubicki esitò e alzò un dito come per rimproverarli. «Non potete farlo, conosco i miei diritti».

«I suoi diritti non si estendono a ciò che dico o non dico alla persona che controlla il suo destino, amico». Petrosky sogghignò mentre l'uomo abbassava la mano - tremante. «Per cosa è in libertà vigilata, comunque?»

«Io... niente di che. Pensavano solo che avessi fatto qualcosa».

«Non mi dire», sbottò Petrosky. «Cos'era?»

«Io... questa ragazza era svenuta e... abbiamo fatto sesso».

«Quindi lei è uno stupratore». E l'aveva chiamata ragazza, non donna. Gli piacevano più giovani? Petrosky si avvicinò, così vicino da poter sentire l'odore del suo sudore acre. «Quanti anni aveva, Dubicki?»

Lui tenne lo sguardo sulle sue mani. Poi sussurrò: «Quindici».

Petrosky si raddrizzò, i pugni serrati. *Dannato pezzo di merda - non c'è da meravigliarsi che piaccia all'assassino.* Ma... non quadrava. L'unico motivo per cui il loro assassino sarebbe stato amico di uno stronzo del genere era se lo stesse... pedinando.

Si sbagliavano? Il killer stava scegliendo attivamente le sue vittime e le stava seguendo invece di commettere crimini d'opportunità? Ma Amos era l'anomalia; non era uno stupratore, e nulla nel suo passato suggeriva malefatte ad eccezione delle foto inquietanti che tappezzavano la sua camera da letto. E anche quello era meglio di metà delle stronzate in cui si cacciavano i ragazzi di oggi. Probabilmente più produttivo dei videogiochi, tra l'altro.

«Quando è stata l'ultima volta che hai parlato con quest'uomo?» chiese Jackson.

«È stato...» Dubicki guardò il soffitto. «Forse due settimane fa? Viene solo occasionalmente, un paio di volte al mese o giù di lì.»

Due settimane - quindi non era venuto dall'omicidio di Amos. Dove aveva mangiato da allora? Avevano già controllato i mendicanti vicino ai ristoranti locali, e nessuno aveva visto il loro uomo.

«Come si chiama?»

«Non ho mai saputo il suo nome. Non l'ha mai detto.»

Petrosky sospirò, le nocche doloranti. Si sforzò di rilassare i pugni. «Hai qualcosa di utile per noi così possiamo mettere una buona parola con il tuo agente di sorve-glianza?»

«Beh... una volta l'ho chiamato Jarhead.» Incontrò gli occhi di Petrosky - speranzoso, come un cagnolino con un giocattolo. «Non gli è piaciuto. Si è alzato ed è andato via prima di finire di mangiare.»

Sembrava che l'uomo avesse qualche problema con il suo periodo di servizio - o non era mai stato un Marine. Nemmeno i SEAL gradirebbero "Jarhead". Forse il loro uomo era stato congedato con disonore, ma di nuovo, sarebbe impossibile ottenere quell'informazione senza un nome. «A che ora di solito si presenta qui il tuo amico?»

«A cena. Sempre a cena.»

«Quali giorni?»

Le sue guance a forma di pallina da golf si contrassero come se stesse cercando e fallendo di mantenere un'espressione neutra. «Ora che me lo fate notare... forse nei fine settimana. Non penso di averlo mai visto qui durante la settimana.»

«E tu lavori qui da quanto tempo?»

«Quasi tre anni.»

«E lui viene qui da tutto questo tempo?»

Dubicki annuì, muto. Il loro criminale non se n'era andato da nessuna parte. Qualunque cosa l'avesse fermato dall'uccidere per quei cinque anni non era stata una questione di essere allontanato dalle strade - era stata una cosa interna. Una scelta. E aveva scelto di tornare a uccidere.

Jackson diede a Dubicki un biglietto da visita. «Se vedi di nuovo quest'uomo, chiamaci immediatamente. E riferirò della tua collaborazione al tuo agente di sorveglianza.»

Petrosky non avrebbe passato nient'altro se non un rapido pugno nei genitali alla prima occasione possibile. Se fosse venuto con la sua macchina, forse avrebbe aspettato fuori da quel posto finché Dubicki non fosse uscito, per poi investirlo. Forse no, ma il pensiero lo faceva sentire meglio. «Chi cazzo gli ha dato i servizi sociali per stupro?» borbottò Petrosky quando furono saliti sul SUV di Jackson.

Lei scrollò le spalle e svoltò a destra uscendo dal parcheggio. Il crepuscolo era ora più fitto, il cielo si stava tingendo di un viola cinereo. «Ha scontato anche del tempo in prigione. Hai visto quei tatuaggi di merda».

«Non abbastanza tempo» brontolò Petrosky. «E con tutta questa storia di uccidere stupratori... Dubicki ti sembra il tipo di persona con cui il nostro killer andrebbe d'accordo?» Forse Dubicki aveva solo detto loro ciò che volevano sentire.

«Non riesco a immaginare che Dubicki farebbe sapere al mondo della sua storia criminale. Non voleva nemmeno dirtelo quando gliel'hai chiesto direttamente».

«Sì, ma noi siamo poliziotti». Aveva ragione, però; l'unico modo in cui il loro killer potrebbe conoscere la storia di quello stronzo sarebbe se Dubicki fosse chiacchierone con persone che credeva non lo avrebbero giudicato. Petrosky sperava quasi che Dubicki se lo fosse lasciato sfuggire. Anche se, se lo avesse fatto... probabilmente sarebbe già morto.

«Se viene qui un paio di volte al mese, dovremmo pensare a una sorveglianza» disse Jackson. «Potremmo avere fortuna».

Petrosky grugnì in segno di approvazione. Ma se il loro killer stava pedinando Dubicki, forse dovevano aspettare un po', cogliere l'uomo nell'atto di spezzare il collo a Dubicki. Due piccioni con una fava.

Jackson manovrò il SUV intorno a una brutta buca e gli lanciò un'occhiata. «Vuoi andare a cena? Con un po' di fortuna, Scott avrà qualcosa per noi quando avremo finito».

Petrosky guardò l'orologio sul cruscotto. «Devo andare. Riunione d'emergenza».

«Riunione d'emergenza?» Jackson inarcò un sopracciglio. «Intendi un appuntamento galante?»

Petrosky la fulminò con lo sguardo - *Lascia perdere*.

Lei sorrise più apertamente. «Salutami Linda».

CAPITOLO 19

Si incontrarono da Rita. Di nuovo.

Probabilmente avrebbe dovuto prenotare in qualche ristorante elegante, ma era passato così tanto tempo dall'ultima volta che aveva portato fuori qualcuno che non era sicuro quali posti valessero la pena. Inoltre, non era un'occasione speciale, solo una cena con un'amica. Un'amica con cui un tempo aveva condiviso una vita, con cui aveva avuto un figlio. Mise da parte quei pensieri.

Linda lo stava aspettando nello stesso tavolo d'angolo, con una tazza di caffè già davanti a lei sul tavolo. Alzò lo sguardo e si spostò verso il bordo del sedile mentre lui si avvicinava.

Lui allungò una mano e scivolò di fronte a lei. «Non alzarti per me.»

Lei si spostò di nuovo al centro della sua panca e prese il caffè, valutandolo da sotto le ciglia... truccate. Non ciglia da tarantola come Layton, sottili. Ma stava aggrottando le sopracciglia. Delusa?

Sei sempre stato bravo a deluderla.

«Scusa il ritardo,» disse lui.

«Nella norma per la moglie di un detective.» Le sue guance si tinsero di rosa sotto il trucco - trucco? Anche questo era nuovo. «Scusa, intendo... sai cosa intendo.» Distolse lo sguardo quando la cameriera arrivò con l'acqua.

«Avete avuto modo di dare un'occhiata al menu?» La cameriera era una cosetta minuta con polsi da uccellino e un'indole solare che la faceva sembrare vagamente fatata. Prese le loro ordinazioni di panini con pollo alla griglia e insalate, Petrosky grato per l'interruzione. Ma desiderava aver ordinato le patatine.

«Allora, com'è andata la tua giornata?» chiese, rivolgendosi di nuovo a Linda prima di poter cambiare l'ordine. La moglie del detective. *Ex-moglie.*

Lei sorrise, ma i suoi occhi si spalancarono come se lui le avesse appena detto che stava considerando di unirsi a una setta.

«Tutto bene?»

«Sì, è solo che... è passato molto tempo dall'ultima volta che me l'hai chiesto.»

Lui bevve un sorso d'acqua, facendo una smorfia. Amara. *Limone.* «Lo so, lo so, sono stato un marito di merda, insisti ancora un po'.»

Il viso di lei si rabbuiò.

Dannazione. «Ehi, scusa, stavo solo facendo del sarcasmo.»

Lei annuì. «Dovrei ricordare che i poliziotti hanno questi strani meccanismi di difesa, eh? Come gli assistenti sociali.» Sorrise, ma questa volta era forzato. Bevve un sorso di caffè e guardò le sue mani. Il silenzio si prolungò finché la cameriera non tornò con un vassoio.

Bravo a rovinare tutto di nuovo, vecchio mio. Quando i piatti furono sistemati, Petrosky infilzò un boccone di lattuga e disse: «Dunque abbiamo questo caso.»

Linda alzò lo sguardo dal suo panino. Sorpresa? O interessata? Era sconcertante che non riuscisse a leggerla così bene come una volta; e non era mai stato in grado di leggerla così bene come poteva leggere un criminale. Gli assistenti sociali, come i poliziotti, erano bravi a tenere i loro sentimenti nascosti.

«Un tipo militare,» disse Petrosky con la bocca piena di insalata insipida. «O almeno pensiamo che lo sia. Gira con stivali consumati nelle prime ore del mattino, spezzando il collo alle persone. L'intera situazione è semplicemente bizzarra.»

Linda lo fissava intensamente, il panino dimenticato nel piatto.

Petrosky scrollò le spalle. «Ha questo complesso... credo. Ma tu sei la professionista». Linda era stata un'assistente sociale ad Ash Park per oltre trent'anni; conosceva la realtà di questa città tanto bene quanto lui. «In due dei casi, il nostro colpevole si è imbattuto in un crimine in corso e ha ucciso il perpetratore. Uno stupratore, entrambe le volte». Prese un altro boccone di insalata per buona misura, poi continuò: «Quindi trova questi ragazzi del college nel cimitero, giusto? Ma questa volta, non si tratta di uno stupro. Penso che abbia qualche problema con il sesso? Forse non riesce a distinguere tra un'aggressione e un atto consensuale». Lasciò che l'idea si sedimentasse mentre assaggiava l'hamburger di pollo. Aveva bisogno di sale... o di una friggitrice. E la sua acqua... che diavolo avevano tutti con i limoni maledetti?

«Lo stupro di solito non è una cosa difficile da discernere», disse Linda. «Non se la vittima è cosciente».

«Anche se qualcuno è incosciente, solo questo fatto di per sé lo rende un'aggressione».

«Sai cosa intendo, Ed. Al buio, potrebbe non essere ovvio a meno che non ci sia una lotta, e gli stupratori non sono fan dei lampioni». I suoi occhi si strinsero. «Suppongo che se il tuo assassino si fosse avvicinato e avesse sentito i normali suoni della passione, potrebbe confondersi. Alcuni tipi di gemiti possono sembrare dolore quando in realtà sono piacere».

Ma Eden aveva detto che non stavano facendo rumore, non ancora, e l'assassino non sarebbe stato in grado di vedere all'interno del mausoleo.

Linda infilzò un pomodoro e incontrò il suo sguardo. «Supponiamo che si sia confuso; probabilmente hai ragione sulla questione del complesso. Forse l'assassino ha visto una persona cara stuprata in passato, o ha sentito parlare dell'aggressione, ha affrontato le conseguenze. Un genitore, una sorella, una moglie con PTSD... può essere un percorso difficile sia per la vittima che per le persone che ci tengono a loro».

Petrosky annuì e mandò giù un altro boccone di insalata con l'acqua al limone. Fece una smorfia.

«Quindi il suo obiettivo... sta uccidendo gli stupratori», disse Linda.

Petrosky mise da parte il bicchiere e annuì.

Linda lo stava ancora fissando. «Non vuoi che si fermi».

Lui guardò nei suoi occhi - nessun giudizio. Solo comprensione. Perché se il loro assassino non avesse fatto un casino, se non avesse ucciso un ragazzo innocente, nemmeno lei avrebbe voluto che il tipo si fermasse. Questo colpevole avrebbe potuto salvare la vita di loro figlia? *Ma la sua non è stata un'aggressione improvvisa, vecchio mio. Quel killer ha scelto Julie perché voleva farti del male.*

Petrosky deglutì a fatica, ignorando il dolore acuto al centro del petto, e si passò di nuovo una mano sul viso -

avrebbe dovuto radersi prima di venire. Rinfrescarsi, almeno. La camicia grigia e i jeans blu che indossava erano gli stessi con cui aveva battuto le strade. Linda si era presa la briga di truccarsi il viso con piccoli attrezzi, e indossava anche un vestito; verde. Quando era stata l'ultima volta che l'aveva vista in un vestito?

«Sei davvero bella», disse lui.

Lei sorrise. «Grazie, Ed». Ma non ricambiò il complimento. Non aveva motivo di farlo.

Cosa sto facendo? Shannon era stata rapita perché suo marito, il suo partner, si stava avvicinando troppo alla verità in un'indagine per omicidio. Sua figlia, Julie, era stata brutalmente aggredita e uccisa perché lui era un poliziotto. Se fosse successo qualcosa a Linda...

Guardò oltre la testa di Linda, fuori dalla finestra della tavola calda, e l'oscurità sembrava più profonda di quanto fosse stata prima - minacciosa. Avrebbe dovuto sorvegliare quella mensa per i poveri, aspettando che il loro sospetto tornasse. E se questo fosse stato il giorno in cui l'assassino si fosse presentato inaspettatamente?

«Penso che la tua interpretazione dell'assassino sia valida, Ed.»

Le sorrise, anche se gli facevano male le guance. Semplicemente discuterne con Linda aveva chiarito i suoi pensieri, cose che non sapeva nemmeno di star considerando. Forse avevano bisogno di espandere il loro raggio di ricerca, tornare indietro ancora più di quanto Scott avesse già fatto - forse avrebbero trovato altri attacchi negli anni precedenti il primo omicidio, vittime con parenti stretti che corrispondevano alla descrizione dell'assassino. Valeva la pena provare. Sarebbe stato molto più facile che pedinare la mensa per settimane finché il tipo non fosse tornato - sempre che fosse tornato. E se era intelligente, un esperto militare... non sarebbe tornato lì, non sapendo che lo stavano cercando.

«Grazie, Linda. Apprezzo il tuo contributo.»

«Sono contenta di aver potuto aiutare,» disse Linda e sorrise - sinceramente. Nello stesso modo in cui aveva sorriso al loro primo appuntamento. La prima notte in cui avevano lavorato insieme a un caso. E più tardi... gli aveva sorriso anche più tardi. Avevano passato dei buoni anni insieme. Com'era facile dimenticarsene.

Si pulì la bocca con il tovagliolo e lo mise accanto al piatto. «È proprio come ai vecchi tempi, vero?» Ma c'era qualcosa che mancava, che si nascondeva dietro i sorrisi che si stavano offrendo come premi di consolazione. Ed entrambi sapevano cosa fosse.

Gli faceva male il petto. I suoi polmoni non funzionavano bene. Gettò una banconota da venti sul tavolo. «Devo tornare al lavoro.»

Lei distolse lo sguardo, ma mentre lui si alzava dal separé, gli sembrò di vedere il suo labbro inferiore tremare. Il suo petto ebbe uno spasmo più forte, dolorosamente, ma si rilassò altrettanto velocemente.

Si fermò accanto al tavolo e incontrò il suo sguardo. «Mi dispiace, okay?»

Per tutto.

CAPITOLO 20

Petrosky non aveva idea di come la sua Caprice potesse ancora puzzare di vecchie patatine fritte, ma era confortante: un promemoria che alcune cose non cambiavano, almeno. Anche le strade sembravano cariche di ricordi; alcuni buoni, altri cattivi, tutti familiari. Perfino i fast food. Non ci andava più molto spesso, ma dannazione se non gli scatenavano un piccolo scoppio di nostalgia.

Petrosky inspirò l'odore di grasso rancido, vecchio sale e il muschio di nicotina profondamente radicato, e socchiuse gli occhi guardando attraverso il parabrezza nel buio. Probabilmente stava solo pensando al fast food per non dover pensare a Linda. E alle altre cose che aveva perso. La sua attenzione si soffermò un po' troppo a lungo sul negozio di alcolici a quindici minuti da casa sua. L'edificio passò. Ma c'era un altro negozio di alcolici a cinque minuti di distanza, ancora più vicino a casa.

Tirò fuori il cellulare.

Scott rispose al terzo squillo. «Ehi.» La sua voce era tesa.

«Tutto bene, Scott?»

«Sì. Che succede?»

Petrosky lo informò sull'idea del parente di una vittima di stupro e manovrò la sua auto più vicino a casa, al pigiama, alla televisione e a Duke. Il vecchio amico probabilmente gli mancava. Duke stava dai vicini mentre Petrosky era al lavoro, ma quel grosso bestione non lo lasciava mai solo una volta che tornava a casa. Pensare che una volta era appartenuto a un assassino. A due, in realtà.

«Ci sei, Scott?» Silenzio. La chiamata probabilmente era caduta. Petrosky ascoltò l'indicatore di direzione: *tic*, *tic*, *tic*. Ancora qualche chilometro e sarebbe stato a casa, e avrebbe potuto richiamare dal telefono fisso. Maledetti cellulari. È così che ti fregavano, ti facevano pagare tutti i minuti e poi-

«Posso iniziare stasera,» disse Scott. Sullo sfondo, qualcosa si frantumò, il suono acuto di vetri rotti.

Petrosky aggrottò le sopracciglia. «Che succede, Scott? La tua ragazza ti sta lanciando oggetti?»

«Scusa, sono a casa. Ho fatto cadere un piatto.» Sospirò. «Papà non sta tanto bene.»

Petrosky spense l'indicatore di direzione. E fece un'inversione a U.

George Scott sorrise dal suo posto sul divano in pelle quando Petrosky entrò, ma il suo viso color mogano era insolitamente pallido, spento come il soggiorno di Trina Layton, come il noioso completo del signor Johansson. Come la carne morta di Samuel Amos. *Uh oh.*

Petrosky gli fece un cenno con la testa. «Che succede, George?»

Quando Scott aveva deciso di trasferirsi dal Vermont,

157

la malattia di suo padre era stata un fattore importante. Ma il veterano del Vietnam si era ambientato bene qui, andando ogni tanto a vedere una partita con Petrosky - sebbene Petrosky non fosse un grande appassionato di sport - e sedendosi con Petrosky al parco mentre Duke rincorreva le palle o appoggiava la sua testona da toro sul ginocchio di George. L'uomo aveva persino sconfitto un cancro intestinale.

Ora George sedeva avvolto in una trapunta cucita a mano, accanto a una pila di fazzoletti sul tavolino di vetro. Il cancro era tornato? Ma no, quello non gli aveva mai dato il raffreddore prima. Petrosky posò il sacchetto di ciccioli sul tavolo, e George gli sorrise. «Lo sai che Evan ti farà il culo per questo.»

«Penso di poterlo affrontare.»

«Non più, ora è un gigante.» George rise, con una risata densa e mucosa, ma le sue risatine presto degenerarono in un attacco di tosse.

«Cosa dice il dottore di quella tosse, George?»

«Eh, non sono andato dal dottore. Ho fatto un controllo per il cancro una settimana fa, ed era tutto a posto: questo è solo un raffreddore. Deve esserlo.»

«Nel bel mezzo dell'estate? Sei proprio fortunato.» Se fosse peggiorato, Petrosky gli avrebbe somministrato dello sciroppo per la tosse e lo avrebbe portato lui stesso dal medico. La polmonite poteva essere una brutta bestia.

George rise di nuovo e afferrò i ciccioli dal tavolo proprio mentre Scott - il giovane Scott - entrava a grandi passi dal corridoio sul retro, con il laptop in equilibrio su un palmo aperto e l'altra mano ancora sulla tastiera.

«Mi sembrava di averti sentito entrare», disse Evan, con gli occhi incollati al laptop. La sua voce era bassa; stanca. Quando Petrosky aveva incontrato Evan Scott per la prima volta, era un ragazzo alto e magro, con l'aspetto da nerd, ma anche se aveva mantenuto i suoi caratteristici occhiali enormi e la sua andatura dinoccolata, il ragazzo cominciava a mettere su massa: la sua maglietta gialla ora si tendeva sulle sue larghe spalle.

Petrosky gli fece un cenno e si accomodò sulla sedia accanto a dove George si era accampato. «Sembrava che fossi molto occupato quando ho chiamato. Ho pensato che non ti sarebbe dispiaciuto se mi fossi fatto come a casa mia.»

«Ti ho detto di entrare e basta, Ed, non dare retta a questo ragazzo.» La voce di George era ruvida, ma fece l'occhiolino a suo figlio, che ora fissava i ciccioli sulle ginocchia del padre. Il ragazzo aggrottò la fronte verso gli snack e fece un gesto verso il laptop.

«Ho trovato qualche riscontro su stupri avvenuti poco prima del primo omicidio», disse il giovane Scott, con gli occhi socchiusi sullo schermo. «Ho mantenuto il raggio ristretto, cinque miglia intorno al cimitero: un marito, un fratello, un fidanzato, tutti militari o ex militari, tutti presenti quando la vittima ha denunciato lo stupro.» Scosse la testa. «Il marito ha minacciato in tribunale di uccidere l'uomo che ha aggredito sua moglie, ma non ha mai fatto nulla anche quando lo stupratore è stato assolto, e il fratello è ora in prigione, per frode assicurativa.» Battè altri tasti. «Il fidanzato... vive in Virginia, secondo il suo profilo sui social media. Potrebbe essere venuto qui, forse, ma...» Si strinse nelle spalle. «Non sono sicuro che questo ci aiuterà, ma allargherò il raggio di ricerca, guarderò più indietro nel tempo, vediamo cosa troviamo.»

Il sacchetto frusciò, poi si sentì un forte crepitio quando George aprì i ciccioli.

Petrosky si passò una mano sulle guance ispide.

Sarebbe stato impossibile. Anche se Linda avesse avuto ragione e il loro uomo stesse vendicando un incidente specifico, non c'era modo di sapere quando quell'attacco potesse essere avvenuto. O dove. Diavolo, poteva aver visto suo padre stuprare sua madre da bambino in Egitto. E anche se fosse successo proprio qui ad Ash Park, non c'era modo di sapere se fosse stato denunciato; la maggior parte degli stupri non lo era. Dovevano restringere la loro lista di sospetti.

Addio fortuna. Petrosky allungò la mano verso una cotenna di maiale.

«Ti prenderai la peste», borbottò George.

«Me la rischio», disse Petrosky con la bocca piena di grasso e sale. Il sistema immunitario di George era a pezzi, anche con il cancro in remissione. La chemio colpiva duro. E i danni restavano. *Così come i problemi cardiaci.*

Scott chiuse il computer e se lo strinse goffamente al petto. «Continuerò a lavorarci, Detective».

«Non devi chiamarmi così».

«Beh, sei un po' il capo però».

Questo era vero. Ma Evan Scott era il figlio di un amico, e farsi chiamare "Detective" dal ragazzo era come quando la gente lo chiamava "Signore" al supermercato. Ultimamente, questo lo faceva sentire vecchio... beh, più vecchio.

George si ficcò in bocca un'altra cotenna di maiale. «Sì, dovresti chiamare l'uomo che sta avvelenando tuo padre in modo più appropriato. Tipo idiota».

Petrosky sorrise. «Preferisco stronzo se possiamo scegliere».

«Che ne dici di vecchio figlio di puttana?» George si buttò giù un'altra cotenna di maiale - *crunch, crunch, crunch.* «Riesco a malapena a sentirne il sapore, ma vanno giù che è un piacere». Allungò la mano verso il telecomando e mise su la partita. Uomini con cappellini da baseball che correvano in giro con pantaloni attillati: qual era il punto? «Sei pronto per i Tigers? L'ho registrata su quel...» George si girò verso suo figlio. «Come si chiama?»

Ma Scott si era già ritirato nel corridoio.

«Sì, posso restare un po'», disse Petrosky, accomodandosi sulla sedia. «Devo però andare a prendere Duke tra circa un'ora». Il bestione avrebbe dormito nel suo letto stanotte, lo faceva sempre quando Petrosky era via tutto il giorno, come se il cane avesse una quota di coccole che non poteva lasciar passare nemmeno per una sera.

«Una babysitter per il tuo cane». George grugnì. «Chi l'avrebbe mai detto».

«Non è una babysitter. Duke ha un lavoro lì».

George alzò un sopracciglio cespuglioso. «Quelle ragazze non gli hanno dato un lavoro, ti devono semplicemente un favore».

Petrosky lo ignorò. «Servizio di sicurezza. Paga meglio dello stipendio di un detective». Afferrò un'altra cotenna di maiale e lasciò che il sale gli solleticasse il palato prima di far scivolare l'olio giù per la gola.

George sbuffò una risata, tossì, si riprese. «Sembra un bell'affare. Forse quel cane può trovarti un vero lavoro».

«Vorrei essere così fortunato». Petrosky lasciò vagare la mente mentre gli arbitri chiamavano strike, falli, ball e fuoricampo, l'incessante *pop* sordo della mazza contro la palla che gli ricordava un tappo di sughero. Se avesse chiuso gli occhi, non sarebbe stato in grado di distinguere la differenza. Era così facile confondere i rumori.

Come era successo oggi nella mensa dell'ospedale.

Pop.

Quel vassoio che sbatteva, l'uomo con le strisce, che urlava, coprendosi le orecchie... e Petrosky, che vedeva esplodere di nuovo la testa del suo migliore amico come era successo migliaia di volte da quel giorno.

Ancora e ancora e ancora. Quelle immagini erano scomparse per molto tempo - quando era così distratto dall'omicidio di Julie che ogni flashback mostrava la sua gola tagliata - ma ora, con questo caso, il suo periodo nell'esercito sembrava più vicino che mai. Poteva quasi sentire il sapore della sabbia in gola, l'odore ferroso del sangue di Joey, la materia cerebrale, umida e appiccicosa sul viso.

La voce di Simmons gli tornò in mente, il loro testimone che si era nascosto dietro i salici: *Continuava a ripetere: «Non muoverti, stai zitta, puttana» ancora e ancora.*

Petrosky mise i piedi a terra e si raddrizzò sulla sedia. Quando si è in preda a un flashback, il tempo si distorce - lo sapeva per certo. I suoi flashback erano generalmente di breve durata, almeno ora, ma per qualche secondo, perdeva ancora la cognizione di dove si trovasse nello spazio. Che anno fosse. E quale potesse essere la reazione appropriata alla situazione. Il suo petto reagiva sempre con il panico, come se fosse di nuovo lì in combattimento.

Pop. Un uomo con i pantaloni sporchi di terra corse verso la prima base.

Petrosky fissò lo sguardo finché il televisore non divenne sfocato. C'era anche l'incongruenza nelle parole dell'assassino: «Stai zitta, puttana» e «Non sono il nemico». Avevano pensato che stesse parlando a se stesso, cercando di convincersi a non farlo, o forse cercando di sentirsi meglio riguardo all'essere un mostro. Ma... *Mi ha detto di scappare.* E se non stesse parlando a se stesso o alle donne, almeno non a quelle che erano lì con lui in quel momento? E se stesse parlando a qualcuno che era stato lì in passato?

Ecco perché non erano arrivati da nessuna parte con gli ospedali o le case famiglia. Avevano cercato qualcuno delirante, schizofrenico, che aveva allucinazioni. Ma non avevano esaminato il trauma, e in una zona di guerra, il rischio di trauma era esorbitante.

Il loro assassino non era delirante. Non vedeva cose che non c'erano.

Le stava rivivendo.

CAPITOLO 21

l buio era denso come grasso e caustico come il fetore dei campi petroliferi in fiamme. Forse erano i giornali, la calda massa miserabile di cartone triturato, plastica e stracci scartati. I cuccioli di ratto selvatici nascosti sotto. E i loro escrementi, sempre i loro escrementi, aspri e stantii e intrisi di ammoniaca.

«Bella serata, vero?» La voce uscì dal buio all'estremità opposta dell'edificio, un basso brontolio roco - pericolo in quella voce, malizia sotto il tono zuccheroso. *Come sono arrivato qui?* Il cuore gli si strinse nel petto. Ma rimase in silenzio - *non pensare*. Quando sarebbe arrivato il momento, avrebbe saputo. Non c'era bisogno di riflettere, di pianificare.

Sbatté le palpebre. I suoi occhi si erano da tempo adattati, ma non c'era adattamento che gli permettesse di vedere oltre la punta dei piedi; il lampione che brillava alla fine del vicolo proiettava un alone giallastro attraverso il buco dove una volta c'era una finestra, il davanzale inspiegabilmente cosparso di frammenti di vetro anche dopo tutti questi anni. La pelle d'oca gli si alzò come chiodi sulla schiena. Forse persino i ratti lo sentivano, quel vuoto che aleggiava dal cimitero, non solo la morte antica ma anche il dolore imminente. Era l'energia sempre presente in guerra, nei luoghi di tormento - l'energia di coloro che erano stati abbattuti e di quelli che presto lo sarebbero stati.

Era una zona di morte.

Poteva annusarlo - il sapore del ferro, dolciastro in gola, il muschio più profondo, quasi dolce, dei corpi in putrefazione sotto uno strato di terra troppo sottile. Tombe poco profonde dove gli stivali affondavano troppo nella sabbia appena smossa. Poteva annusarlo ora sotto il forte odore di ammoniaca dei ratti - il sangue.

«Da questa parte». Di nuovo quella voce, mielosa di sincerità, ma c'era solo un motivo per parlare così - per ridurre la resistenza.

«Vieni?»

I peli sulla nuca gli si rizzarono e la mascella si serrò per l'odio, anche se sapeva che la voce era nella sua testa. *Non è reale. Ignorala. Non è reale.*

Inspirò, attento a non muovere il basso ventre, e lasciò uscire il respiro lentamente e con altrettanta cautela. Il sudore gli colava lungo la schiena. I muscoli delle cosce gli cantavano per l'urgenza di balzare in piedi, di correre. Aveva sempre voluto correre, scappare, trovare una via d'uscita e tornare a casa, ma non c'era modo, non da solo - si restava con i propri uomini, o si moriva. Anche se li odiavi. Anche se ti facevano star male. Ed erano qui, poteva sentire la loro presenza.

E non dormivano mai.

Baffi, uno squittio. Una femmina, incinta a giudicare dalla circonferenza, si trascinò oltre la punta del suo logoro stivale destro. Il ratto non guardò nella sua direzione, ma quello che seguiva, un cucciolo, alzò brevemente lo sguardo prima di correre sulla sua gamba, le sue unghie nervose che gli pungevano lo stinco attraverso i jeans.

Lui osservava.

Aspettò.

Silenzio.

Fuori, qualcuno passò trascinando i piedi, un uomo a giudicare dal suono dei passi pesanti - ubriaco, l'odore asettico di liquore appena percettibile nell'aria già malsana. Non poteva vederlo dalla sua posizione sotto la finestra, ma nemmeno i passanti potevano imbattersi in lui lì a meno che non entrassero nell'edificio, e nessuno l'avrebbe fatto. Persino le prostitute lo sapevano bene. I topi erano noti per mordere.

Un esemplare più robusto sgusciò fuori dall'oscurità oltre le sue dita dei piedi, gli occhi che luccicavano gialli nel bagliore appena percettibile. Un maschio. Dominante. Aggressivo. E sotto l'ammoniaca, oltre il fetore acre dei loro escrementi, si alzava un altro odore, salato, grasso come... del buon manzo in salamoia.

Nell'oscurità dietro di esso, altre creature si stavano avvicinando furtivamente ai suoi stivali.

Osservavano.

Lui osservava.

Il topo annusò il suo tallone, i baffi che vibravano. Annusò il suo polpaccio.

Lui aspettò. Silenzioso. E sebbene i suoi occhi non si muovessero, non battessero nemmeno le palpebre, sebbene le sue mani rimanessero immobili ai suoi fianchi, poteva sentire il sangue pulsare giù attraverso le spalle fino alla punta delle dita. Le sue mani erano la sua arma. L'unica di cui avesse bisogno.

«Dove vai, bella?»

Ignoralo. Ignoralo.

«Sei mai stata con un uomo in uniforme?»

Inspirò ancora una volta, superficialmente. Una missione, aveva una missione. Era l'unica cosa che faceva cessare gli incubi. Ma mai le voci - quelle c'erano sempre.

Il topo appoggiò le zampe anteriori contro il suo ginocchio, esitante, poi saltò indietro - e osservò anche lui. Stava testando, forse per vedere se potesse essere morto, ma sebbene il topo sicuramente lo sapesse meglio, si avvicinò di nuovo. Vicino alla sua coscia. Annusò le sue dita spesse, i baffi che sfioravano i polpastrelli come fili metallici. Il pelo sulla sua schiena ondeggiò, appena, la più piccola delle vibrazioni mentre preparava la testa, le mascelle, i denti.

Si lanciò verso la sua rotula.

La sua mano si chiuse attorno alle spalle del topo, troppo in alto perché la cosa potesse girarsi e morderlo, troppo tardi perché le zampe posteriori gli graffiassero il polso.

L'altra mano avvolse i quarti posteriori dell'animale. I topi oltre i suoi stivali si dispersero in un fruscio, un sibilo di panico.

Torse. Lo schiocco di cartilagine e ossa.

Squittì una volta e rimase immobile.

Lo avvolse nel sacchetto di carta che aveva posto accanto a sé. E si sedette di nuovo. E osservò.

Silenzioso.

In attesa.

CAPITOLO 22

Avevano cercato crimini correlati qui ad Ash Park, ma in realtà dovevano espandere l'area di ricerca per includere il mondo intero.

Fottutamente conveniente.

Petrosky passò la notte con il laptop aperto sopra le coperte, Duke che russava come un tosaerba accanto a lui, con un'enorme zampa gettata sulle ginocchia di Petrosky. Non voleva sprecare preziose ore diurne destinate alla caccia del killer per ricercare intuizioni, soprattutto quando non era sicuro che questa linea di ragionamento avrebbe portato a trovare il loro colpevole anche se avesse avuto ragione.

Ma non riusciva nemmeno a calmare la mente abbastanza da riposare. Quale orribile evento stava rivivendo il loro killer? Cosa aveva visto quest'uomo che poteva spingerlo a uccidere per anni? Dai profili delle vittime, Petrosky pensava di saperlo.

Lo stupro in tempo di guerra era antico quanto la guerra stessa. Dalle Crociate alle guerre tra fazioni in

Congo, lo stupro di donne e ragazze giovani era tanto brutale quanto comune. La sua mascella si serrava sempre di più ad ogni riga che leggeva. I soldati invasori generalmente uccidevano gli uomini e violentavano le donne, a volte legando donne e ragazze al suolo affinché i soldati di passaggio le brutalizzassero a loro piacimento, inclusi stupri con bastoni, coltelli o pistole. Le vittime spesso richiedevano interventi chirurgici estesi per sopravvivere. Molte non ce la facevano.

Se fosse stato di stanza vicino a un posto del genere, se avesse visto le conseguenze di questi attacchi orribili, se fosse stato uno dei soldati a tagliare i legacci delle ragazze e a portare via i loro corpi insanguinati dai cadaveri delle loro madri e sorelle...

Sì, avrebbe ucciso un figlio di puttana se l'avesse visto accadere di nuovo, se avesse assistito a un altro stupro in prima persona. Diavolo, se potessero mettere tutti gli stupratori su un'isola, Petrosky sarebbe stato il primo in fila per digitare i codici nucleari.

Duke sbuffò e affondò il muso più in profondità sotto la gamba di Petrosky, evitando la luce blu dello schermo. Stava bagnando tutte le lenzuola, quel bastardo bavoso. Petrosky gli grattò comunque le orecchie e riabbassò lo sguardo sullo schermo, ma scorse via dalle immagini, con lo stomaco in subbuglio. Se avesse avuto ragione, se il loro killer avesse assistito a un tale attacco all'estero, spiegherebbe la cosa del «Non sono il nemico». Quelle donne, traumatizzate, sanguinanti, forse addirittura legate alla terra, che cuocevano al sole, avrebbero sicuramente lottato contro chiunque avesse cercato di toccarle, anche se erano lì per aiutare. Alcune parole di conforto, una promessa nella loro lingua: Petrosky poteva immaginarlo.

Ma... *Sta' zitta, puttana.* Era improbabile che i soccorritori usassero quella frase, e l'assassino l'aveva detta in inglese. Aveva sentito altri uomini dirlo alle... loro vittime? E se parlavano inglese, e l'assassino di Amos viveva qui negli Stati Uniti...

Non restringeva molto il campo rispetto a quanto avevano prima, ma poteva aiutare una volta che avessero avuto un sospetto. Forse sarebbero stati fortunati.

Fortunato, ecco di nuovo quella parola. A chi voleva darla a bere? Non era mai stato fortunato in tutta la sua dannata vita. Se fosse stato fortunato, avrebbe ancora un figlio. Avrebbe ancora una moglie. Se fosse stato fortunato, il suo partner sarebbe vivo, e Shannon sarebbe qui ad Ash Park con Evie e-

Grattò di nuovo dietro le orecchie di Duke. «Tu sì che sei fortunato. Lo sapevi che il tuo primo padrone era un maniaco omicida, vecchio mio?» Il cane borbottò e strofinò il muso contro la mano di Petrosky.

Petrosky sbatté le palpebre secche come carta vetrata, riflettendo. Soldati anglofoni. Vittime arabofone. *E adesso?* Anche se avesse conosciuto il fattore scatenante, sarebbe stato d'aiuto? In effetti... Si raddrizzò. Se il loro uomo fosse stato innescato all'estero, forse aveva attaccato altri colpevoli anche lì. Una serie di soldati con il collo spezzato, o anche solo uno o due, avrebbe attirato più attenzione delle ferite da mina terrestre. Ma c'erano troppi anni da esaminare, troppi soldati, troppe località, e quei fascicoli sulle ferite erano di proprietà del governo statunitense - non potevano nemmeno accedere alle cartelle cliniche locali. A meno che non si imbattesse in un veterano che ricordasse specificamente qualche tizio che correva nella sabbia spezzando colli come ramoscelli, non aveva speranza.

Sospirò. Forse avrebbe dovuto chiamare Acharya.

Col cazzo. Questo caso avrebbe dovuto essere in fin di

vita prima che si appoggiasse a un maledetto giornalista. Forse avrebbe trovato un post su un blog. Un vecchio articolo di giornale. Qualcosa su soldati con fratture della colonna cervicale. *Qualsiasi cosa.*

Scrollò, grattando le orecchie di Duke, strizzando gli occhi sullo schermo. Un'ora. Due. Era pronto a scagliare quella dannata cosa contro il muro e svenire accanto alla disgustosa pozza di bava di Duke quando un'immagine attirò la sua attenzione: un soldato su una sedia a rotelle - colonna vertebrale fratturata? Cliccò sul titolo.

«Caloroso Bentornato a Casa per Soldato Ferito.»

Il governatore, o l'uomo anonimo che era stato governatore sette anni prima, stava in piedi dietro un podio di quercia scura, un uomo dalle braccia grosse in uniforme militare al suo fianco, con un'aquila appuntata sul petto. L'articolo identificava l'uomo sulla sedia a rotelle come Jeffery Dunne, sua madre una rinomata professoressa, il padre parte della... ah, la task force del governatore sul crimine. Non c'era da meravigliarsi che avesse ottenuto il suo volto su internet. Petrosky lesse, cercando informazioni sulle ferite di Dunne - niente. *Strano.*

Era possibile che Dunne fosse stato ferito nel ribaltamento di una jeep, o in qualche altro incidente? Certo. Ma c'era quasi sempre un frammento di testo che descriveva l'incidente - se c'è sangue fa notizia, e i curiosi amavano i dettagli. Questo diceva solo "ferito all'estero", ma l'incidente era stato abbastanza grave da renderlo tetraplegico. Petrosky ingrandì la foto e scrutò il volto dell'uomo - nessun segno di ferite sulla pelle, nessuna ustione o cicatrice da schegge, né sul viso né sulle braccia o sulle mani. Petrosky non riusciva a vedere dietro i tubi che si snodavano nella gola dell'uomo, ma sospettava che non avrebbe trovato prove di ulteriori lesioni oltre al collo rotto. E

Dunne era stato ferito in Iraq, dove sicuramente parlavano arabo.

Jeffery Dunne. Paziente zero?

Duke brontolò, le sue guance flosce bagnando la gamba di Petrosky.

CAPITOLO 23

Jackson lo incontrò la mattina seguente davanti a casa sua, con un caffè in mano. Da Rita's, non da una caffetteria. Stava cercando di ingraziarsi per qualcosa? Aveva chiamato di nuovo Acharya?

Lui prese la tazza e fischiò. Duke si precipitò attraverso la porta d'ingresso aperta e balzò verso il suo partner mentre chiudeva a chiave la casa.

Jackson si inginocchiò e affondò il viso nel collo del cane, mentre Duke ansimava felice. «Ehi, bello!»

Jackson aveva passato un sacco di tempo a dirgli che odiava i cani, ma quando lui aveva dovuto sottoporsi a un intervento chirurgico - solo un piccolo problema con il pacemaker - lei si era offerta di prendere Duke, con l'opzione di riportarlo dai vicini se non fosse riuscita a gestirlo. Suo figlio aveva sempre voluto un cane, aveva detto, ma lei aveva temuto che non si sarebbe affezionato a un animale. Voleva fare una prova.

Aveva quasi rifiutato di restituire Duke.

Una risata attirò la sua attenzione dal prato accanto, e Petrosky guardò in quella direzione. La vicina era già a metà del vialetto; Billie, diminutivo di Belinda, ma non le avrebbe mai detto che lo sapeva. Ventidue anni, capelli grigi, perché ora andava di moda, con l'andatura di una trentenne vissuta duramente. Il suo viso era luminoso e pulito - nessun accenno al pallore cadaverico che aveva quando l'aveva incontrata per la prima volta. Niente segni di punture, non più. Viveva nella casa accanto da quasi dieci mesi con le sue... beh, lei chiamava le altre tre donne le sue "sorelle", ma lui le aveva raccolte dalla stessa strada dove aveva trovato Billie.

Billie sorrise a Duke, e il grosso cane sollevò il muso dal collo di Jackson e guardò in alto. «Pronto, bello? Abbiamo un appuntamento al parco per cani!» Tirò fuori dalla tasca le chiavi della Caprice. Le ragazze avevano la sua macchina quasi tutti i giorni, per la scuola, il lavoro, qualsiasi cosa. Era il motivo principale per cui di solito lasciava guidare Jackson.

Jackson si raddrizzò, gridando loro dietro: «Sei volubile, Duke! Ecco cosa sei!» Billie sorrise salutando e si diresse verso il garage dove teneva il guinzaglio, Duke che trotterellava obbediente al suo fianco.

«Che stronzo», mormorò Jackson.

Petrosky li guardò andare via e fece un cenno all'altra ragazza - *donna*, lo rimproverò Jackson nella sua testa - che era appena uscita di casa. Candace li salutò con la mano mentre si dirigevano verso l'Escalade, il suo viso scuro splendente sopra la camicetta rossa con i bottoni. Professionale, il trucco neutro per il lavoro di segretaria che l'aveva aiutata a trovare; aveva detto al suo nuovo datore di lavoro che aveva trascorso del tempo con lui nel dipartimento. Aveva solo convenientemente dimenticato di specificare il perché.

Jackson fece un cenno a Candace e mise in moto l'Escalade. «Ne hai presa una nuova?»

Petrosky si allacciò la cintura e salutò con la mano le ragazze-donne. Qualunque cosa fossero. Le sue *amiche*. «A volte le persone hanno solo bisogno di un'opportunità, Jackson».

«Sì, e sono sicura che mi sentirei meglio se qualcuno mi comprasse una casa e mi lasciasse vivere lì gratis mentre mi rimetto in piedi». Manovrò fuori dal suo quartiere sulla strada principale. «Tu vuoi solo qualcuno che badi al tuo cane e ti tagli l'erba».

Petrosky osservò l'ultima quercia scomparire nello specchietto retrovisore, sostituita da edifici in mattoni e cemento, marciapiedi in calcestruzzo e minimarket con vetri a blocchi. «Mi taglio l'erba da solo, Jackson».

Lei sbuffò. «Bella risposta».

«Lo penso anch'io».

Si fermò a un incrocio e si girò verso di lui. «Allora, dove stiamo andando?»

«A vedere un generale». Sorseggiò il caffè. Amaro. Proprio come piaceva a lui.

———

Il generale DeLaney, formalmente colonnello DeLaney, l'uomo dell'articolo che Petrosky aveva trovato la sera prima, si era nel frattempo ritirato dal servizio attivo. Attualmente lavorava come analista di intelligence protettiva per una delle case automobilistiche, qualunque cosa cazzo significasse. E aveva un appuntamento libero quella mattina.

L'interno dell'edificio era bianco e sterile come un ospedale. Seguirono l'assistente del generale DeLaney, che sembrava Ryan Reynolds, lungo un lungo corridoio di marmo fino a una porta con il nome del generale. L'uomo stesso sedeva dietro una scrivania di vetro che Petrosky voleva coprire di impronte digitali. Il generale si alzò quando entrarono.

DeLaney sembrava diverso senza il suo elegante abbigliamento da colonnello. L'uomo indossava una camicia bianca inamidata e un completo chiaro che si abbinava all'acciaio dei suoi occhi. Cravatta a righe rosse e blu. Quasi una bandiera americana in persona.

«Dunque, detective», disse quando furono seduti. «Avevate alcune domande da farmi riguardo a un discorso che ho tenuto?» La sua voce era bassa e liscia come la merda dopo una serata di tacos.

Jackson alzò un sopracciglio verso Petrosky: *tocca a te, quella cosa del discorso era una tua idea.* Lo giudicava sempre per qualcosa. Mentire ai testimoni. Comprare una casa per prostitute-ex prostitute. Il solito.

Petrosky si schiarì la gola e fissò lo sguardo su DeLaney. «Lei era in servizio attivo con Jeffery Dunne, è corretto?»

Il viso di DeLaney rimase impassibile. «Sì. Eravamo di stanza in Iraq. Ero il suo ufficiale comandante». Strinse gli occhi. «Di cosa si tratta?»

«Niente di cui preoccuparsi; non è nei guai». A meno che non fosse un violentatore che era riuscito a salvarsi la vita solo perché il loro killer non aveva ancora perfezionato la tecnica di spezzare il collo. E se lo fosse stato, Petrosky era un punitore imparziale; si augurava che Dunne avesse ancora sensibilità alla mascella. «Ci siamo imbattuti in un articolo sulla conferenza stampa che ha tenuto quando Dunne è tornato a casa. Le ferite che ha riportato potrebbero essere simili a quelle di un caso su cui stiamo lavorando ora».

«Lei pensa che una lesione al collo subita in tempo di guerra sia simile a un recente... caso di aggressione?» DeLaney sbuffò. «Non capisco dove vuole arrivare».

«Mi faccia solo il favore, signor DeLaney».

«Generale», sbottò, e ora i suoi occhi lanciavano fiamme. «Generale DeLaney».

«Mi scusi». Petrosky si appoggiò allo schienale della sedia, sentendo il calore del braccio di Jackson accanto al suo, i muscoli del suo avambraccio che si contraevano mentre tirava fuori il blocco per gli appunti. «Ricominciamo da capo, va bene? Facciamo finta di essere giornalisti che vogliono fare un servizio sugli eroi del nostro tempo».

La bocca di DeLaney si storse come se avesse appena mangiato qualcosa di acido.

«Ha elogiato molto Dunne durante la sua conferenza stampa», riprovò Petrosky.

«Dunne era un buon soldato. Uno dei migliori».

«Ma nonostante la sua ferita, non gli è stato assegnato il Cuore Viola, il che mi fa pensare che la sua ferita non sia stata causata dal servizio militare».

Il generale serrò la mascella. «Dove vuole arrivare, Petrosky?»

Non più Detective, eh? «Mi chiedevo solo come si fosse ferito. Perché uno dei migliori soldati là fuori non sia tornato con un Cuore Viola».

Il viso di DeLaney era duro come la pietra. «Non ricordo».

Petrosky si chinò sulle ginocchia, osservando la rigida postura delle spalle dell'uomo; era stato così teso quando erano arrivati? «Lei sa tutto il resto su quel tipo. Abbastanza da tenere una conferenza stampa e offrire lodi splend-»

«Ha fatto il suo dovere», disse DeLaney bruscamente. «E ho offerto gli elogi appropriati basati sul suo periodo di servizio. Sta forse insinuando che le sue ferite, riportate durante il dispiegamento al servizio degli Stati Uniti, siano in qualche modo nulle e non valide?»

«Sono solo curioso di sapere come si sia ferito». Lanciò un'occhiata a Jackson, il cui viso era teso quanto quello del generale. Qui c'era decisamente qualcosa che non andava. DeLaney sapeva come Dunne si era ferito, ma se Dunne era un soldato modello, non ci sarebbe stato motivo di manipolare i fatti. O di fingere di avere l'amnesia.

Gli occhi del generale si incupirono fino a diventare minuscole schegge di ardesia. Selvaggio. Forse il generale aveva una predilezione per lo stupro oltre che per la politica. Probabilmente era molto divertente alle feste. «Credo che abbiamo finito qui», disse DeLaney.

Ma non siamo nemmeno arrivati allo stupro e al saccheggio. Petrosky si schiarì la gola. «Senta, anch'io ho fatto il mio tempo oltremare, quindi sarò franco con Lei, Generale: abbiamo un'indagine per omicidio in corso. Pensiamo che il nostro sospettato potrebbe essere lo stesso tizio che ha attaccato Dunne tutti quegli anni fa».

Un'ipotesi azzardata, ma possibile. E anche se si fosse sbagliato, non era come se avrebbe ottenuto qualcos'altro da DeLaney senza quel tipo di colpo allo stomaco.

La dichiarazione sembrò avere l'effetto desiderato; la mascella di DeLaney cadde, anche se si riprese rapidamente e ricompose il viso in una maschera d'incredulità. «Pensa che un soldato abbia attaccato Dunne? Uno dei miei uomini, sotto il mio comando?»

«Calma, calma, non abbiamo detto nulla riguardo a un soldato». Ma era precisamente ciò che aveva inteso, e dal modo in cui il viso dell'uomo arrossì, DeLaney lo sapeva.

«Che ne dice di una lista degli uomini che hanno servito sotto di Lei?»

«Non ho quell'informazione».

Jackson si raddrizzò, penna pronta. «Nessun problema, prenderemo ciò che può ricordare. Nomi e cognomi, aspetto generale, qualsiasi cosa».

Lentamente, attentamente, DeLaney riprese il controllo dei suoi lineamenti, ma quel tic all'angolo dell'occhio... era nervoso. DeLaney pensava che un soldato fosse possibile, Petrosky ne era certo. E il generale non voleva che lo sapessero.

«Non ricordo gli uomini che hanno servito sotto di me. Vi suggerisco di contattare il Dipartimento della Difesa per una lista». Gli angoli della sua bocca si sollevarono - compiaciuto. Sapeva che non avrebbero ottenuto nulla dal DOD. Cazzo, anche se avessero avuto un nome e un numero di previdenza sociale, che non avevano, il processo per procurarsi i documenti militari richiedeva mesi.

«Si è ricordato di Dunne».

DeLaney scrollò le spalle. «È l'unico su cui ho fatto un discorso. Ma tutto questo è successo anni fa. E la guerra non è bella, come immagino sappiate - ho cercato di dimenticare».

Anche Petrosky aveva cercato di dimenticare, ci era riuscito abbastanza bene finché questo caso non aveva colpito troppo vicino a casa. Ma non si dimenticava completamente di fronte a domande dirette - non si poteva. «Cosa è successo laggiù, Generale?» *Cosa sta nascondendo?*

«È ora che ve ne andiate». DeLaney si alzò in piedi - un uomo grande. Con mani forti. Petrosky non riusciva a immaginarlo correre in giro con stivali logori e consumati, ma erano successe cose più strane. E quale copertura migliore per un pezzo grosso ufficiale in pensione di un veterano caduto in disgrazia?

«Quando è tornato, Generale?»

«Cosa c'entra questo con-»

«Proviamo con una più facile». Petrosky arricciò il labbro in un finto disgusto. «Dov'era sabato sera?»

Ora DeLaney si accomodò di nuovo sulla sua sedia e

incrociò le braccia, sorridendo in modo lupesco. «Anche se non sono affari suoi, ero fuori a cena. Con mia moglie».

«E dopo?» Ma se DeLaney fosse stato l'assassino, se quest'uomo odiasse gli stupratori abbastanza da uccidere, non avrebbe tenuto una conferenza stampa elogiando uno di loro.

Se ho ragione su questo. Esaminò il volto di DeLaney. Un luccichio divertito era emerso nei suoi occhi.

«Sono stato a casa tutta la notte. Ho guardato la televisione. Ho fatto sesso con mia moglie». DeLaney sbuffò e premette un pulsante sul telefono della scrivania. «Questo riguarda Whispering Willows». Non era una domanda. «Ho sentito che erano terroristi; non ho idea del perché me lo stiate chiedendo».

«Lei sa che non è così, Generale», disse Petrosky, con voce bassa e tagliente. DeLaney aveva capito cosa cercavano nel momento in cui erano entrati nel suo ufficio. «Segue tutti i crimini locali così da vicino?»

«Solo quando sono sbattuti su tutte le notizie». Lanciò un'occhiataccia. «E non mi piace il suo tono».

«A me non piace la sua faccia, Generale, eppure eccoci qui».

La porta dell'ufficio si spalancò con un tonfo. Altri uomini in giacca e cravatta. Questi armati. L'assistente di DeLaney, somigliante a Ryan Reynolds, non si vedeva da nessuna parte.

Jackson e Petrosky si alzarono e mostrarono i loro distintivi agli uomini. Gli uomini fecero cenno verso la porta.

Non erano necessarie altre parole: per ora avevano finito con DeLaney. Si auguravano che la prossima volta che avrebbero visto quell'uomo, sarebbero stati lì per arrestare il suo miserabile sedere.

CAPITOLO 24

Jeffery Dunne aveva una faccia da donnola, gli occhi annebbiati di un ubriaco e un corpo come... beh, uno scheletro. I suoi muscoli delle gambe si erano da tempo atrofizzati, trasformando il corpo immobile di Dunne in una semplice increspatura di ossa sotto il sottile lenzuolo. Qualcuno aveva tirato le coperte fino alla parte inferiore delle costole e gli aveva posato le mani sopra - quelle dita sottili erano state responsabili di torture? Era stato la prima vittima del loro assassino perché stava brutalizzando qualcun altro? Petrosky non ne era sicuro. Poteva sentire la malvagità del generale nelle otturazioni, come il prurito che si prova solo guardando un nido di scarafaggi, ma non sapeva cosa pensare di Dunne. Innocente fino a prova contraria, e tutte quelle stronzate, ma in questo momento, preferiva errare dalla parte del salvare innocenti come Samuel Amos. L'assassino non sarebbe rimasto nascosto per sempre, anche se probabilmente sarebbe stato fuori gioco fino a quando la pubblicità non si fosse spenta. E anche allora, tutti avevano un motivo per proteggere il loro assassino. Le vittime, tranne Eden Johansson, non volevano che finisse nei guai. Il generale aveva chiaramente qualche motivo per mantenere le sue risposte guardinghe - ma sapeva perché Dunne era stato attaccato, Petrosky ne era certo. Ma c'era almeno un tizio che aveva ancora un conto in sospeso con il loro assassino: il tipo a cui era stato spezzato il collo come un ramoscello. L'uomo che giaceva immobile in un letto d'ospedale.

Petrosky entrò nella stanza e Dunne seguì i suoi movimenti con occhi marroni acquosi - le sue orbite più profonde di quanto avrebbero dovuto essere. Jackson era fuori nel corridoio della struttura di assistenza a lungo termine di Sandusky, distraendo le infermiere. Se questo tipo era uno stupratore, Petrosky avrebbe potuto avere più fortuna da solo; non che Dunne avrebbe visto Jackson come una figura autoritaria. E questi ragazzi della fanteria... si inchinavano all'autorità.

Beh, alcuni di loro comunque. Lui stesso escluso.

Petrosky afferrò una sedia di legno imbottita dalla parete lontana e la trascinò accanto al letto d'ospedale dove monitor che emettevano bip e tubi sibilanti suonavano in armonia, una canzone di lento ma persistente decadimento. «Signor Dunne, ho alcune domande da farle riguardo al suo attacco». Mostrò il suo distintivo.

Dunne alzò un sopracciglio. Almeno quel muscolo funzionava. «Il mio attacco, signore?» La sua voce era stridula, aspra e roca. «Intende... questo?»

«Il suo collo rotto, sì». Il personale dell'ospedale non era stato molto disponibile riguardo alle sue condizioni, ma Petrosky aveva raccolto abbastanza informazioni dall'inserviente. Frattura nella colonna cervicale, assistenza medica per tutto ciò che era al di sotto della gola. La madre lo visitava raramente. Il padre mai.

«Si tratta di nuovo dei miei pagamenti di invalidità?»

Perché no? «Sì. Sì, è così».

Il respiratore sibilava dal suo supporto accanto al letto di Dunne: *shhhhh-clunk, shhhhh-clunk, shhhhh-clunk*. «Cosa vuole sapere?»

«Mi racconti solo come è successo».

Dunne guardò oltre Petrosky verso il muro. Poi il soffitto. Inventando la risposta giusta invece di dire la verità, anche se sicuramente aveva raccontato la storia decine di volte in passato. I peli sulla nuca di Petrosky si rizzarono.

Shhhhh-clunk. «Ero fuori in servizio di ricognizione», disse finalmente Dunne.

«Cosa stava cercando?»

«Chiunque. Invasori. Avevamo preso uno dei villaggi orientali, ma non eravamo sicuri se il nemico sarebbe potuto tornare.»

Perché avevate le loro donne? I loro bambini? Per quale altro motivo si sarebbero preoccupati di tornare in un villaggio occupato militarmente?

«C'era qualcuno che camminava con te?»

«No, signore. Non eravamo abbastanza.»

Questo potrebbe restringere la loro lista di sospetti. «Quanti eravate nella tua squadra?»

Ora il suo sguardo si oscurò. «Non ricordo, signore.»

«Più o meno.»

«Forse una dozzina.»

Dunne non riusciva a ricordare una dozzina di persone? Sembrava DeLaney. Tutti avevano l'amnesia. Ma questo non era il suo problema principale con la storia. Anche per una ricognizione in un piccolo villaggio, avrebbero dovuto almeno dividersi in coppie. «Quindi non avevi nessuno là fuori a coprirti le spalle?»

«No, signore. Doveva essere... Miller? Non ricordo il suo nome con certezza. Ma aveva mangiato qualcosa di cattivo e... beh, signore, aveva la diarrea.»

«E DeLaney non ha assegnato qualcun altro per uscire con te?»

Ora Dunne aggrottò le sopracciglia. Occhi tesi.

«Voglio dire, non era veramente una ricognizione, credo.» Guardò di nuovo verso il soffitto, poi la finestra. «Era più che altro tenere d'occhio la situazione.»

Bugiardo, bugiardo, bugiardo. E questo non rispondeva alla sua domanda su DeLaney - Dunne non aveva nemmeno verificato se il generale fosse lì. «Cosa è successo dopo?» disse Petrosky invece di insistere. Ci sarebbe tornato più tardi, mettendo il ragazzo in difficoltà.

«Stavo solo camminando, signore, e qualcuno mi è arrivato alle spalle, e questa è l'ultima cosa che ricordo.» Lo disse in modo meccanico, come un robot, senza alcuna emozione - provato.

«Strano che qualcuno si sia semplicemente avvicinato alle tue spalle e abbia cercato di ucciderti.»

«Il nemico è subdolo, signore.»

«Ma non è stato il nemico ad attaccarti, vero?»

Dunne sbatté le palpebre, rifiutandosi ostinatamente di incrociare lo sguardo di Petrosky. *Shhhhh-clunk. Shhhhh-clunk.*

«Ti stai innamorando del muro, Dunne?»

L'uomo finalmente trascinò lo sguardo su quello di Petrosky. «Non sapevano chi l'avesse fatto, signore. Non c'era nessun altro nei paraggi.»

«Solo il nemico.» *Che sarebbe stato molto più probabile che ti sparasse alle spalle.*

«Sì, signore.»

«E le donne del villaggio? I bambini? Erano tuoi nemici?»

Gli occhi di Dunne si erano fatti freddi. «Stavano nascondendo terroristi, signore. Abbiamo fatto ciò che dovevamo.» *Shhhhh-clunk.* «E nessuno lì era innocente; era un posto piccolo, meno di cinquanta persone che vivevano in queste piccole capanne, lontano dalla città così potevano pianificare i loro attacchi in segreto.»

Cinquanta persone? Pianificare i loro attacchi in segreto? *Per favore.* Ma ora stavamo arrivando da qualche parte.

«Quanti ne hai uccisi, Dunne?»

Il respiratore sibilò. *Shhhhh-clunk.* «Cosa c'entra questo con-»

«Dici di essere stato attaccato da uno di loro, il nemico. Io penso che sei stato attaccato da uno dei tuoi.»

«Cosa? Perché dovrebbe...» Petrosky osservò la bocca di Dunne, il tic all'angolo: sfidante. «È stato il nemico.»

«Certo, perché se fosse stato in combattimento, otterresti un risarcimento maggiore. È così?»

Le narici di Dunne si dilatarono.

«La verità è che non m'importa dei tuoi pagamenti per invalidità.»

«Ma hai detto...»

«Ho mentito, come tu mi stai mentendo da tutto questo tempo.» Fissò Dunne con uno sguardo penetrante. «Sono qui perché sto inseguendo un assassino. Parla inglese e arabo. Ha un addestramento militare. Ed è là fuori che sta uccidendo persone nello stesso modo in cui ha cercato di uccidere te.» *Probabilmente.* Petrosky avvicinò la sedia al bordo del letto, con le ginocchia che premevano contro il telaio. «Ma le persone che sta uccidendo qui... sono cattivi, Dunne.»

La guancia di Dunne ebbe un tic. «Pensi che sia una specie di... assassino vendicatore?»

«Ora, di cosa avrebbe bisogno di vendicarsi? Pensavo che tu stessi solo vagando in giro. A meno che...» Petrosky si chinò sul letto verso l'uomo, così vicino da poter sentire l'odore asettico dell'alcol che usavano per pulire il tubo tracheale di Dunne. «Forse stavi facendo qualcosa che non avresti dovuto. Forse vederlo lo ha disturbato così tanto che non è stato in grado di dimenticarlo.»

«È ridicolo, io...»

«Com'è la sicurezza qui?»

«Cosa?»

Petrosky si raddrizzò. «Voglio dire, se dovessi dire alla stampa che sei vivo. Un fatto che questo tizio sicuramente non sa dato che stai ancora respirando.» L'assassino potrebbe aver perso quella conferenza stampa, un piccolo frammento al telegiornale e un articolo in fondo alla pagina, ma non si sarebbe perso il bombardamento di pubblicità che Petrosky avrebbe potuto portare alla luce degli omicidi. E il loro colpevole stava certamente osservando più da vicino ora che la sua libertà era in gioco.

Il viso di Dunne arrossì. «Tu... non puoi farlo!»

Poteva. E lo avrebbe fatto indipendentemente da ciò che questo tizio avesse detto ora. Lo avrebbe usato come esca se necessario. «Perché ti preoccupi?» disse Petrosky, mentre la sedia cigolava mentre la spingeva indietro. «Non hai nulla da nascondere, giusto? E il 'nemico' di cui sei così sicuro ti abbia attaccato è oltremare.» Si alzò e si diresse verso la porta.

«Aspetta!»

Petrosky si voltò. «Vuoi modificare la tua dichiarazione?»

«Ascolta, non l'ho visto. Non so chi l'abbia fatto. Se lo sapessi, te lo direi, lo giuro.»

Su questo, Petrosky gli credette. Il loro assassino era furtivo, efficiente, ma chiaramente si era mimetizzato fino a quando non era tornato a casa. Altrimenti gli avrebbero sparato per il disturbo. Il tubo si agitò di nuovo mentre Dunne disse: «Ma ce n'erano altri. Prima di me.»

Sputa il rospo, testa di cazzo. Petrosky tornò al suo posto. Il respiratore sibilava.

«Circa un mese prima del mio attacco, c'era un altro tizio, un soldato, morto giù nella valle appena fuori dal villaggio e...» *Shhhhh-clunk. Shhhhh-clunk. Shhhhh-clunk.*

«E cosa? Qualcosa di strano sulla scena?»

Il collo di Dunne si mosse, il tubo della tracheotomia si alzava e si abbassava, *come se stesse cercando di ingoiare una dannata palla da tennis.* Poi riprese a fissare il muro.

«Hanno trovato quest'uomo con una donna laggiù?»

Gli occhi di Dunne divennero vitrei. La sua bocca vibrava. Rabbia? O paura?

Petrosky si appoggiò allo schienale della sedia, con la mano sul letto accanto al ginocchio consumato di Dunne. «Questa donna con cui si trovava... anche se questo incidente fosse accaduto su suolo americano, il termine di prescrizione per lo stupro è scaduto. Anche se sospetto che tu lo sappia già.»

La fronte di Dunne si corrugò. Stava pensando. Considerando. Sapeva che non c'era prescrizione per i crimini di guerra?

«Sto cercando un assassino, Dunne. L'uomo che ti ha spezzato la spina dorsale in due ha quasi staccato di netto la testa a un ragazzino. E se scopre che sei vivo, verrà qui. Credo che tu lo sappia bene quanto me.»

Dunne chiuse gli occhi. «Erano il nemico.»

Continua a ripetertelo, stronzo.

Shhhhh-clunk. Shhhhh-clunk. Shhhhh-clunk.

Quando Dunne riaprì gli occhi, sembrava invecchiato di dieci anni e... tormentato. «L'abbiamo trovata nella radura. Con il suo corpo.»

«Nome?»

«Il suo nome era... Ortiz. Quasi sicuro, ma...»

«Nome di battesimo?»

«Charles? Credo. Non riesco a ricordare bene, è passato tanto tempo.»

«È morto per una frattura del collo?»

Il mento di Dunne si mosse in un modo che faceva sembrare che stesse annuendo, se avesse avuto il pieno controllo dei suoi muscoli. «Sì.»

«Quali erano i nomi degli altri soldati della tua unità?»

«Giuro, non ne ho idea.» Chiuse gli occhi per un tempo più lungo di un battito di ciglia, il labbro inferiore tremante, poi un sussurro sibilante: «Dicono che la mia memoria ora è incasinata. Infiammazione cerebrale dovuta alla lesione spinale. Ecco perché pensavo che tu fossi qui.» Petrosky studiò il suo viso, i suoi occhi spalancati e spaventati. Gli credeva.

«E la donna nella radura con Ortiz? Chi era?» Se gli altri soldati l'avevano trovata e le avevano fatto del male - o peggio - dopo che l'assassino aveva ucciso Ortiz, forse il colpevole si era pentito di non averle detto di scappare. Forse era per questo che il loro sospettato l'aveva detto a ogni testimone da allora. *Mi ha detto di scappare... ha detto che sarei sopravvissuta, ma solo per ora.*

«Non so chi fosse. Una donna del villaggio. C'erano...» Sospirò, più simile a un sibilo - il suono del rimpianto per come erano andate le cose, ma non dell'orrore per ciò che aveva fatto. I pugni di Petrosky si strinsero.

«Non abbiamo ucciso tutte le donne. A volte cucinavano per noi.»

«Non c'è da meravigliarsi che il tuo amico Miller avesse la dissenteria.» *Avrei cercato di avvelenarlo anch'io.* «E i bambini? Li avete uccisi?»

Dunne chiuse gli occhi. Il che era una risposta sufficiente.

Gesù.

«Quindi, avete ucciso i loro figli, le avete costrette a cucinare per voi, e poi cosa? Le stupravate quando ne avevate voglia?»

«Pensavamo che potessero avere informazioni.»

Stronzate che l'hai fatto. «E lo stupro era il modo giusto per ottenerlo?» Ma sapeva bene quanto l'uomo nel letto che questa tattica era più comune di quanto chiunque volesse ammettere.

Spiazzalo. Coglilo di sorpresa. «Quindi hai trovato Ortiz nella radura. Com'era la ragazza?»

Sbatté le palpebre rapidamente. «Cosa?»

«Capelli lunghi? Carina? Giovane?»

«Io... giovane, credo. Capelli lunghi.»

«Cosa le hai fatto?»

La sua gola si muoveva su e giù intorno al tubo. «No, hai capito male...» La sua voce era più sottile, più alta - *Riesci a vedere quanto mi piacerebbe strangolarti?* «Era morta, signore. Il tipo che mi ha ferito e ha ucciso Ortiz... Penso che... Penso che... abbia scopato quella ragazza fino ad ammazzarla.» Le sue parole si spensero, ma i suoi occhi si erano illuminati. Eccitato? *Perché lei era il nemico.*

«Che diavolo c'è che non va in te?»

«Sto solo dicendo che c'era sangue ovunque, su tutte le sue gambe, e c'era un bastone infilato dentro di lei, e non si muoveva, e...» *Shhhhh-clunk.* «Ortiz era tipo lì accanto a lei. Ho dimenticato molto, signore, ma non dimenticherò mai quello.»

Petrosky lo fissò. Il loro assassino... era arrivato troppo tardi. E vedere una ragazza pugnalata a morte con un ramo avrebbe spinto chiunque ad attaccare. Chiunque avesse un'anima.

Dunne si leccò le labbra. «Ho sempre pensato che il tipo avesse spezzato il collo a Ortiz, e poi l'avesse uccisa così non poteva dire chi fosse stato.»

Tranne che il loro assassino non feriva le sue testimoni femminili. Petrosky fissò Dunne, i cui occhi erano di nuovo sul muro - *Guardami, bastardo.* «Se Ortiz era un innocente spettatore, perché ha portato quella bella ragazza giù nella valle?»

Dunne sbatté le palpebre guardando il muro, in silenzio. *Shhhhh-clunk. Shhhhh-clunk. Shhhhh-clunk.*

Basta stronzate. Petrosky si alzò dalla sedia e si chinò sul letto, il naso a pochi centimetri dal viso di Dunne. «L'uomo che ti ha attaccato ha ucciso la ragazza che hai stuprato?» Allungò la mano e afferrò la tracheo. E strinse.

Il tubo sobbalzò. «Ehi!» gracchiò Dunne. «Tu-» Cercò disperatamente di inspirare, il suo pomo d'Adamo che lottava più di quanto l'uomo stesso avrebbe mai potuto fare.

«Pensi che lo stesso uomo che ti ha reso invalido abbia ucciso quella ragazza?»

Lasciò il tubo abbastanza a lungo perché Dunne sibilasse: «Sì.»

Petrosky strinse di nuovo. «Ha ucciso la ragazza che stavi stuprando?»

«Io...» Gli occhi di Dunne si rovesciarono all'indietro. Un monitor strillò.

«L'ha fatto? Ha ferito la ragazza che stavi brutalizzando, pezzo di merda?»

«No!» Fu un rantolo. «Lui... l'ha lasciata andare.»

Petrosky lasciò il tubo e fece un passo indietro.

Gli occhi di Dunne erano furiosi, ardenti. «Tu maledetto figlio di-»

«Cosa hai intenzione di fare? Inseguirmi e scoparmi a morte con qualsiasi oggetto trovi in giro? Uccidermi come i tuoi amici hanno fatto con quelle donne innocenti?»

Dunne ansimò. Tossì. *Shhhhh-clunk.*

«Bel modo di parlare a un veterano disabile». La voce di Jackson.

Petrosky si girò di scatto per vedere la sua partner appoggiata allo stipite della porta. «Sono uno stronzo che non fa discriminazioni, Jackson. Sarà anche disabile, ma non è speciale». Ma lei stava fulminando Dunne con lo sguardo, non lui. Quanto aveva sentito?

Petrosky si diresse verso la porta mentre le infermiere si precipitavano dentro al suono musicale degli allarmi dei monitor.

Quella notte, Petrosky correva freneticamente attraverso un mondo bruciato dal sole giallo, con la sabbia nelle narici, assalito dal puzzo di polvere e metallo. E sebbene il suo viso fosse bagnato dal sangue del suo migliore amico - il sangue di Joey - sebbene i suoi polmoni bruciassero, non poteva fermarsi. Perché *lei* stava urlando. Poteva sentirla urlare.

Julie.

La sua bambina. Qualcuno le stava facendo del male, la stava violentando, stavano per ucciderla, poteva sentirlo-

Non posso lasciarla morire, è tutta colpa mia, resisti, tesoro! Ma non importava quanto veloce o quanto lontano corresse, non riusciva a vederla - solo sabbia. Solo la sabbia gialla bruciante. Il panico gli toglieva il respiro dai polmoni.

Poi le urla cessarono. Petrosky sbatté le palpebre, e qualcun altro era lì, Dunne, proprio di fronte a lui come un miraggio: spalle larghe e tarchiato, che camminava verso di lui sulla sabbia gialla accecante, sangue sulla camicia, scie cremisi sul viso, le mani scure di sangue rappreso.

Julie, Julie, dov'è mia figlia?

Gli occhi di Dunne erano gli stessi che aveva nella stanza d'ospedale - vitrei di orribile eccitazione. Notò Petrosky. E sorrise.

Petrosky si scagliò contro di lui, gli saltò addosso, vide le proprie mani afferrare la testa di Dunne, i palmi appena sotto le orecchie, il puzzo di ferro che gli attanagliava la gola, le setole dei capelli di Dunne che gli pungevano i polpastrelli. Torsione. *Crack*. Quegli occhi orribili divennero spenti.

Non ne era nemmeno un po' dispiaciuto.

CAPITOLO 25

«Hai dei topi che ti rosicchiano i fili?» Decantor era a metà strada verso la sua scrivania, avvicinandosi con quelle sue lunghe falcate, le spalle giganti squadrate come un modello di moda. Gli occhi troppo maledettamente vivaci per le nove del mattino.

Petrosky chiuse il fascicolo su cui stava lavorando e si appoggiò allo schienale della sedia, gli occhi ancora annebbiati nonostante due tazze di caffè. Il viaggio di ritorno da Sandusky era stato difficile. Aveva portato Julie a Cedar Point quando aveva dieci anni, e due volte ieri, aveva giurato di aver sentito la sua voce provenire dal sedile posteriore. *Siamo quasi a casa?* Poi gli incubi: Julie che urlava. Petrosky aveva rinunciato a riposare intorno alle quattro e aveva fatto una passeggiata con il suo cane, ma l'inquietudine fastidiosa nella sua schiena non si era attenuata.

«I topi non mi sorprenderebbero», disse Petrosky.

Decantor sospirò. *Decantor, come quella cosa in cui metti i mimosa per il brunch*, sussurrò Morrison. *Ma lui lo scrive in modo diverso.*

Decantor si sporse intorno al computer di Petrosky e

afferrò il ricevitore del telefono con le sue dita massicce. E lo sbatté sulla base. «Ecco fatto. Va' a vedere il capo. La prossima volta, sei per conto tuo, non sono la tua segretaria». Si girò sui tacchi e se ne andò a grandi passi.

Wow. Decantor era agitato. Decantor non era mai agitato - Petrosky aveva sempre pensato che ossessionarsi per le Kardashian lo tenesse calmo distraendolo dai suoi demoni.

Petrosky si alzò dalla sedia.

Con la coda dell'occhio, Petrosky vide Jackson alzarsi anche lei, alla sua scrivania per una volta - la vecchia scrivania di Morrison. «Che diavolo hai fatto?» chiese.

Petrosky osservò Decantor lasciarsi cadere sulla sua sedia e seguì Jackson fuori dall'ufficio. «È solo arrabbiato perché la sua fidanzata immaginaria ha sposato quel tizio rapper».

«No, cosa hai fatto al *capo*».

«Negabilità plausibile».

«Devi fidarti di qualcuno, vecchio mio».

«Mi fido di te».

Il suo viso si era indurito. Distolse lo sguardo e lo superò entrando nell'ufficio di Carroll.

Petrosky annusò l'aria. *E qui andiamo.* Aveva appena fatto un passo dentro la stanza quando Carroll sbottò: «Uno di voi ha informato un giornalista che la prima vittima del vostro killer attivo non identificato è ancora viva?»

Petrosky scivolò sulla sedia, anche se sospettava che sarebbe stato cacciato prima o poi. «Potrei essere stato io».

«Dannazione, Petrosky, non puoi mettere in pericolo la vita dei civili».

«Non è un civile. È un fottuto criminale».

Carroll allargò i palmi sulla scrivania, le punte delle sue dita scure che impallidivano. «Mettiamo che tu abbia ragione su tutto. Mettiamo che il tizio che sta uccidendo le persone qui ad Ash Park sia lo stesso uomo che ha aggredito alcuni dei suoi compagni soldati oltremare. Mettiamo che questo Dunne sia uno stupratore, forse un assassino». Il suo sguardo era affilato, una freccia dritta alla sua fronte. «Ciò significa che l'uomo che l'ha messo in quel letto ora sa di aver fallito nella sua missione di ucciderlo la prima volta».

«Potrebbe averlo saputo anche prima».

«E grazie all'articolo pubblicato stamattina presto, l'assassino sa anche esattamente dove trovarlo».

«Non abbiamo motivo di pensare che l'assassino stia gironzolando qui ora: probabilmente si è rintanato in Canada, se sa il fatto suo», disse Jackson. «Di cosa parlava esattamente l'articolo?»

Carroll aggrottò la fronte. «Il tuo amico giornalista ha pubblicato il nome completo di Dunne e le sue foto, sia della guerra che più recenti. L'articolo afferma anche che è rimasto ferito durante il servizio attivo in Iraq e che ora è una persona di interesse nel caso dell'*Esorcista*».

Jackson inarcò le sopracciglia. «Io... cosa?»

«Il caso dell'*Esorcista*. Così l'ha soprannominato il tuo giornalista. Per via della... cosa del collo». Carroll si toccò il collo dietro l'orecchino - cerchi d'oro? Doveva avere un colloquio con i genitori più tardi o qualcosa del genere. «Qualsiasi ricerca su internet farà apparire questo articolo. E una delle foto pubblicate con l'articolo è un'immagine di Dunne nel suo letto d'ospedale, con il logo della struttura di lungodegenza ben visibile sulla coperta».

Petrosky cercò di non sorridere. Forse avrebbe comprato una ciambella ad Acharya. O un hamburger. Cosa piaceva ai giornalisti? I sottaceti? No, i limoni. Se qualcuno poteva prendere le peggiori schifezze del mondo e trasformarle in qualcosa di redditizio, quello era un giornalista.

«Intendevo la cosa della persona di interesse», disse Jackson. «Perché è una persona di interesse? Non è un sospettato per ovvie ragioni, e ho controllato con la struttura le chiamate telefoniche, anche quelle senza risposta alla sua stanza nel caso l'assassino lo avesse cercato in passato. Ovviamente, questo giornalista ha ricevuto informazioni sbagliate o se le è semplicemente inventate per il bene della storia».

La voce di Jackson era chiara, ma Petrosky sentì l'accusa sotto le parole, la difensiva che sperava sfuggisse a Carroll. Ma ne dubitava. Carroll esaminò il viso di Jackson, poi quello di Petrosky. L'orologio a muro *tic*, *tic*, *tic*chettava.

Finalmente, Carroll sospirò e prese una penna dal cassetto della scrivania. Forse avrebbe provato a pugnalarlo con quella. «Toglierò la sorveglianza a Eden Johansson più tardi oggi».

Ah. La penna era per autodifesa. Si raddrizzò. «Non puoi...»

«Hai appena detto che non credi che l'assassino sia nei paraggi. E non posso sprecare il personale, soprattutto perché ho dovuto togliere Babcock dalla strada mentre gli Affari Interni completano le loro indagini. E se hai ragione, l'uomo in ospedale è in maggior pericolo di Eden Johansson.»

«E allora? Non è un problema nostro, è un problema del distretto di Sandusky.» E Petrosky voleva che qualcuno sorvegliasse Eden, anche se probabilmente era al sicuro - era passata una settimana, senza un singolo avvistamento del loro sospetto, ma avere lei protetta gli faceva sentire... meglio. Si schiarì la gola. «Ha ancora dei nazisti su tutto il prato davanti a casa.»

«Non stanno nemmeno più manifestando ora che la stampa ha smesso di presentarsi. Ora sono tutti tornati a... qualunque cosa facciano quegli stronzi.»

«A frequentare le proprie mani destre,» disse Jackson, lanciando un'occhiata a Petrosky. Lui annuì quando vide la sua bocca contrarsi.

Carroll lanciò un'occhiata a Jackson e poi fissò di nuovo Petrosky. «Avresti dovuto avvertire le autorità locali di Sandusky. Se vuoi usare qualcuno come esca, devi avere degli agenti sul posto per catturare il sospetto quando si presenta. Cosa pensavi, che avrebbero lasciato entrare il colpevole per uccidere Dunne, e tu avresti preso l'assassino dalle telecamere di sorveglianza? Dalle telecamere del parcheggio?»

Sì. «Non essere assurda.» Ma se si doveva credere a Dunne, il loro assassino aveva attaccato due soldati oltreoceano, all'aperto, ed era riuscito a non destare sospetti. Anche negli Stati Uniti era rimasto nell'ombra - forse non sarebbero finiti con nessuna ripresa video. Era un rischio che sarebbe stato disposto a correre.

Ora Carroll si rivolse a Jackson. «Sapevi che il tuo partner ha chiamato la stampa?»

Jackson sospirò. E scosse la testa - occhi luminosi e furiosi, ma c'era anche del dolore. Ma se glielo avesse detto, lei avrebbe detto che dovevano proteggere Dunne. Proprio come stava facendo ora il capo. E che Dio lo aiutasse, lui voleva davvero che il loro sospetto eliminasse Dunne - quel bastardo stupratore non meritava di vivere.

«Hai una settimana, Petrosky,» disse Carroll. «Trova questo tizio prima che faccia del male a qualcun altro - prima che uccida Dunne. Ora vattene di qui e fai il tuo lavoro.»

«Certo, Capo.» Era già rimasto più di quanto si aspettasse.

CAPITOLO 26

l tonfo della porta dell'ufficio riecheggiò nel corridoio al ritmo dei loro passi.

Erano quasi arrivati alla sala comune quando Jackson disse: «Non andrà in quell'ospedale a Sandusky. Non ha intenzione di farsi scoprire adesso, ed è troppo dannata...*bravo*. Furtivo. Gli attacchi non avvenivano ogni notte, quindi doveva uscire regolarmente, passando chissà quanto tempo a studiare lo stesso raggio di sei isolati. E non una singola persona sa chi sia».

«O le persone che lo sanno sono disposte a chiudere un occhio». Il volto di Amos - l'unica vittima innocente del gruppo - balenò nella mente di Petrosky. Poteva addossarsi il peso di un altro innocente morto se ciò avesse significato altri cinque stupratori morti? Dieci? Scacciò il pensiero.

Niente ciambelle nella sala comune oggi - non che se le meritasse. Il tavolo lungo la parete in fondo era vuoto tranne per una pila disordinata di tovaglioli e tre bicchieri di polistirolo. E la caffettiera, con un fondo di melma dall'odore amaro. Si diresse dritto verso il caffè. «Forse dovremmo organizzare un'imboscata - andare ad aspettarlo al cimitero». Ma il personale che Carroll avrebbe richiesto avrebbe spaventato il tipo, e Petrosky non sarebbe andato da solo, non questa volta. Forse era la vecchiaia. O il fatto che Shannon aveva promesso di schiaffeggiarlo se non fosse stato prudente - e non si sarebbe fatta scrupoli a schiaffeggiare il suo cadavere.

«Un'imboscata. Buona idea... se vuoi farti spezzare il collo». Jackson guardò accigliata la caffettiera. «Senti, ne abbiamo già parlato. Se fosse ancora là fuori a caccia, avremmo più cadaveri - se n'è andato, o si sta nascondendo. Se fossi in lui...»

«Sì, sarei scappato anch'io». E tutto il tempo che avrebbero passato seduti al buio ad aspettare che si facesse vivo era tempo che non avrebbero dedicato a scoprire chi fosse. Inoltre, Petrosky preferiva essere il cacciatore piuttosto che quello osservato.

Accese il cellulare mentre Jackson versava il caffè, l'aroma amaro quando colpì il polistirolo - acre, come bruciato. Era possibile letteralmente bruciare il caffè? Se qualcuno poteva farlo, era la polizia di Ash Park.

«Sai, dovresti davvero dare a Carroll il tuo nuovo numero di cellulare», disse Jackson, sbirciando il suo schermo. Lui lo allontanò da lei.

«Ho te che mi dici cosa fare, Jackson. Perché ho bisogno di Carroll?»

«Hai anche Decantor. Un giorno ti prenderà a pugni per il disturbo».

«Mi farebbe comodo una vacanza in ospedale a spese altrui». Strinse gli occhi quando il nome di Scott lampeggiò sullo schermo: chiamata persa. «Hai parlato con Scott ultimamente?»

Jackson scosse la testa. «Sono passata dal suo ufficio

prima di salire al recinto, ma era chiuso. Credo che oggi stia lavorando da casa».

Di nuovo? Non era un buon segno. Avrebbe dovuto andare a controllare George prima di tornare a casa stasera, e - scorse la lista dei numeri persi - forse avrebbe dovuto chiamare anche Linda.

No, era nel suo interesse stare lontana da lui. Lui e Linda... ci avevano già provato prima, un'amicizia, un matrimonio. Niente aveva funzionato. Eppure...

Eppure.

Premette il pulsante per richiamare Scott.

Il ragazzo sembrava ancora più stanco dell'altra sera mentre aggiornava Petrosky sulle sue scoperte. Il messaggio notturno che Petrosky aveva inviato aveva apparentemente trovato Scott sveglio e alla disperata ricerca di qualcosa per distrarsi dalle condizioni di suo padre. Era solo un raffreddore, George ne era certo, ma il cancro era una malattia che perseguitava te e le persone che ti amavano. Passare attraverso il trattamento, poi la remissione, quelle lunghe notti nelle stanze d'ospedale... Scott non avrebbe dormito bene fino a quando suo padre non fosse stato meglio, ma anche allora, avrebbe avuto il sonno leggero.

Petrosky chiuse la chiamata e rimise il cellulare in tasca. Stressato o no, Scott era un mago. «Scott ha trovato il nostro altro soldato morto in un vecchio post sui social media pubblicato da un membro della sua famiglia. Dunne si era sbagliato sul nome, ma non sul cognome. La famiglia ha definito accidentale la morte di Chandler Ortiz».

Jackson alzò un sopracciglio, porgendogli la tazza di caffè bollente. «Il tizio trovato con la spina dorsale spezzata e un bastone insanguinato in mano era un incidente? Sembra un insabbiamento».

O forse la famiglia Ortiz non aveva voluto condividere

i dettagli cruenti su Faccialibro, o come diavolo si chiamava quella cosa. «Scott ha anche ottenuto i nomi di un paio di altre persone che hanno servito con Dunne, setacciando le interazioni online. Uno è stato arrestato in Florida per violenza domestica e aggressione sessuale l'anno dopo il suo ritorno a casa ed è morto in prigione. Un altro è attualmente ricoverato nell'ospedale per veterani qui, ma il suo profilo fisico non sembra corrispondere al nostro assassino». Il tizio era probabilmente sotto le cure di Idowu, in realtà. La piccola banda di stupratori e assassini del generale non se l'era cavata bene, tranne DeLaney stesso. «Speriamo di poter ottenere una lista di nomi da questo tizio», disse Petrosky. «Per vedere chi altro ha servito con Dunne».

«E se non possiamo, forse è un'area in cui Acharya può aiutarci. Soprattutto ora che è il tuo nuovo migliore amico».

«Non è il mio-»

«Dico solo che se la stampa mette le mani su un incidente del genere, un insabbiamento? È roba da prima pagina, e spingerà a un'indagine. Senza quello... sarà più difficile. I registri militari vengono sigillati o persi, e probabilmente insisteranno sul fatto che devono occuparsene internamente. Chi sa se la giustizia verrà mai fatta?»

«Non avremo bisogno di Acharya. Troveremo semplicemente il nostro colpevole, e il resto verrà da sé». Avrebbe dato il suo testicolo sinistro per vedere quel bastardo di DeLaney - *oh, scusi, il Generale DeLaney* - marcire in una cella. Forse andava bene anche che Dunne vivesse. Sdraiato in quella stanza tutto il giorno, senza visitatori, senza famiglia: sembrava una vita di merda.

Chiama Linda.

No.

201

Petrosky aggrottò la fronte.

«Non guardarmi così», disse Jackson. «Hai chiamato Acharya in modo che il nostro assassino prendesse di mira Dunne. Non puoi giudicarmi per aver cercato di accedere ai file militari».

Aspetta, di cosa stavano parlando? «Non stavo giudicando. Solo pensando». Inghiottì un sorso di caffè, una fanghiglia oleosa, roba orribile. Comunque migliore di quello della caffetteria.

Jackson abbandonò la sua tazza sul tavolo. «Anch'io sto pensando, Petrosky. Ma sto pensando al nostro assassino, un soldato rinnegato senza alcun rispetto per la vita umana».

Ma non era vero. «Ha molto rispetto per la vita umana, solo nessun rispetto per gli stupratori». E... non dovrebbe importargli delle vite di quei coglioni.

Lei portò la propria tazza alle labbra. «Sembra che tu ammiri il tipo».

«Non lo... voglio dire, non lo odio, o non lo odierei...»

«Tranne per Amos», concluse Jackson.

Quella era l'anomalia. L'unica vittima innocente. «Hai parlato di nuovo con Eden Johansson?»

«L'ho chiamata un paio di volte». Jackson si appoggiò al tavolo e scrutò il suo caffè, e lui ne bevve un altro sorso per buona misura. «Tutto era consensuale, come aveva detto. Non ha opposto resistenza. Non ha detto di no. L'assassino ha semplicemente commesso un errore».

«Perché non sa distinguere tra un'aggressione e una scopatina».

«Che razza di linguaggio è questo?»

«Parole da vecchio bianco, Jackson. Aggiornati».

Lei alzò gli occhi al cielo mentre si allontanavano dall'area comune - un'ultima occhiata alla patina sul fondo della caffettiera - e tornavano all'ufficio. Passarono davanti alla scrivania di Decantor, dove l'uomo stava scrutando lo schermo del computer con gli occhi socchiusi. Altri quattro o cinque poliziotti sedevano nelle loro postazioni, scribacchiando freneticamente in logori fascicoli, probabilmente cercando di finire la giornata per tornare a casa dalle mogli e dai figli. Jackson era già al cellulare.

Petrosky si lasciò cadere sulla sedia e quasi fece cadere la tazza a causa di un tonfo dall'altra parte dell'ufficio. Decantor era in piedi, con la sedia rovesciata. Fissava... lui.

Petrosky si irritò. «Che cazzo ti prende?» gridò Petrosky attraverso l'ufficio, guadagnandosi sopracciglia alzate da alcuni degli altri agenti.

Decantor tirò su col naso, ma non distolse lo sguardo. «Lo dovresti sapere».

Ora tutti gli altri poliziotti nell'ufficio guardavano nella loro direzione, immobili. Anche Jackson si era girata, con il telefono lontano dalla testa.

Petrosky fece il giro della scrivania con la voce di Jackson nelle orecchie - *ti prenderà a pugni per il disturbo*. Abbassò la voce: «Non puoi essere così sconvolto per qualche telefonata».

Decantor raddrizzò la sedia e s'infilò la giacca. «Stavo andando a fare da babysitter al tuo testimone».

Eh? «Dunne?»

Decantor scosse la testa.

Ah. Eden Johansson. Carroll non deve aver ancora fatto la chiamata per ritirare la sua scorta. «Non ti ho assegnato io a quel compito, Decantor. Se fosse dipeso da me, avrei scelto qualcuno con meno propensione per il gossip delle celebrità: farai morire di noia quella povera ragazza».

Decantor sistemò con uno scatto i risvolti della giacca. «Non sono arrabbiato per questo. Sono arrabbiato perché mi sono fermato qui per prendere alcuni fascicoli prima di dirigermi a casa dei Johansson». Afferrò una pila di cartelle color manila dalla sua scrivania come per sottolineare il concetto e se le strinse al fianco. «Khoury doveva rimanere lì fino al mio arrivo, ma ultimamente è molto irritato per il suo partner e...»

Petrosky sentì una fitta al petto. «E?»

«Eden Johansson è stata aggredita».

CAPITOLO 27

L'Oaklawn era carino per quanto riguardava gli ospedali. Jackson diceva che era antiquato, ma Petrosky lo era ancora di più e a lei sembrava piacere abbastanza, a volte. All'esterno, finestre arrotondate sporgevano dal mare di mattoni marroni come grumi in una salsa. All'interno dell'ospedale, le luci fluorescenti troppo intense gli facevano male agli occhi. Il puzzo di disinfettante non era più facile per le sue narici, anche se gli ricordava l'odore di alcol del tubo respiratorio di Dunne, cosa che gli sollevava un po' lo spirito. Ma non abbastanza.

La rabbia gli ribolliva nello stomaco. Avevano fatto un casino, i Crociati erano arrivati a lei, o forse l'assassino pensava che la Johansson sapesse qualcosa di più, che potesse identificarlo. Petrosky voleva andare a dire il fatto suo a Carroll, ma non era davvero colpa sua. Khoury, invece... quel tizio si sarebbe beccato una spranga nel fegato. Si stirò i muscoli del collo, forte, doloroso. E se avessero fallito? Eden era gravemente ferita, addirittura morta? Decantor non l'aveva detto, e la possibilità aveva tormentato Petrosky durante il tragitto, il viso di Julie che gli balenava nel cervello, labbra blu, occhi morti, *colpa mia.*

Decantor era già alla reception quando arrivarono, parlando con una donna dai capelli ricci in divisa rosa. Non ci stava provando; le sue larghe spalle erano rigide mentre gesticolava indicando qualcosa sul suo blocco.

«Ti avevo detto di pestare sull'acceleratore», mormorò Petrosky, affrettandosi attraverso l'atrio.

«Volevo portarci qui in un pezzo solo», ribatté Jackson.

«Solo perché hai dei figli non significa che devi guidare come mia nonna».

«Come se all'epoca avessero le auto».

Decantor notò Jackson e Petrosky e fece cenno verso il corridoio, dove un cartello rosso li fissava minaccioso in fondo: PRONTO SOCCORSO. Ma anche l'obitorio si trovava in quella direzione.

Petrosky seguì gli altri, i polmoni dolorosamente stretti. Le labbra di Jackson erano una linea sottile e esangue.

Si sforzò di dire: «Allora, qual è la situazione, Decantor?»

«La situazione?» L'uomo più grosso rise.

«È una cosa nuova che sta provando», sbottò Jackson. «Allora, cosa abbiamo?»

Decantor lanciò un'occhiata a Petrosky, la bocca tirata - rimpianto? *Dolore?* «Sembra che qualcuno l'abbia aggredita mentre andava verso la sua auto. Le ha preso la borsa, le ha sbattuto la faccia contro il finestrino laterale».

Trauma cranico. *Cazzo.* «Qual è la prognosi?»

«Eh?»

«Ce la farà cazzo o no?» O aveva perso un'altra ragazza sotto la sua custodia? Tante perse. Molte salvate, ma mai abbastanza.

«Sì, amico, starà bene, rilassati». I suoi occhi si erano spalancati, con un sopracciglio che sfiorava l'attaccatura dei capelli. «Sembra un polso rotto, qualche graffio e livido, ma niente di grave. Uscirà in un batter d'occhio». Inclinò la testa. «Che ne pensi di questa espressione - "in un batter d'occhio"? Parlo la tua lingua?»

«Non finché non smetterai di fingere che i Kardashian siano qualcosa di speciale». Ma la tensione nel petto di Petrosky si era allentata. Un polso rotto? Non era opera del loro killer: Eden Johansson non starebbe respirando, figuriamoci essere "in forma". Premette il pulsante quadrato "Apri porta" alla fine del corridoio, ma l'insegna luminosa PRONTO SOCCORSO non sembrava più così minacciosa come pochi istanti prima. Aveva davvero pensato che potesse essere morta quando sarebbero arrivati qui? *Stai perdendo colpi, vecchio mio.*

Decantor attraversò con decisione l'area d'attesa e indicò il terzo box sulla destra: una stanza improvvisata delimitata da aste metalliche con tende.

«L'avevo già visto prima», stava dicendo Eden, e lanciò uno sguardo verso di loro mentre entravano dalla tenda blu. Il detective Sloan - basso come ogni buon irlandese dovrebbe essere, capelli scuri, sopracciglia nere e folte - era in piedi dall'altro lato della barella di Eden. Il materasso sembrava scomodo, probabilmente per spingere i pazienti ad andarsene il prima possibile, ma cosa più importante, la barella era specificamente per le persone in procinto di tornare a casa. Non l'avrebbero ricoverata. Stava davvero bene.

«Continua», la incalzò Sloan con un vibrato basso e profondo che ricordava a Petrosky la gomma sull'asfalto.

Eden tirò su col naso; c'era del sangue rappreso sotto il naso e un livido sul ponte. Sembrava doloroso, ma non rotto. Lui comunque trasalì. «Era alle proteste», disse Eden. «Uno dei tizi con i cartelli, mi ha afferrato il braccio quando sono passata cercando di arrivare a casa di Sammy».

«Era uno di quei nazisti di merda?» sbottò Petrosky.

I suoi occhi arrossati si spalancarono, ma annuì. «Sì».

«Com'era fatto?» chiese Sloan.

«Un bianco, capelli scuri, un po' lunghi. Trasandati».

Beh, quella era la maggior parte della popolazione di questi tempi. Metà del motivo per cui non gli piaceva la caffetteria era la sua incessante paura che avrebbe aperto il suo caffè trovandoci dentro una pallina di peli da hipster.

«Narici grandi. Enormi», disse. «Come... un maiale».

Sloan annuì. «All'insù. Ok. Tatuaggi?»

«Non che abbia visto. Ma... indossava questo cappello». Si morse il labbro. «Credo avesse l'immagine di un'auto sul davanti».

«Che tipo di auto?»

Lei scrollò le spalle e sussultò, afferrandosi il braccio, e quando parlò di nuovo, la sua voce era tesa. «Una vecchia. Come una di quelle vecchie muscle car, sai? Così le chiama mio padre». Si voltò verso Petrosky. «I miei genitori sono già qui?»

Decantor si fece avanti. «Richiamerò adesso. Erano ad Ann Arbor per lavoro, ma dovrebbero arrivare presto».

Eden inspirò profondamente, con un lungo sibilo sussurrato. «Possiamo fare una pausa? Veloce? Sono un po'... mi gira un po' la testa». La sua voce tremava.

Sloan annuì, lanciando un'occhiata a Petrosky, con un'espressione che sembrava voler dire di no. «Certamente».

Ma più aspettavano, più si allontanavano dal bastardo che aveva fatto questo. Almeno sapevano una cosa: era alle proteste. Petrosky tirò fuori il telefono dalla tasca posteriore.

«Vedo che questa volta ce l'hai acceso», disse Decantor.

«Non dire sciocchezze. Ce l'ho sempre acceso». Toccò l'icona dell'app che Scott aveva installato mentre "guardavano la partita" con George l'altra sera. Se n'era completamente dimenticato fino a quel momento.

Jackson alzò un sopracciglio. «Sei sui social media?»

«Sì». Petrosky fece una smorfia guardando lo schermo. «Scott mi ha mostrato questo trucco l'altro giorno». Stava per aprire il... cavolo, com'era? Non la Repubblica dei Segaioli, ma...

Crociati della Repubblica. Lo digitò.

Jackson sbirciò oltre la sua spalla. «Tu sei Wanta Lawmore?»

«Cosa? Chi ha più legge di me?» Lanciò un'occhiata a Eden: un angolo della sua bocca si era sollevato. Sloan le porse un piccolo bicchiere di plastica con dell'acqua.

Jackson gemette. «E sei di Slammer, USA? Avresti dovuto scrivere direttamente nella tua bio che sei un detective che fa trolling».

«Nah, c'è scritto proprio qui nella mia sezione About: "decisamente non un poliziotto"».

La risata di Eden fu la cosa più dolce che avesse sentito tutto il giorno.

Il gruppo dei Crociati era pubblico, il che era il loro primo errore. Il secondo errore era che quasi tutti i loro membri avevano anche profili pubblici. Questi coglioni non sapevano nulla del Grande Fratello? Se fosse stato un criminale, avrebbe chiuso tutto ermeticamente.

D'altra parte, la maggior parte dei criminali non era poi così intelligente. Le persone in questo gruppo ne erano la prova.

«HO PRESO QUELLA PUTTANA BUGIARDA».

Mostrò lo schermo agli altri. Il messaggio era stato

pubblicato un'ora prima, quindi era ancora vicino alla cima della pagina, tutto in maiuscolo. Si poteva sempre riconoscere un idiota dall'uso eccessivo di maiuscole e dall'incapacità di scrivere correttamente le parole più basilari. Laying invece di lying? Andiamo. Il nome lo avrebbe comunque insospettito: Bubba Halstead. Se non era il nome più buzzurro che avesse mai sentito...

Petrosky scorse le parole di congratulazioni - e di rabbia per il fatto che uno dei "loro" aveva mentito per salvare un musulmano. Digrignò i denti e digitò:

«Sembra proprio un codardo».

Jackson lo guardò accigliata.

Petrosky si sforzò di rilassare la mascella. «Lo sai, con la posa?»

Decantor scoppiò a ridere. «È la peggiore battuta da papà di sempre». Sloan ridacchiò dall'angolo, un brontolio rombante. Anche Eden rise. Solo Petrosky fissava lo schermo, aspettando con un nodo in gola.

Non era un padre, non veramente. Non più.

Il piccolo pulsante di notifica lampeggiò: una risposta.

«CERTO CHE LO ERA»

Oh merda, lo stronzo era online proprio ora. La tecnologia a volte lo faceva incazzare, ma non oggi.

«Certo che lo era? Pensa che intendessi che era spaventata?» disse Jackson.

«Sono sicuro che pensa molte cose che non sono vere». Petrosky toccò il profilo dell'uomo e girò il telefono verso Eden.

«Sì, è lui». I suoi occhi si riempirono di lacrime.

«Sei sicura?»

«Al cento per cento. Indossava persino lo stesso cappello che ha nella sua foto profilo».

Petrosky strinse gli occhi. Ah, eccolo lì, Bubba che teneva il suo cappello - stampato con una vecchia Monte

Carlo - sul cuore. Come ogni buon americano. Rimise i pollici sulla minuscola tastiera.

«Esci a festeggiare?»

Jackson rise. «Lo stai corteggiando?»

«Non ne ho bisogno. Mi inviterà ovunque». Petrosky toccò la sua immagine stock: una rossa sui tacchi. «Guarda questa foto di me in un tailleur da donna. È positivamente *arrrestante*».

«STO GIÀ FESTEGGIANDO DA REYNOLDS!!!!!!!!!»

Almeno l'idiota aveva scritto correttamente il nome del bar.

«Decantor, vuoi occuparti tu di questo?» chiese Petrosky. «Il mio tailleur è in lavanderia». *E ho un assassino da catturare.* Girò il telefono verso Decantor e osservò il viso dell'uomo illuminarsi. E quando guardò Eden Johansson, anche lei stava sorridendo.

«Sì. Chiamerò Khoury, gli dirò di incontrarmi lì - odia questi tizi».

«Bene». Con un po' di fortuna qualcuno avrebbe preso a pugni Khoury durante l'arresto - una vendetta per aver lasciato che Eden si facesse male. Se non l'avessero fatto... c'era sempre domani.

Sloan disse che avrebbe aspettato i suoi genitori e avrebbe scortato la famiglia Johansson a casa. «Raggiungimi a casa sua dopo aver rinchiuso quell'idiota».

Decantor annuì a Sloan, poi rivolse lo sguardo a Petrosky. «Se c'è qualcosa che posso fare, e intendo *qualsiasi cosa*... chiamami. Mi sto davvero stancando di questa merda». Poi scivolò fuori dalla tenda.

Petrosky scorse l'app, facendo screenshot dell'incontro nel caso in cui il tizio si fosse reso conto e avesse cancellato tutto prima del processo. *Internet è per sempre, stronzo.*

«Ce la rendono fin troppo facile», disse Jackson, osservandolo.

Lui annuì e rimise il cellulare in tasca. Se solo il loro assassino avesse fatto lo stesso.

CAPITOLO 28

Avrebbero dovuto essere euforici per la notizia dell'arresto di Bubba - Decantor e Khoury lo avevano prelevato dal bar senza incidenti - ma lo stomaco di Petrosky era attorcigliato. Tracannò del Pepto-Bismol mentre Jackson entrava nel parcheggio dell'ospedale dei veterani. Di nuovo.

Questa volta Idowu li incontrò nell'atrio, sotto una grande cupola a bolla che sembrava uscita da un film d'azione. Continuava ad aspettarsi che personale militare in giacche nere sfondasse il soffitto di vetro, precipitando a terra con le armi spianate.

Idowu aveva le braccia incrociate. Non aveva il suo blocco legale. L'aveva chiamata in anticipo lasciando un messaggio per avvertirla del loro arrivo, ma non sembrava affatto che lo apprezzasse.

«Detectives, è una giornata intensa. Cosa posso fare per voi?»

«Abbiamo alcune nuove informazioni», disse Petrosky. «Speravamo che potesse aiutarci. O più precisamente, che uno dei suoi pazienti potesse farlo».

Il suo sguardo si incupì. «Come fate a sapere chi sono i miei pazienti?»

«Avevamo una lista di sospetti - ho chiamato la madre del suo paziente», disse Jackson. «È stata piuttosto loquace».

«Chi è il paziente?»

«Bezon. Julius Bezon».

«Bezon è il vostro sospettato?» sbottò Idowu. «State perdendo tempo. Non esce da questo ospedale da mesi. Se state cercando...»

«Non pensiamo sia stato lui».

«Mi scusi, non capisco. Mi dia i punti salienti».

Petrosky lo fece. L'incontro con Dunne e il suo racconto degli eventi in quel lontano villaggio iracheno - omicidio e stupro. I dodici membri dell'infanteria non identificati. La morte di Ortiz. E la loro teoria che l'assassino stesse rivivendo momenti traumatici di quel periodo, forse scatenati dalla visione di crimini simili. «Abbiamo bisogno dei nomi degli altri uomini che hanno servito con Ortiz», disse Petrosky. «Uno di loro è il nostro assassino».

Idowu fissò per un momento, poi alzò i suoi grandi occhi marroni verso la cupola di vetro sopra le loro teste e sospirò. «Posso chiedere la sua collaborazione. Altrimenti...» Alzò le spalle.

«Non può semplicemente dargli un po' di quel siero della verità? Fargli un'iniezione?»

La sua testa scattò di nuovo verso il basso.

«Sta scherzando», disse Jackson.

Ma non stava scherzando. Se non fossero riusciti a ottenere quei nomi oggi, sarebbero rimasti bloccati a cercare indizi... e a sperare che il loro uomo non uscisse dal nascondiglio per uccidere qualcun altro. Preferiva non rischiare, se non altro perché il tipo potrebbe ferire un innocente - se solo potesse essere sicuro che il criminale avrebbe ucciso solo stupratori...

Idowu sbatté le palpebre guardando Jackson. «Sua madre Le ha detto qualcos'altro?»

«Solo che è schizofrenico».

«Cosa?» Gli occhi di Idowu si allargarono, le sopracciglia si inarcarono sulla sua fronte liscia verso il copricapo. Turchese oggi.

«Non lo è?» chiese Jackson.

«Sa... diciamo che affermare di avere la schizofrenia... a volte è più facile per le famiglie. Non che stia dicendo che sia questo il caso» - lanciò un'occhiata eloquente a Petrosky - «ma se qualcuno entrasse qui con un grave disturbo post-traumatico da stress con elementi psicotici, potrebbe essere più semplice dire semplicemente schizofrenia».

«Elementi psicotici come...»

«Distacchi dalla realtà. Allucinazioni. Deliri. Lo vediamo spesso con il PTSD qui perché la guerra... il cervello umano non è ben equipaggiato per elaborare quegli eventi. Il sistema nervoso simpatico diventa un po' ballerino».

«Ballerino?» disse Petrosky. «È questo il termine tecnico?»

«Sì». Nessun sorriso. Nessuna ulteriore spiegazione.

Si schiarì la gola. «Il nostro assassino potrebbe star affrontando qualcosa di simile. Ripete una frase che sembra in contrasto con le sue azioni, dicendo alla donna 'stai zitta, puttana' mentre ripete anche che lui non è il nemico».

«Capisco». Strinse le labbra, socchiudendo gli occhi. Pensando. «Sì, con il giusto innesco... potrebbe sentirsi come se fosse di nuovo in guerra, in quella stessa situazione. Potrebbe persino vedere i volti di quei soldati, gli aggressori originali, sulle sue vittime recenti, come un'allu- cinazione».

Il volto di Ortiz sul corpo di Amos? Forse. La guerra era spesso difficile da conciliare con la moralità, e il loro soggetto aveva visto una donna violentata a morte con un bastone appuntito. Questo avrebbe sconvolto chiunque.

Chiunque non fosse un completo psicopatico.

Jackson aspettò nel corridoio - «Tende a sentirsi a disagio in gruppi più grandi di due» - e Petrosky seguì Idowu nella stanza dell'uomo. Bezon sorrise alla dottoressa quando entrarono, il tipo di sorriso sciocco che un bambino ti fa quando arrivi con un peluche. Ma il viso dell'uomo era tutto spigoli e angoli, senza un grammo di riempitivo negli incavi sotto gli zigomi. Bezon teneva tutto il suo grasso nella pancia che riposava sulle sue ampie cosce - il sedere grosso piantato sul bordo del letto. Occhi curiosi, ma calmi. Quante persone aveva ucciso in quel villaggio?

Petrosky scivolò su una sedia di fronte a Bezon. Idowu rimase in piedi dietro di lui, la sua postura più rilassata rispetto all'atrio - forse cercando di mettere a suo agio il paziente. «Come abbiamo detto, Julius, il signor Petrosky ha alcune domande per Lei».

«In realtà, solo una». Petrosky indicò il blocco legale sulle sue ginocchia, gentilmente prestato da Idowu. La dottoressa li aveva avvertiti che Bezon aveva la tendenza a chiudersi a meno che non si sentisse a suo agio - che si era sempre rifiutato di parlare del suo periodo in guerra. Una lista dei suoi compagni di stupro e saccheggio sarebbe stata una grande sfida per un uomo che non ne aveva parlato per sette anni... e oltre. «Ho bisogno dei nomi di coloro con cui ha servito in Iraq».

Bezon si irrigidì. «No». Ma il suo occhio ebbe un tic, forte - un'occhiolino arrabbiato.

«Sicuramente ne ricorda almeno alcuni, no? Forse si ricorda di Jeffrey Dunne?»

Bezon abbassò lo sguardo sulla sua pancia rotonda. «Si è rotto il collo».

«L'ha fatto. Sa come?»

«È caduto.»

Mah. «E Chandler Ortiz?»

Bezon sussultò come se avesse avuto una mosca nell'orecchio, ma non c'erano mosche che Petrosky potesse vedere, nessun insetto a meno che il tipo non avesse i pidocchi. Se li aveva, probabilmente se li meritava. «È caduto anche lui», disse Bezon. Ma le sue braccia tremavano.

«C'erano alcune altre persone con voi, giusto? I vostri amici?» *I vostri amici stupratori e assassini?* Petrosky abbassò lo sguardo sulle mani dell'uomo, strette come artigli sul bordo del letto: sottili, ma su un grilletto avrebbero fatto dei danni. O con un bastone.

«Non sono amici miei», sputò Bezon. Arrabbiato per l'implicazione: Petrosky non se l'aspettava. Si stava comportando più come il loro sospetto vigilante che come gli stupratori.

Mettilo a suo agio, la voce di Idowu sussurrò nella sua mente. Ovviamente, aveva ragione; questo tizio era già arrabbiato per essere stato collegato al gruppo. Petrosky era a una parola sbagliata dal trattamento del silenzio. «Posso capirlo», disse Petrosky dolcemente. «A volte ci ritroviamo bloccati con un gruppo di stronzi, vero?»

Bezon lo fissò. Annuì lentamente.

Petrosky si agitò sulla sedia, il legno incrinato gli mordeva le cosce. «Ho prestato servizio all'estero, vicino a dove eri di stanza tu, in effetti. Ho visto un mio amico morire proprio davanti a me, e i bastardi che l'hanno fatto... non li perdonerò mai».

Bezon ora lo osservava intensamente, e il luccichio nei suoi occhi toccò un punto profondo nel petto di Petrosky perché lo riconosceva in se stesso: il senso di colpa. Il senso di colpa per essere sopravvissuto. Per non essere stato in grado di fare le cose diversamente.

Forse questo tizio non aveva fatto del male a nessuno. Forse aveva visto quelle atrocità e lo avevano spezzato perché non era uno psicopatico come Dunne e il bravo generale.

«Me lo porto dietro», continuò Petrosky. «Ogni maledetto giorno. Ma se avessi la possibilità di andare dietro ai figli di puttana che hanno fatto un buco nella testa di Joey, lo farei in un secondo. Direi al mondo i loro nomi e lascerei che l'universo se ne occupasse». La sabbia gli bruciava in gola. Le sue costole erano una morsa, troppo piccola per il suo cuore pulsante.

Bezon abbassò la testa e fissò le sue nocche, strette e bianche e arrabbiate.

«Al tuo posto, non vorrei proteggerli. Non vorrei portarmi dietro anche questo. È un peso minore se non devi essere solo con esso». Ma non lo era. Il dolore rimaneva, rimaneva sempre.

Bezon alzò la testa, i suoi occhi traboccanti di lacrime.

«Gli uomini che stai proteggendo... uno di loro sta facendo del male a persone innocenti, Julius. Qui. In questa città».

Le lacrime scendevano sulle guance di Bezon.

«Detective...» Idowu mise la mano sulla spalla di Petrosky, ma lui abbassò ancora di più la voce. «Dimmi solo chi c'era lì con te. Aiutami prima che qualcun altro muoia. Aiutami a salvare una vita».

Con le lacrime che gli scorrevano sulle guance, Julius Bezon fece proprio questo.

CAPITOLO 29

Jackson chiuse l'ultima delle cartelle e prese un appunto sul suo blocco. Bezon si era ricordato i nomi di sei soldati, portando il loro totale a dieci uomini, incluso il generale. Le probabilità di trovare alcuni di questi tizi erano a loro favore, anche se ci sarebbe voluta un po' di fortuna. E al momento, sembrava che la fortuna fosse dalla loro parte; l'ufficio era gloriosamente vuoto tranne che per loro due.

Jackson buttò giù il suo caffè del dipartimento di polizia e fece una smorfia. Ripose la tazza sulla scrivania - la sua scrivania.

«Non hai una tua postazione, Jackson?» Lui si strofinò un punto dolente proprio sopra il cuore. Forse avrebbe dovuto tornare a vedere la dottoressa Rosenberg... sempre che non fosse arrabbiata con lui per aver cercato di estorcerle informazioni. Sì, forse la prossima settimana.

Jackson indicò la cartella nella sua mano. «Possiamo ignorare quelli che vivono fuori dallo stato...»

«Ignorarli?» sbottò Petrosky. «Sono comunque stupratori. Assassini. Qualcuno dovrebbe prendere i loro misera-bili culi e...»

«Concentrati, vecchio bastardo.» Lo fulminò con lo sguardo.

Petrosky si strofinò più forte il petto dolorante e mise da parte il fascicolo che stava esaminando, uno dei soldati del gruppo di Dunne e Bezon. Un manager finanziario dell'Utah con occhietti da idiota e una bocca ancora più idiota. Stupidi capelli appiccicati alla testa in un taglio a scodella come quelli che la madre di Petrosky era solita fargli quando aveva cinque anni. Jackson lo stava ancora guardando, le labbra strette.

Va bene. Chiuse il fascicolo con uno schiaffo. Potevano tornare su questi bastardi, ma nessuno di loro l'avrebbe fatta franca, non se lui avesse avuto voce in capitolo.

Petrosky inspirò lentamente, forzando il suo battito cardiaco a rallentare prima di far saltare il suo pacemaker direttamente nella gabbia toracica. «Allora, chi ci rimane nello stato? Chi aveva l'opportunità per questi omicidi?»

Jackson inclinò il suo blocco. Quattro nomi cerchiati in inchiostro blu: Vernon Collins, Todd Rose, Aldrich Cook e Rye Turner. Più di quanto si aspettasse. «Quattro su dodici? Con Bezon e il generale, è metà della squadra che è finita in Michigan.»

«Sì, sono tornati dall'estero al momento giusto. Ti ricordi quello studio di circa dieci anni fa su come Detroit fosse la peggior città per i veterani?»

Se lo ricordava. E l'iniziativa subito dopo, Progetto Fondazione o qualcosa del genere. Avevano allestito alcuni condomini per i veterani di ritorno, li avevano fatti vivere lì gratuitamente, avevano dato loro soldi per il college se fossero rimasti in zona, avevano persino dei fondi per libri scolastici e roba del genere. Si scoprì che questi tizi avevano approfittato del programma - tranne il Generale

DeLaney e Rye Turner. Non che questo li aiutasse ora. Jackson prese una cartella dalla parte inferiore della pila e l'aprì alle foto delle patenti dei loro quattro sospetti.

Colori di capelli diversi: uno nero, due castani, uno rossastro. Nessuno di loro biondo come Eden Johansson e Layton avevano descritto. O le donne avevano mentito - altamente improbabile - o se li era tinti, o il singolo lampione nel cimitero brillava in modo tale da farlo sembrare biondo. Entrambe le volte. Le dichiarazioni dei testimoni erano spesso un po' strane, come avrebbe potuto dire il dottor Idowu, ma cazzo.

«Potrebbe essere uno qualsiasi di questi tizi.» Petrosky represse uno sbadiglio, passandosi la mano sul viso. All'improvviso si sentì vent'anni più vecchio - persino le sue ossa si sentivano pesanti.

«Sì. Nessuno di loro è particolarmente grosso nemmeno», disse Jackson. «Almeno non secondo le loro patenti.»

«Che dire dei documenti di lavoro?»

Rimescolò i fascicoli. «Collins è ancora nell'esercito, si occupa di reclutamento a Holly. Rose è direttore di banca. Cook è uno psicologo, se ci credi». Alzò gli occhi al cielo - *fottuti strizzacervelli*. «Nessuna dichiarazione dei redditi recente per Turner, quindi o è disoccupato o viene pagato in nero - non possiamo nemmeno essere sicuri che sia in Michigan. Sappiamo solo che la sua famiglia era di qui».

«Rye Turner», mormorò Petrosky. «Sembra il nome di un dannato panino».

«È solo che hai fame». Jackson arricciò il naso, forse con disgusto. *Dai, Jackson, devi ammettere che anche tu vorresti un panino.* «Abbiamo ancora molto da indagare; non sappiamo ancora chi fosse nello stato durante i primi omicidi».

Giusto. Gli alibi. Le immagini delle patenti di guida erano disposte al centro della scrivania: quattro uomini che fissavano il soffitto accanto allo schizzo dell'assassino. Petrosky scrutò i loro volti, cercando somiglianze con lo schizzo - *quale di voi stronzi è?* - ma senza risultato. «Sarà più veloce parlare con quelli che abbiamo già localizzato. Chiedere loro di discolparsi». Poi avrebbero concentrato gli sforzi per trovare Turner, l'unico di cui non avevano un indirizzo - diffondendo la sua foto, per vedere cosa ne sarebbe venuto fuori. Forse non era nemmeno in Michigan. Magari lo avrebbero trovato a Seattle con uno chignon da uomo, a coltivare canapa, vivendo in una di quelle minuscole casette ricavate da capanni di cui la gente ama parlare ma in cui non vivrebbe mai.

«Discolparsi?» sbuffò Jackson. «Sono sicura che un gruppo di stupratori assassini sarà incredibilmente colla-borativo».

«Potrebbero non essere tutti colpevoli. Guarda Bezon». Quel tipo era stato traumatizzato quanto il loro assassino da ciò che aveva visto nel villaggio; era ancora possibile che avesse partecipato, che le sue stesse azioni avessero causato la sua rottura con la realtà, ma Petrosky non lo credeva. Aveva visto persone crollare - visto mostri crollare dopo aver fatto cose mostruose - e poteva praticamente sentirne l'odore, la colpa come vomito acido sotto qualsiasi colonia usassero per coprire i loro segreti. Bezon non aveva quel mostro dentro di sé; Petrosky ci avrebbe scommesso. E sentiva nelle ossa che il loro sospettato era dalla parte giusta degli stupri. Gli omicidi all'estero.

Ma qui... il soldato era un assassino. Samuel Amos meritava giustizia.

Petrosky fissò le foto. Guardò di nuovo quel maledetto schizzo generico. Occhi più distanziati, ma non troppo. Mascella nella media. Collins era il più robusto - aveva anche i capelli più chiari. Ma non poteva vedere le loro mani nelle foto delle patenti. Improvvisamente si sentì certo che se solo avesse potuto guardare le loro dita, sarebbe stato in grado di capire quale di loro potesse spezzare una colonna vertebrale con un solo colpo.

«Quanti di questi tizi sono sposati?» chiese invece.

Jackson indicò: Rose, Collins.

«Dubito che il nostro tipo sia sposato o abbia una fidanzata. Sembra vedere qualsiasi attività sessuale come minacciosa, non riesce a distinguere tra sesso consensuale e stupro. Nel momento in cui vede l'uno o l'altro, ha un flashback di quel villaggio».

Jackson annuì. «Forse. Ma c'è molta variabilità nell'attività sessuale tra le coppie. Magari lei lo ottiene altrove, o sta bene senza».

«Sì». Osservò di nuovo le immagini. Resistette all'impulso di appoggiare la testa sulla scrivania. *Caffè, altro caffè.*

«Tutto bene, Petrosky?»

«Eh?»

Jackson si avvicinò. «Come sta Linda?»

«Non saprei». Petrosky allungò le braccia sopra la testa, cercando di scuotere i ragnateli dal cervello mentre dirigeva lo sguardo verso l'altra parte dell'ufficio, verso le ampie finestre quadrate attraverso le quali l'oscurità incombeva - già notte? *Cazzo.* Il loro criminale potrebbe uccidere di nuovo in qualsiasi momento, e chi poteva dire che il prossimo omicidio sarebbe stato giustificato?

Avrebbero dovuto visitare questi tizi la prima cosa al mattino. Tutti tranne...

Petrosky allungò la mano verso la cartella, con gli occhi sull'Uomo Panino.

Le scarpe. L'impronta consumata dello stivale.

«Questo tizio...» Petrosky picchiettò sulla foto della patente di Rye Turner, l'immagine già vecchia di nove anni. «Scaduta?»

«Sì. Era previsto il rinnovo online cinque anni fa, ma

non si è mai preoccupato, e ho già chiamato il suo ultimo indirizzo conosciuto a Ferndale. Niente da fare. L'unico parente è un cugino a Long Beach, ma il tipo non sapeva nemmeno che Turner fosse stato dispiegato, non gli parlava da quando erano bambini - prima che il padre di Turner morisse».

«È stato assassinato?» chiese Petrosky, con il battito cardiaco in aumento. La morte violenta di un familiare potrebbe scatenare qualcuno non precedentemente incline all'aggressività.

«No, solo un genitore anziano; aveva quasi sessant'anni quando Turner è nato».

«La madre?»

«Aveva quarantotto anni quando lui è nato e lo ha mandato in guerra senza dirgli che aveva il cancro. È morta durante il suo dispiegamento; viveva con la previdenza sociale, nessuna eredità. Non abbiamo trovato nemmeno un singolo amico».

Se Petrosky fosse tornato dalla guerra portando quel tipo di bagaglio per scoprire che la sua ultima fonte di supporto emotivo era svanita, forse avrebbe perso la testa anche lui. Rye Turner sembrava meno un panino e più un assassino. «Che diavolo, Jackson? È la nostra migliore scommessa, perché non hai iniziato con questo?»

«Stavo solo controllando se il tuo cervello funziona ancora». Gli fece l'occhiolino. Quando lui accigliò, lei disse: «Non abbiamo indirizzo, né telefono, niente, quindi dobbiamo comunque parlare con gli altri - potrebbero sapere dove si trova».

Petrosky annuì. «D'accordo. Facciamo vedere la sua foto a Eden Johansson prima, però, vediamo cosa dice».

«Lo farò sulla strada di casa». Jackson si alzò, e lui alzò lo sguardo.

«Stai uscendo adesso?»

«Lance ha avuto alcuni problemi ultimamente. Penso che la mia assenza così lunga durante il giorno...» Abbassò lo sguardo, gli occhi tesi come erano stati così tante volte nelle ultime settimane. Stressata.

Non drammi con Decantor, non una nuova relazione - suo figlio. Il suo ex marito non aiutava affatto con Lance, si comportava come se il ragazzo non esistesse nemmeno. Faceva incazzare Petrosky. Avrebbe dato qualsiasi cosa per riavere Julie.

«Prendila con calma stasera, okay? Dormi un po'?» Jackson afferrò la sua giacca dalla sua scrivania, la sua scrivania - aveva il suo spazio di lavoro dopo tutto. Se solo avesse riportato la sua sedia là. «Hai bisogno di un passaggio, o ti viene a prendere il tuo harem?»

Lui fissò le foto, una, poi un'altra, una sensazione pungente che si radicava tra le scapole - i suoi istinti cercavano di parlargli. Il suo sguardo vagò verso lo schizzo. *Sei ancora là fuori? Stai cacciando?* «Sto bene».

«Non è vero», gridò lei da sopra la spalla. La porta della tromba delle scale si aprì con un *scree* e si richiuse sbattendo.

Attese un momento, ascoltando l'improvviso silenzio. Poi prese il telefono sulla scrivania. Aveva ancora una cosa da fare prima di tornare a casa.

«Sono contenta che tu abbia chiamato invece di prendere un Uber». Billie teneva stretto il guinzaglio di Duke, ma il cane non la stava trascinando: rimaneva al suo fianco, con le orecchie dritte, all'erta. Era stato così da quando Billie aveva parcheggiato la Caprice di Petrosky lungo la strada dal cimitero; spinto a proteggere. Proprio come Petrosky si sentiva spinto a... vedere. A osservare queste

226

strade di persona. Sapeva che non aveva senso - il tipo non sarebbe semplicemente uscito dall'ombra per stringergli la mano, e avrebbe fiutato una trappola a un chilometro di distanza - ma Petrosky aveva trascorso abbastanza tempo nelle forze armate da comprendere l'abitudine. La routine. Non riusciva a liberarsi della sensazione che il loro uomo fosse ancora lì, in agguato, in attesa. A osservare.

Gli edifici alla loro sinistra gli bloccavano la vista del cielo, ma dalle ombre sul terreno, sapeva che la luna brillava dolcemente da qualche parte oltre i muri di mattoni e acciaio. I capelli di Billie luccicavano di un oro argenteo alla luce del lampione.

«Che notte stupenda», disse lei. Inspirò profondamente e sospirò, un leggero sorriso che le illuminava le labbra piene.

«Sei sicura di voler stare qui fuori?» Le aveva detto che l'avrebbe accompagnata a casa, ma Billie aveva insistito per accompagnarlo, dicendo che camminare faceva bene all'anima.

Ma cosa si sarebbe detto se le fosse successo qualcosa? No, stava esagerando con la protezione - era oppressivo, come avrebbe detto il Dr. McCallum. Il loro killer non faceva del male alle donne; se avesse attaccato qualcuno, sarebbe stato lo stesso Petrosky.

I loro passi riecheggiavano lungo la strada vuota. L'oscurità era fitta e accogliente, con un'umidità che faceva imperlare di sudore la nuca. Meglio qui fuori che dietro il cimitero, quel tratto di ghiaia buio e solitario, la biforcazione che portava al padiglione dimenticato da tempo... solo dare un'occhiata là dietro aveva reso l'aria più calda, più pesante - fangosa. Ma non avevano nulla di cui preoccuparsi nemmeno lì, non veramente; Duke avrebbe stretto le sue fauci intorno alla gola del tizio prima che potesse avvicinarsi a tre metri da uno di loro. E non avrebbe mai più potuto far del male a nessuno. *Se Duke è abbastanza veloce.*

«Ti stai allenando?» chiese Billie, e la sua voce gli ricordò Shannon. Shannon glielo chiedeva ogni due giorni prima di trasferirsi fuori stato. Glielo chiedeva ancora, ma solo ogni tre mesi o giù di lì. Quando chiamava.

Petrosky osservò il lampione qualche isolato più avanti, l'unico su questa strada oltre a quello al centro del cimitero. Alla sua sinistra, le ombre invadevano gli edifici di mattoni, oscurando gli ingressi - più che abbastanza spazio per nascondere un uomo, anche uno grande, nel buio. Ma ora non c'era movimento. Nemmeno un topo. *Ovviamente non c'è.* Ma il formicolio tra le scapole non si era attenuato.

«Sì, ho camminato», disse. «Ho fatto un sacco di andirivieni in ufficio».

Billie gli sorrise di nuovo, i suoi denti un argenteo raggio di luna dorato, come i suoi capelli.

I loro passi echeggiavano contro i mattoni - *tunk, tunk, tunk* - insieme al ticchettio delle unghie di Duke. Il cimitero era più vicino ora, alla loro destra. Le punte in ferro battuto erano ammorbidite dalla luna, le loro cime appuntite brillavano di arancione.

Duke guaì e gli sfiorò la mano con il muso, e Petrosky gli grattò le orecchie. Continuarono, ascoltando la sottile brezza che sibilava attraverso l'erba del cimitero.

La strada dove Layton era stato aggredito si profilava alla loro sinistra, a un isolato di distanza. Il lampione gettava appena abbastanza luce per vedere l'imbocco del vicolo - molte ombre. Cosa nascondevano? Il loro sospettato sapeva come rimanere al sicuro da occhi indiscreti - e gli bastavano solo pochi secondi per attaccare, uccidere e scomparire.

«Tutto bene, Eddie?»

«Sì. Stavo solo pensando». Petrosky scrutò il lampione,

le ampie zone d'ombra - la luce all'imbocco del vicolo. Per quanto malato fosse il loro sospettato, quali che fossero le sue intenzioni, aveva la presenza di spirito di avvicinarsi furtivamente, attaccare e poi svanire di nuovo nell'ombra. Quanti attacchi aveva lasciato passare perché non voleva farsi prendere? Forse non era così altruista come sembrava.

In ogni caso, il loro assassino non stava semplicemente scivolando in dei flashback. Stava osservando, aspettando - un soldato in missione. Brutte notizie per loro. Avrebbero avuto difficoltà a trovarlo anche se avessero inscenato un attacco. *Allora perché sono qui?*

Petrosky si irrigidì mentre passavano davanti al vicolo, tendendo le orecchie, in attesa dello schiocco di un ramo-scello, del lieve tonfo di stivali consumati sull'asfalto, delle parole sussurrate che precedevano gli attacchi, ma tutto ciò che sentì fu il battito delle loro scarpe da ginnastica, il respiro affannoso di Duke e il pulsare del suo stesso cuore. Poi... un *click*.

Si voltò in tempo per vedere un gatto - pelo arruffato e ingarbugliato - che si arrampicava su un tubo di scarico, le unghie che graffiavano freneticamente contro il metallo - *scratchscratchscratch*. Duke si voltò e inclinò la testa; smise di camminare. Billie fischiò: «Andiamo, omone». Duke borbottò e riprese a seguirli, dapprima con riluttanza, ma dopo dieci passi ansimava di nuovo felicemente.

«Non siamo usciti solo per una passeggiata, vero?» disse Billie.

«Ti ho detto che potrebbe ucciderti».

Lei alzò gli occhi al cielo. «Lo dici per tutto».

Lui esitò, gli occhi ancora fissi sulla strada davanti. «Ti ho detto che c'era un assassino qui fuori. Che sarei andato a fare una passeggiata per cercarlo».

«Anche questo lo dici sempre».

«Non sempre ti dico che ti spezzeranno il collo; o che

spezzeranno il mio se pensano che io sia un cattivo». Il sudore gli colava dal collo e gli scendeva tra le spalle. «Staremo solo nella luce».

Lei gli sorrise. «Dici sempre cose strane, Eddie. Ma tu non sei il cattivo - e mi assicurerò che chiunque incontriamo lo sappia». Gli diede una gomitata, sorridendo, e Duke alzò lo sguardo verso di lei - *scodinzola, scodinzola, scodinzola.* «E comunque, sei tu quello che ha detto che non vale la pena vivere tutta la vita nella paura. È una bella serata per una passeggiata».

«Beh, accidenti, non pensavo che qualcuno mi ascoltasse mai».

Lei lo guardò negli occhi - determinata. Con tutto quello che aveva visto, qualche maniaco con la passione per salvare le vittime di stupro non l'avrebbe certo spaventata.

Lui sospirò, scrutando ancora una volta la strada. Cosa sperava di trovare? Se avesse visto il loro colpevole, cosa avrebbe fatto? Stringergli la mano? No, portarlo dentro, certo, portarlo dentro ma...

L'assassino non era qui fuori. Non c'era alcun motivo logico per credere che ci fosse. Per quanto Petrosky volesse che stesse osservando, ispezionando, tutto a portata di manette - o di proiettile - a volte il suo istinto si sbagliava.

Sorrise a Billie, anche se gli faceva un po' male la faccia. Grattò Duke dietro le orecchie.

«Allora, raccontami della tua giornata», disse Petrosky mentre lei infilava il braccio sotto il suo. Billie aveva ragione. Era una bella serata per una passeggiata.

CAPITOLO 30

Aldrich Cook era un tipo astuto con un sottile filo di baffi che sembrava la coda di un topo e un viso che gli si addiceva. Sedeva dietro la sua lucida scrivania di quercia con le dita a punta, come faceva a volte il Dr. McCallum, ma questo tizio non era McCallum - ci sarebbe voluta empatia. Cook faceva rizzare i peli sulla nuca di Petrosky in un modo che Bezon non aveva fatto. Un mostro sorridente. Arrogante come il diavolo.

Eden Johansson non aveva identificato Turner come l'uomo che aveva ucciso il suo ragazzo, né aveva riconosciuto nessuno degli altri uomini - «Nessuno di loro sembra quello giusto». Ma nonostante ciò, erano ancora sospetti plausibili; tutto il resto combaciava. E i testimoni spesso si sbagliavano.

«Abbiamo avuto una conversazione interessante con uno dei suoi vecchi compagni», disse Jackson. «Julius Bezon?»

Idowu li aveva assicurati che Bezon sarebbe rimasto in ospedale a lungo, il che avrebbe dovuto proteggerlo da un tipo come Cook - nel caso l'uomo decidesse di giocare a uccidi-il-testimone.

«Ah». Cook annuì con aria saccente come se gli avessero appena detto che la loro vita sessuale non era perfetta e che avevano bisogno di un po' di assistenza psicologica. «Anche allora, ben prima che finissi il mio dottorato, sapevo che c'era qualcosa di strano in lui». *Dovevi proprio tirare fuori i tuoi titoli di studio, vero, stronzo?*

«In che senso?» chiese Jackson.

«Oh, sa. Vagava in giro a ore strane. Parlava attraverso di te invece che con te. Incubi. Era solito svegliarsi urlando - non si riposava mai con lui intorno, ma ha alimentato il mio interesse per la psicologia, e beh...» Fece un gesto indicando la stanza intorno a lui, le sculture di vetro sugli scaffali. Il dipinto moderno sulla parete dietro la sua scrivania sembrava come se qualcuno avesse starnutito muco verdegiallo su una tela; probabilmente costava più dell'auto di Petrosky. «Per me è andata abbastanza bene».

Bezon aveva sentito tutto così profondamente che era impazzito, e il loro colpevole aveva provato così tanto dolore o senso di colpa che era disposto a uccidere per assicurarsi che le cose che aveva visto non accadessero di nuovo sotto il suo controllo. Ora stavano parlando di un uomo che si svegliava urlando, e Cook sorrideva come un idiota. Nessun sentimento di sorta?

«Dov'era sabato scorso di notte?» chiese Jackson.

Petrosky osservò il viso dell'uomo. Tanto valeva coprire tutte le basi, e se doveva essere onesto, sperava di vedere il piccolo stronzo contorcersi.

Ma gli occhi di Cook rimasero esattamente gli stessi, così come il suo sorriso, il suo piccolo baffo a coda di topo immobile sul labbro. «Ero a casa tutta la notte. Con la mia fidanzata. Perché?»

«Una fidanzata, eh? Piuttosto vecchio per un primo matrimonio». Petrosky scrutò gli scaffali, la scrivania. Nessuna foto di matrimonio. Nessuna foto del tutto. «Figli, Cook?»

Scosse la testa, non come una persona normale - movimenti emaciati privi di passione. «Nessun figlio. Non ho mai sentito quella spinta». Strinse gli occhi ma mantenne le labbra nella stessa posizione.

«Parla altre lingue?»

«Un po' di spagnolo. Non sono fluente, ma me la cavo mentre sono in vacanza». Sorrise - *Falso*. «Sono davvero queste le domande per cui siete venuti qui? La mia segretaria sembrava pensare che fosse importante».

«Oh, mi dispiace tanto», disse Petrosky. Fece un gesto verso Jackson. «Davvero... lei ed io... ci scusiamo per averla trattenuta. Sappiamo che ha un lavoro importante da fare qui».

Le spalle di Cook si rilassarono. Si alzò, con un sorriso più largo. «Nessun problema, detective. Se avete altre domande, la posta elettronica funziona sempre bene».

Petrosky incrociò le gambe. «Ancora una cosa. Si ricorda di Oscar Dunne?»

Cook si rimise a sedere e posò le mani, palmi in giù, sulla scrivania. Attento, deliberato, *lento*, come se stesse trattenendo qualcosa di fragile tra le natiche. «Sì, certo. Fu ferito durante il nostro dispiegamento».

«Chi lo trovò?» Petrosky osservava Cook, scrutando il suo viso, le sue spalle, il suo-*ah*, il minuscolo tremito del mignolo. Ma quel sorriso finto rimaneva incollato sul suo muso.

«Mi scusi?»

«Dunne. Si ricorda chi lo trovò dopo che si era ferito? Chi fu il primo sulla scena?»

Quando Cook rimase in silenzio, Jackson si sporse in avanti. «Stiamo solo cercando qualche informazione, Cook. Ci dia una mano».

«Mi dispiace, detective, ma non me lo ricordo. Suppongo che si tratti di un caso, qualcosa di recente, ma non ho molto tempo per guardare le notizie. Trovo che la maggior parte sia troppo... sensazionalista».

«Giusto», disse Jackson, ma i suoi occhi sputavano fuoco.

Cook sorrise come se fosse stato un complimento.

«E gli altri uomini con cui era dispiegato? È in contatto regolare con loro?»

«Non lo sono da un po' di tempo. Quei giorni sono ormai alle nostre spalle».

«Vero, vero». Petrosky annusò. «Ma sapeva che non c'è prescrizione per i crimini di guerra?» Si appoggiò allo schienale della sedia, osservando il viso di Cook per cogliere qualsiasi segno di disagio, ma se il buon dottore era a disagio o nervoso, non ne mostrava più alcun segno. «È un'informazione utile, vero? E le persone che rispondono alle nostre domande... beh, alcune potrebbero ottenere un piccolo sconto». Sperabilmente non molto, ma questo non dipendeva da lui: le forze dell'ordine civili non avevano alcuna influenza sui tribunali per crimini di guerra, indipendentemente da ciò che stava dicendo a Cook.

«Non ho idea di cosa stia-»

«Sa cosa fa il senso di colpa a una persona, Cook?»

«Beh, certo». La bocca dell'uomo si curvò in un sorriso compiaciuto. «Dopotutto, sono uno psicologo».

Il che non significa un bel niente. Questo tizio era fin troppo composto: non avrebbe dato loro nulla. A meno che non lo facessero sudare. «Quindi sa cosa succede quando tutto quel senso di colpa marcisce dentro, e la persona non ha un bell'ufficio per distrarsi?»

Cook incrociò le braccia e fissò Petrosky. «Non ho nulla da cui devo distrarmi».

«Nessuno ha detto che lei lo avesse: perché ha automaticamente pensato che intendessi che *lei* si sentisse in colpa? È uno di quei lapsus freudiani di cui la gente continua a parlare?» *Reagisci, stronzo.* Petrosky si alzò in piedi e sbatté un biglietto da visita sulla scrivania di Cook, facendo cadere una delle sculture - una stupida biglia di marmo sovradimensionata attraversata da sbuffi arancioni e blu - dal suo supporto. Rotolò sul pavimento e si frantumò. «Oh merda, mi dispiace per questo».

Jackson si alzò e si diresse verso l'uscita, annuendo a Petrosky. Cook rimase seduto, il viso una maschera. Non guardò il biglietto o la sfera frantumata, ma le sue braccia si erano tese, le nocche bianche.

Petrosky si voltò con la mano sulla maniglia. «Lei è lo strizzacervelli, dottore. Cosa succede quando non si ha più nulla da perdere? Quando si è prigionieri nel proprio cervello?»

Il sorriso di Cook vacillò. Non molto, ma abbastanza da far tremare quel baffetto a coda di topo.

Petrosky abbassò la voce. «A quanto pare, il suo amico Dunne non ha più molte ragioni per nascondere i vostri segreti; o i segreti degli altri del vostro gruppetto di saccheggiatori di villaggi. Tra lui e Bezon, abbiamo una storia dell'altro mondo». Aprì la porta. «Chissà quando il suo ufficio potrebbe essere perquisito dalle forze dell'ordine. Un po' come è successo a quei poveri villici in Iraq... solo che lei probabilmente sopravvivrà». Mentre usciva, si voltò un'ultima volta in tempo per vedere il sorriso di Cook svanire.

Todd Rose viveva in un adorabile sobborgo di Birmingham che faceva venire a Petrosky voglia di prendere a pugni un gattino. Come avevano fatto questi tizi a tornare dall'Iraq e continuare le loro vite dopo ciò che avevano visto? Dopo ciò che avevano fatto?

Ma anche Petrosky l'aveva fatto. Si era arruolato all'accademia, era diventato detective, aveva messo su famiglia, il tutto mentre elaborava flashback sanguinosi che sembravano emergere dal nulla. L'unico motivo per cui quei flashback erano svaniti per un po' era perché era stato ossessionato dalla morte di Julie. Sapere che era stata presa di mira a causa sua, sapere che non era stato in grado di salvare sua figlia - aveva quasi tentato il suicidio troppe volte per contarle. Se avesse effettivamente premuto il grilletto in qualche villaggio iracheno, uccidendo un mucchio di innocenti, lo avrebbe distrutto. Come era successo a Bezon. E al loro sospettato. Stava ancora riflettendo su questo quando la moglie di Rose li fece accomodare su delle poltrone in un immacolato soggiorno blu e giallo e si sedette sul divano trapuntato accanto al marito.

Jackson tirò fuori il suo blocco notes. Avevano deciso in macchina che Petrosky avrebbe preso le redini; gli stupratori rispondevano meglio agli altri uomini, e non erano sicuri che tipo di malato fosse Rose. Per ora.

In effetti, Rose era l'uomo dall'aspetto più comune che Petrosky avesse mai visto senza essere noioso e grigio come il signor Johansson - viso insipido e pallido, ben rasato, occhi marroni spenti, capelli marroni spenti, l'esatto numero di rughe intorno agli occhi e alla bocca che ci si aspetterebbe da un direttore di banca sulla trentina. Petrosky era scioccato dal fatto che non ci fossero esattamente due figli e mezzo a colorare tranquillamente al tavolo da pranzo. E le mani di Rose... minuscole. Sottili. Deboli. Non abbastanza forza nella parte superiore del corpo per girare di scatto il collo di qualcuno - pensava.

Ma ciò che attirava maggiormente la sua attenzione era la moglie di Rose, Marcy. Splendidamente bionda ed eterea, camicetta bianca, gonna lunga blu che si abbinava alle strisce delle tende. Teneva lo sguardo fisso sul tavolino tra loro, rifiutandosi ostinatamente di guardare lui o Jackson. Si torceva le dita come stracci.

«Quindi si tratta di un caso?» chiese Rose. Anche la sua voce era nella media - un tenore costante.

Petrosky annuì lentamente, gli occhi ancora sulla moglie. «Il suo dispiegamento in Iraq... Sa dove trovare gli uomini con cui ha prestato servizio? Siete ancora amici?»

«Io... no. Cioè, alcuni di noi sono rimasti in contatto brevemente dopo il nostro ritorno a casa, vivendo in quel palazzo del centro, ma appena ci siamo laureati, abbiamo trovato lavoro...» Scrollò le spalle.

«E dove si trovava sabato scorso?»

«Ecco qui». Rose aggrottò la fronte. «Abbiamo avuto ospiti, la madre di mia moglie dal Nebraska. È partita solo ieri». Marcy annuì in segno di conferma. «Di cosa si tratta?»

«Abbiamo motivo di credere che uno degli uomini con cui ha prestato servizio sia responsabile di una serie di omicidi ad Ash Park».

Marcy alzò la testa, spalancando gli occhi - le iridi di un verde smeraldo profondo e ricco, come erba appena tagliata.

A Rose cadde la mascella.

«Sembra sorpreso, signor Rose».

Rose finalmente sbatté le palpebre. «Io... cioè, lo sono. Pensate che una delle persone dall'Iraq...»

«Perché dovrebbe essere così scioccante, signor Rose?

Due soldati della sua divisione sono stati aggrediti durante il vostro dispiegamento. Chandler Ortiz è stato ucciso, e Oscar Dunne ha avuto la testa girata così tanto che non camminerà mai più. Non respirerà nemmeno da solo. Sono onestamente stupito che lei e la sua squadra siate riusciti a salvarlo».

La testa di Rose si mosse su e giù, su e giù. «Abbiamo fatto molta rianimazione cardiopolmonare. E uno dei nostri elicotteri era bloccato nella città principale più vicina».

«Si ricorda i nomi degli uomini che erano lì con Lei, che L'hanno aiutata a salvare Dunne da morte certa?» L'assassino era tra loro, fingendo di aiutare quando in realtà voleva il ragazzo morto?

«Vediamo... io. E Collins». Aggrottò la fronte. «Penso che anche Miller fosse lì».

L'elusivo Miller - anche Dunne lo aveva menzionato, ma non avevano trovato alcun documento dell'uomo. «Perché salvarlo?»

«Scusi?»

«Dunne. Una possibilità su un milione che sopravvivesse. Con tutto quello che è successo in quel villaggio, sono sorpreso che siate riusciti a trovare il tempo di volare verso il tramonto con un uomo quasi certamente morente».

«Non si lasciano indietro i propri uomini». Il suo sguardo si indurì.

«Avete lasciato Ortiz».

«Era morto».

«Giusto, morto - assassinato. Eppure l'idea che uno di voi sia un sospetto omicida è uno shock?»

La sua mascella cadde, ma si riprese rapidamente. «Ortiz e Dunne... cioè, non è stato uno di noi. Eravamo in

238

territorio nemico, qualsiasi iracheno ci avrebbe tagliato la testa e cagato nel collo solo per divertimento».

«Ah, sì, quel piccolo villaggio alla periferia, tutte quelle donne e bambini nemici che girovagavano, spezzando le colonne vertebrali cervicali delle persone come assassini».

Rose si sedette più dritto, la schiena che si raddrizzava come in segno di sfida all'idea che potesse mai essere spezzata. Marcy posò la mano sul suo braccio, dove i muscoli si erano irrigiditi, ma la ritrasse altrettanto velocemente, come se avesse ricevuto una scossa. Petrosky aggrottò la fronte. Rose poteva non aver ucciso Samuel Amos, ma questo non significava che non stesse facendo del male a qualcuno.

«Non sto cercando di romperLe le palle, Rose, ma uno degli uomini del Suo plotone è un assassino». *O tutti voi.* «Con un rinnegato a piede libero, un uomo che una volta Le era vicino, voglio solo assicurarmi che Lei rimanga al sicuro». Petrosky spostò lo sguardo su Marcy. «Si sente al sicuro?»

Se Rose si accorse che Petrosky stava osservando sua moglie, non lo diede a vedere. Marcy finalmente incrociò lo sguardo di Petrosky. E deglutì a fatica. *Quello è un no.*

«Stiamo bene», disse Rose. «Non mi sono mai sentito in pericolo, nemmeno quando ero laggiù».

«Anche in territorio nemico?»

Rose alzò le spalle. Marcy distolse lo sguardo. Il suo comportamento da solo fece credere a Petrosky che ci fosse qualcosa che non andava in suo marito, ma Rose aveva un miglior poker face di Cook. Tuttavia, avrebbe scommesso che questo tizio non fosse abbastanza turbato da quei crimini oltremare da andare in giro a uccidere i colpevoli ora. E dallo stato della sua casa immacolata e anonima, Rose non sembrava il tipo che avrebbe tenuto un paio di vecchi stivali lacerati in fondo all'armadio.

Rose stava studiando la finestra alle spalle di Petrosky. «Pensa che chiunque abbia fatto quello a Dunne... pensa che stia dando la caccia a tutti noi?»

«Pensavo avessi detto che era stato il nemico a fare quello a Dunne.»

Rose strinse gli occhi. «Ma Lei ha appena detto che non era così, ha appena detto che era uno di-»

«Io non c'ero, Rose.» Petrosky si sporse in avanti sopra il tavolino di legno, con bordi intagliati e gambe sottili. «Sto solo cercando di farmi un'idea di cosa sia successo. Chi c'era, chi potrebbe essere un sospetto.»

Lo sguardo di Rose vagò verso il soffitto... stava ricordando o inventando una storia? «Cook è sempre stato un po' strano.»

Petrosky si appoggiò allo schienale. «Cook sicuramente non sarebbe d'accordo.»

«Sì.» Un sorriso. «Quindi forse è meglio non dirglielo.»

Ah, ora siamo compagni, eh? Cos'altro poteva tirare fuori da lui? «E il generale che era lì con voi... forse allora era colonnello. Come si chiamava?»

«DeLaney?»

«Sì, proprio lui.» Petrosky si sforzò di sorridere. «Quindi DeLaney era presente quando Dunne è stato aggredito?»

Rose scosse la testa. «Non credo. Non riesco a ricordare chi c'era, davvero. È successo tutto così in fretta.» E quando fissò lo sguardo su Petrosky, il marrone spento nei suoi occhi era diventato ancora più opaco. Non avrebbe detto loro un cazzo senza un po' di incoraggiamento. Proprio come Cook. E due soldati in preda al panico avrebbero aumentato le probabilità che uno di loro commettesse un errore, magari rivelando alla persona sbagliata il loro segreto più oscuro, o tradendo gli altri.

«Era DeLaney quello che dava gli ordini a Lei e agli altri uomini nel villaggio?»

«Insomma, era lui al comando.» Rose deglutì a fatica, il pomo d'Adamo che sobbalzava, come Dunne, ma senza il tubo per la respirazione che gli usciva dal collo.

«Lei parla arabo?»

«Cosa? No.»

«DeLaney Le ha ordinato di uccidere le donne e i bambini in quel villaggio?» *Colpo di frusta.*

Il collo di Rose si immobilizzò, così come il suo petto. «Come, scusi?»

«Forse Le ha detto anche di stuprarle? O voleva solo che tagliaste loro la gola?»

Marcy aveva smesso di respirare, il suo viso bianco come il gesso faceva sembrare i suoi occhi ancora più scuri e verdi. Ma Rose... era rosso dalla punta delle orecchie fino ai pugni ora serrati. Rose era il tipo di uomo che sfogava la sua rabbia sulla moglie?

«Come osa!» ruggì Rose. La sua compostezza era scivolata via con la stessa facilità con cui fosse stata scuoiata dalle sue ossa.

Petrosky si alzò. «Lei sa bene quanto me che le cose che ha fatto in quel villaggio non sarebbero mai state accettate da nessun tribunale militare». *Né da nessun essere umano decente.* «E non vorrei dover chiamare testimoni sul suo stato mentale dopo che si è reso conto di aver tradito il generale quando nessun altro l'ha fatto». Era una bugia, DeLaney aveva detto loro che era lì, ma il viso roseo di Rose impallidì.

Jackson si alzò dalla sedia. «Se ha un nome da darci, una vera pista su questo assassino, forse potremmo considerare un accordo», disse.

I pugni di Petrosky si strinsero, il calore gli scorreva nelle vene come acciaio fuso. Serrò le labbra. *Un fottuto*

241

accordo? Stava manipolando Rose, lo sapeva - era la stessa tattica che lui aveva usato con Cook - ma il solo pensiero gli faceva venire voglia di colpire Rose in faccia. E poi gettarlo da un cavalcavia dell'autostrada.

Jackson diede il suo biglietto da visita a Rose. Petrosky diede il suo a Marcy. Sperava che lo usasse prima che quel tipo le facesse del male, o peggio.

Ma sapeva che non sarebbe successo.

CAPITOLO 31

Vernon Collins era andato a casa malato secondo l'ufficio di reclutamento dove di solito trascorreva le sue nove-diciassette. *Interessante.* Nonostante il suo impiego redditizio, la fuga rendeva Collins la prima scelta di Petrosky come assassino, appena davanti all'evasivo Rye Turner. E Collins era il più grosso dei quattro uomini. E aveva i capelli più chiari. Inoltre, essendo ancora nel reclutamento, probabilmente aveva un paio di vecchi stivali in giro. Era possibile che si fosse davvero sentito male; l'unico altro lavoratore dell'ufficio di reclutamento aveva detto che sembrava pallido e agitato - «Probabilmente ha la cacarella». Ma niente ti fa scappare come l'essere sospettato di omicidio.

«Riesci a immaginare di trovarti in una situazione come quella di questi tizi, quello che hanno visto, quello che hanno fatto, e cercare attivamente di reclutare altri giovani nel servizio?» Le nocche di Jackson erano strette intorno al volante, i pneumatici ronzavano contro l'asfalto. Il motore gemeva.

Petrosky grugnì. Ma poteva immaginarlo, poteva

vedere quello sguardo brutale e spento, Collins che schiumava dalla bocca per più azione. Geloso delle nuove reclute, ma deliziato dalla sua capacità di rivivere ogni spettacolo dell'orrore a cui aveva partecipato mentre descriveva i luoghi lontani che ogni nuovo ragazzo avrebbe visto nei suoi viaggi.

Per essere giusti, poteva anche vedere un uomo innocente nella posizione di Collins incoraggiare le sue reclute a considerare attentamente il loro impegno nel servizio - non tutti potevano vivere con ciò che lui aveva visto. Forse questo era il suo modo di restituire, compensando eccessivamente il proprio trauma assicurandosi che i nuovi soldati fossero abbastanza stabili per servire... o scoraggiandoli del tutto. Ma dalle statistiche di reclutamento di Collins - migliori di qualsiasi altro reclutatore nel suo edificio - e dal video che aveva pubblicato sui social media, sorridendo alla telecamera, dicendo al mondo che fantastica opportunità fosse il servizio... Petrosky scommetteva che Collins glorificasse il suo tempo all'estero insieme alle atrocità che aveva commesso. Un uomo così meritava di stare in una scatola.

I pneumatici stridettero mentre Jackson faceva una brusca svolta a destra. «Ho dimenticato di dirti: Eden Johansson verrà domani mattina per parlare con il procuratore distrettuale di Bubba lo Schiacciateste Razzista».

«Verrà? La stai costringen-»

«Ehi, non la sto costringendo a fare nulla», disse lei, svoltando in una strada alberata, con ogni casa arretrata dalla strada con cespugli uniformi e brevi vialetti oltre aiuole di tulipani e aquilegia. Linda amava i tulipani. Li amava ancora?

«Il procuratore distrettuale certamente non andrà a casa sua», disse Jackson, «ma Eden ha detto che si sentirebbe più a suo agio nell'ufficio accanto alla stazione comunque. Sembra che si guardi ancora le spalle».

Jackson controllò il suo GPS e svoltò a sinistra in un'altra strada laterale. Merrick Road era una copia carbone della strada da cui erano appena usciti, ma invece di tulipani, le aiuole vantavano più erbe ornamentali - a meno che i proprietari non avessero semplicemente lasciato che il prato invadesse i fiori. Non era mai stato bravo a capire se quella roba fosse fatta apposta. Non che importasse davvero.

«Posso capire che lei si guardi le spalle dopo che le hanno spaccato la faccia», disse Petrosky. «Spero che incastrino quel vecchio Bubba per crimine d'odio. Poi per lesioni aggravate. Qual è il minimo della pena per questo?»

Jackson sbuffò. «Non c'è modo che l'accusa di crimine d'odio regga. Ha aggredito una ragazza bianca.»

«Per il crimine inventato di proteggere un musulmano.»

«Non preoccuparti», mormorò lei, strizzando gli occhi attraverso il parabrezza verso le case che passavano. «Ragazza bianca ricca con genitori influenti? Lo incastreranno per qualcosa.»

Frenò così bruscamente che la cintura di sicurezza di Petrosky gli si conficcò nella pancia. «Che diavolo, Jackson?»

«Siamo arrivati.»

La casa di Collins aveva le stesse dannate siepi del resto del quartiere, dritte e stirate come una branda appena fatta in caserma. Il bordo intorno al prato rasato era perfettamente uniforme. Perfettamente verde. Una lunga e sottile finestra rettangolare brillava sopra la porta d'ingresso: otto pezzi quadrati di vetro colorato - rosso, verde, blu, giallo, ripetuti - tutti immacolati. Non aveva nemmeno bisogno di entrare per sapere che avrebbe potuto far rimbalzare una moneta sul letto di questo tizio. Ma l'auto...

Una Buick LaCrosse verde scuro, lucida e senza un graffio, era parcheggiata nel vialetto. Storta. Il tizio doveva avere avuto fretta.

Jackson suonò il campanello. L'aria profumava di ortensia. L'unico cespuglio fiorito vicino alla porta era di un blu sbiadito, con uno sgabello da giardino accanto, come se qualcuno qui apprezzasse il facile caos dei fiori ondeggianti. Ancora potata selvaggiamente, squadrata, ma meglio delle siepi.

Le api ronzavano. Nessun suono dall'interno.

Petrosky allungò la mano verso il batacchio; atterrò con un *tonfo* sordo. Lo colpì altre volte per sicurezza.

Le api continuavano a ronzare. Da qualche parte in lontananza, si chiuse una portiera. Nient'altro.

Petrosky annusò l'aria. «Senti urla là dentro, Jackson?»

Lei scosse la testa. «Smettila. Non puoi semplicemente precipitarti là dentro e dire ai superiori che hai sentito delle urla.»

«Siamo all'inseguimento di un tizio sospetto.»

«Un tizio sospetto? Non esiste una cosa del genere.»

«Qualunque cosa sia, è qui», disse Petrosky, indicando l'auto parcheggiata alla rinfusa nel vialetto. «Il fatto che non risponda alla porta...»

«Neanche tu rispondi alla porta.»

«Io non sono una persona socievole.» Petrosky scese dal portico nell'aiuola, avvicinandosi alla finestra frontale dietro l'ortensia, con i rami che gli graffiavano la schiena attraverso la giacca. Sbirciò attraverso il vetro: sei sedie rivestite con un tessuto a fiori, un lungo tavolo di quercia e un candelabro a tre bracci al centro, tutto immerso nell'ombra ora che il sole era passato sopra e stava calando sul retro della casa. «Forse sta distruggendo le prove... non dovremmo lasciarlo andare troppo oltre.»

«E che prove pensi che abbia?» disse Jackson dal portico. «Non c'è nulla che suggerisca che il nostro sospetto abbia preso dei souvenir da Amos o da una qualsiasi delle altre vittime, e cosa avrebbe potuto riportare dall'estero? Uno scalpo?»

Petrosky si tirò fuori dai fiori e si arrampicò di nuovo per mettersi accanto a Jackson. «Ho visto di peggio».

Lei scosse la testa. «Non possiamo collegarlo a nessun crimine... ancora. Non abbiamo motivi per perquisire, e sicuramente non abbiamo motivi per arrestarlo - non possiamo nemmeno portarlo dentro per un interrogatorio a meno che non sia d'accordo».

«Possiamo incoraggiarlo fortemente». Petrosky afferrò lo sgabello da giardino da sotto i fiori blu. Un'ape gli ronzò vicino all'orecchio, arrabbiata, poi evidentemente ci ripensò - volò via.

«Non credo che tu debba salirci sopra».

Petrosky sistemò il minuscolo sgabello sul portico sotto le finestre superiori.

«Se cadi e ti rompi il culo, riderò per tutto il tragitto fino all'ospedale».

Salì sullo sgabello, esitante, ma resse; poi si arrampicò, con le mani appoggiate alla porta, e sbirciò attraverso il vetro colorato in un mondo diventato rosso. Pavimenti in legno. Era sangue quello? No, solo il vetro. Un asciugamano scuro o qualche altro indumento giaceva accartocciato nell'ingresso. Una valigetta era posata nel corridoio d'entrata. Attraverso un arco sulla destra dell'ingresso, poteva vedere l'angolo di un tappeto orientale; probabilmente il soggiorno. E sul pavimento appena dentro l'entrata del soggiorno...

Il fondo di uno stivale. Immobile. Il suo cuore accelerò, riscaldandogli il viso.

«C'è un piede», disse Petrosky, scendendo. «Potrebbe essere lui o la moglie - è sposato, giusto?»

Jackson prese il suo posto, strizzando gli occhi attraverso la finestra di vetro colorato. «Non riesco a vedere nulla oltre il fondo dello stivale; non sappiamo per certo se ci sia un essere umano attaccato». Ma quando saltò giù, il suo viso era rassegnato. «Ma è sufficiente».

Jackson chiamò i rinforzi. Petrosky fece un passo indietro e prese fiato, abbassando la spalla, col cuore in gola, preparandosi a sfondare la porta d'ingresso. Forse avrebbe dovuto forzarla, sarebbe stato più facile, ma era passato troppo tempo dall'ultima volta che si era fatto strada in un edificio - alla vecchia maniera. Sperava che il suo cuore potesse reggere.

«Whoa, aspetta». Jackson gli passò davanti per afferrare la maniglia. Girò facilmente.

«Sbruffona». Petrosky si raddrizzò. E alzò la pistola.

Scivolarono in casa, Jackson a sinistra, Petrosky con la schiena contro il muro destro dell'ingresso. «Polizia!» Ma a parte l'eco della sua voce sul gesso, la casa rimase silenziosa, un pesante silenzio che inghiottiva i resti delle sue parole. Si spostò di lato lungo il corridoio, avvicinandosi al soggiorno, verso la scarpa, le sue sneakers che squittivano come topi timidi contro il legno. Da questa angolazione, poteva vedere la parte superiore dello stivale - lo spazio vuoto dove avrebbe dovuto esserci un polpaccio.

Vuoto. Si immobilizzò, in ascolto. Collins avrebbe sentito il campanello, il batacchio, e loro entrare nell'ingresso. Sapeva esattamente dove si trovavano. Ma dov'era lui?

Le suole di gomma di Jackson risuonavano sul legno dietro di lui: *tunk, tunk, tunk.*

Si chinò, prese un lungo respiro costante e sbirciò oltre l'arco nel soggiorno. Si raddrizzò. E rimise l'arma nella fondina.

«Cazzo», disse Jackson, con la voce appena sopra un sussurro. Tirò fuori il cellulare.

Petrosky poteva ancora sentire l'odore muschiato di sudore e paura che persisteva nell'aria, denso e pesante. Ma era comunque meno pungente del fetore metallico del sangue.

Vernon Collins era accasciato su una sedia dallo schienale dritto rivestita con quei stupidi bottoncini, il tessuto bianco spaventosamente luminoso contro la sua pelle schizzata di sangue, completamente nudo. Bocca aperta, labbra dipinte di rubino, occhi rovesciati all'indietro, il bianco percorso da una ragnatela di vasi sanguigni. La parete beige dietro di lui era cosparsa di pezzetti di cervello e ossa. Sottili rivoli cremisi scendevano lungo il muro verso il pavimento, lucidi, gelatinosi e bagnati. Non era passato molto tempo.

Oltre agli stivali che erano stati gettati con noncuranza all'ingresso del soggiorno, un paio di pantaloni kaki giaceva in un mucchio ordinato, con i due buchi delle gambe ancora visibili come se l'uomo li avesse tirati giù e semplicemente ne fosse uscito. Una canottiera, con macchie di sudore sotto le ascelle, era gettata sullo schienale del divano. «La scientifica è in arrivo?»

«Sì». Jackson sospirò. «Pensi che fosse il nostro assassino?»

«No».

Lei lo guardò con gli occhi socchiusi. «Abbiamo entrambi visto assassini scegliere la morte piuttosto che la prigione, e i veterani hanno tassi di suicidio molto più alti rispetto alla popolazione generale».

«Non sto dicendo che non sia colpevole di quei crimini

in Iraq». Petrosky esaminò le cosce dell'uomo, le sue gambe scure di peli e macchiate di sangue. Una cicatrice frastagliata correva dalla rotula al polpaccio. «Ma non credo che il nostro assassino, l'assassino di Amos, si arrenderebbe così facilmente. Il nostro sospetto è traumatizzato, certo, ma ha uno scopo più alto».

«Uno scopo più alto come l'omicidio», mormorò lei.

«O la giustizia».

«Qualunque cosa ti aiuti a dormire la notte». Jackson si avvicinò alla sedia di Collins, esaminando il muro dietro di lui, poi il pavimento macchiato di sangue. «Perché si è tolto i pantaloni?»

«Come se non avessi mai visto un pene prima».

«Di solito non sono così mosci quando li vedo».

«Ehi, abbiamo un violentatore morto qui, Jackson, mostra un po' di rispetto, dannazione». Ma non gli dispiaceva che Collins fosse morto, non se era colpevole di stupro e omicidio in quel villaggio lontano; era solo irritato per non aver avuto la possibilità di interrogarlo. Per non aver catturato l'assassino di Amos.

«Sono seria, però», disse Jackson. «Perché prendersi la briga di spogliarsi?»

Petrosky si accovacciò davanti ai pantaloni kaki di Collins e aprì la tasca posteriore con il coltello, vide il rettangolo di metallo e vetro nascosto sotto il tessuto. Il telefono di Collins. «Forse un rituale di purificazione. Spogliarsi fino al suo io più primordiale?» Estrasse il cellulare e lo accese... fissò la richiesta di impronta digitale sullo schermo. *Dannazione*. Riportò il cellulare al corpo.

«Il suo io primordiale? Hai fatto troppa terapia, Petrosky».

«Probabilmente è vero». Si chinò e manovrò il telefono sotto il pollice di Collins, avvicinandolo. Sperò che la sua mano fosse abbastanza pulita da-

Bingo. Lo schermo dell'ID dell'impronta digitale si spense. Petrosky toccò su "Chiamate recenti". «Parlando di terapia... Collins ha ricevuto alcune chiamate dallo strizza-cervelli», disse in risposta alle sopracciglia alzate di Jackson. Cook aveva chiamato Collins subito dopo che avevano lasciato il suo ufficio. Il dottore aveva chiamato qualcun altro? Avrebbero controllato i tabulati telefonici, forse avrebbero trovato un numero che non avevano ancora, come quello dell'inafferrabile Rye Turner. «Tra le chiamate di Cook e questo» - indicò il cranio fracassato di Collins - «penso sia una buona scommessa che non sia un uomo innocente».

«Addio all'idea che Cook non avesse contatti con i suoi compagni di servizio». Jackson si diresse verso l'ingresso. «Penso che siamo soli: nessun segno di lotta, e la moglie lavora nel settore immobiliare, quindi dovrebbe essere fuori al lavoro, ma darò comunque un'occhiata in giro mentre aspettiamo il medico legale».

«Odio fottutamente gli strizzacervelli», ripeté Petrosky, più che altro a se stesso. Osservò l'arma sul pavimento sotto la mano sinistra penzolante di Collins, poi il singolo foglio di quaderno dietro il suo tallone nudo, incollato a terra dal sangue che si stava coagulando.

«Mi dispiace».

Non siamo tutti dispiaciuti, fottuto stupratore. Non lo siamo tutti.

CAPITOLO 32

Petrosky aggrottò la fronte guardando fuori dal finestrino dell'Escalade di Jackson verso l'oscurità sotto i salici. Il cimitero era un faro arancione alle loro spalle, l'asfalto della strada deserta dipinto di grigio dal chiaro di luna tra le striature d'ombra - lo stesso grigio delle striature nei capelli di Linda.

Chiamala.

No. Aveva cose più importanti di cui preoccuparsi in quel momento. Quindi faceva schifo nelle relazioni; sarebbe morto solo. Ma se avesse fallito qui fuori, qualcun altro sarebbe morto... violentemente. Non poteva accettarlo. Non avrebbe corso quel rischio. Sapeva fin troppo bene come quel senso di colpa ti perseguita, ti corrode dentro, marcisce finché non distrugge le tue relazioni... e tutto il resto.

Petrosky sospirò e si appoggiò allo schienale del comodo sedile del SUV, rimuginando come aveva fatto negli ultimi trenta minuti. Ottenere i tabulati telefonici di Cook o Rose apparentemente richiedeva un mandato. Stronzate burocratiche, stronzate che significavano che non avrebbero mai visto quei tabulati; sia Cook che Rose avevano un alibi per la notte dell'omicidio di Amos, quindi Petrosky non aveva motivi. Avrebbe potuto chiedere a Scott di provare a hackerare i registri in qualche modo, ma a meno che uno di loro non avesse chiamato l'assassino, sarebbe stato comunque una perdita di tempo, e Petrosky non riusciva a immaginare il loro killer farsi amico nessuno di quegli stronzi. L'uomo che aveva ucciso Amos era un vigilante, qualcuno che pensava di salvare le donne, l'antitesi di un uomo la cui moglie avrebbe guardato docilmente mentre suo marito veniva accusato di stupro. Rimaneva Rye Turner - e tutto ciò che avevano era una patente scaduta. Avrebbe potuto vivere ovunque nel mondo ormai.

Avrebbe potuto, se non fosse stato per l'identificazione positiva di Justin Dubicki. Petrosky e Jackson erano arrivati alla mensa dei poveri proprio mentre stavano chiudendo; a differenza di Eden Johansson, Dubicki aveva riconosciuto Turner immediatamente, anche se aveva notato che i capelli scuri dell'uomo non erano curati come nella foto della patente - ancora corti, ma più disordinati. *Ovvio*. Radersi con un rasoio non era lo stesso che cercare di tagliarsi i capelli da soli con un paio di forbici arrugginite, o qualsiasi cosa avesse potuto trovare. Turner non era ancora tornato alla mensa - il suo solito pasto quindicinale era passato - il che aveva senso. Turner si stava sicuramente tenendo nascosto dopo l'omicidio di Amos, se non era già scappato da Ash Park. Jackson sembrava pensare che se ne fosse andato. Così come Decantor. E il capo.

Eppure, queste strade attiravano Petrosky come un magnete. Quel bastardo non se n'era andato. Forse si era fermato, forse era stato medicato, magari aveva trovato un modo per reprimere i suoi impulsi... ma non aveva finito. Petrosky ne era sicuro, così come era certo che questo posto avesse un significato speciale per il loro assassino, il buio morbido e spesso intorno all'auto che chiamava il loro sospetto come una droga.

Anche gli occhi di Jackson rimanevano fissi sul parabrezza, non fissando la notte, ma guardando attraverso di essa. Distratta. Almeno era disposta ad assecondarlo. Gli aveva persino passato un sacchetto unto sopra la console centrale, la deliziosa fragranza salata che gli solleticava le narici - involtini primavera. Ma lui aveva scosso la testa, con una mano sulla pancia. Qualcosa non andava, qualcosa che lei non diceva.

«Come sta il tuo ragazzo?» chiese Petrosky per rompere la tensione che si era accumulata costantemente come l'umidità prima di un temporale. Jackson aveva chiamato due volte per controllare Lance mentre giravano in macchina quel giorno, e entrambe le volte, aveva riattaccato sembrando più angosciata di prima di fare le chiamate. Era già abbastanza difficile lasciare tuo figlio quando era in grado di funzionare bene nel mondo, ma quando i tuoi figli avevano difficoltà... come faceva Jackson a gestirlo?

«Stasera è con mia madre». Sospirò, ma piano come se stesse cercando di nasconderlo. Il suo sguardo rimase fisso oltre il parabrezza, su un punto lontano nel buio. Allungò la mano nel sacchetto per prendere un altro involtino primavera.

Petrosky studiò il suo profilo nella luce fioca del lampione in fondo all'isolato, quello vicino al vicolo dove Layton era stato aggredito. «Sta-»

«Pensi che il nostro uomo sia qui fuori adesso?»

Petrosky si voltò di nuovo verso il parabrezza. Fuori, tutto rimaneva silenzioso e immobile. «Non lo so». Aveva camminato con Billie per quasi un'ora e non aveva visto una sola macchina, della polizia o altro, né una sola persona. Se il loro criminale fosse stato furbo, a quest'ora si sarebbe nascosto in un'altra città. Ma senza conoscere associati, nemmeno un amico intimo o un familiare, questa strada era l'unica pista che avevano. «Faremo un giro tra poco. Vediamo cosa c'è da vedere». *Se c'è qualcosa.*

Petrosky si aggiustò sul sedile. Gli faceva male il coccige e l'acido nello stomaco gli bruciava nonostante quella merda rosa che si era scolato. «Forse possiamo trovare qualcuno nelle strade vicine che l'ha incontrato. Siamo stati qui di giorno, ma dovrebbe esserci una clientela diversa quando cala il sole». E ora avevano la foto della patente; si sperava che qualcuno avesse visto Turner. O sapesse dove alloggiava. Perché mentre Petrosky non vedeva l'ora di andare di porta in porta, irrompendo in rifugi e tende cercando di trovare il loro sospetto - qualsiasi cosa tranne che stare seduto in macchina tutta la notte - se avessero adottato un approccio più aggressivo, l'assassino avrebbe fiutato che stavano arrivando ben prima che raggiungessero il suo nascondiglio. Questa città era piena di edifici abbandonati, magazzini, vicoli, sottopassaggi autostradali: un sacco di posti dove un soldato ben adde-strato poteva sgattaiolare. «Peccato che Collins si sia ammazzato prima che potessimo cavargli qualcosa», disse Petrosky. Non che fosse probabile che avesse informazioni su Turner, ma comunque.

Jackson si pulì un germoglio di soia dal labbro. «Sì. Collins però era in contatto con Cook, quindi lo porteremo dentro domani».

Petrosky annuì. Forse non sarebbero riusciti a ottenere i tabulati telefonici di Cook, ma la moglie di Collins aveva acconsentito a fargli esaminare quelli del defunto marito: il fatto che quella di Cook fosse l'ultima chiamata fatta all'uomo morto era più che sufficiente per portarlo dentro per una piccola chiacchierata. «Lascia che lo interroghi Decantor».

«Decantor?» I suoi zigomi brillavano alla luce della luna che rimbalzava sulle griglie argentate di riscaldamento sul cruscotto. «Perché Decantor?»

«Mi piace quel tipo».

Lei alzò gli occhi al cielo. «Va bene, non dirmelo».

Non era del tutto falso; Decantor gli era piaciuto sempre di più nel corso degli anni, lo aveva persino aiutato a catturare l'assassino di Morrison, ma c'era di più. Cook era un bastardo presuntuoso, con tutti i suoi piccoli oggetti d'arte luccicanti, la sua scrivania meticolosa, la libreria con i suoi titoli di studio: un perfezionista. A questo punto, saprebbe che Petrosky e Jackson erano a capo del caso, e quel coglione arrogante non avrebbe preso bene di essere interrogato da qualcuno più in basso nel totem, anche se Petrosky e Decantor avevano lo stesso grado. Forse questo avrebbe reso Cook più ostile.

E Decantor l'avrebbe fatto a pezzi.

Nella sua mente, Petrosky vide il vetro infranto della scultura di Cook, i frammenti luccicanti sul suo pavimento di legno. Il suo ufficio elegante e il suo vestito elegante. Nascondendo tale oscurità.

Il peggio dell'umanità si nascondeva sempre in bella vista.

Il che gli ricordò... «Quel bastardo di Dunne è già stato fatto fuori?» chiese Petrosky.

Jackson scosse la testa. «Niente di nuovo alla casa di cura. Agenti in turni a rotazione, nessun avvistamento di Turner, mai. Nessuno del personale ha mai visto gli altri; né Cook, né Rose, né Collins, né il nostro buon amico generale».

Petrosky borbottò. Tutto quel trauma condiviso, e avevano semplicemente lasciato Dunne in quella stanza, dimenticandosi di lui. Proprio come aveva fatto il loro assassino, apparentemente. Forse non era poi così scioccante; Dunne era già incapacitato, incapace di far del male a qualcun altro, e nessuno degli altri attacchi era stato premeditato: non ci voleva molto a spezzare il collo di qualcuno, e non c'era modo che l'assassino sapesse in anticipo dove si sarebbero trovate le vittime. E tutti gli altri che erano stati con Turner in Iraq - Collins, Cook, Rose - erano rimasti qui in Michigan per tutto il tempo. Non sarebbe stato difficile trovarli se il loro assassino stesse ripulendo il mondo da tutti gli stupratori.

Quindi cosa stava facendo? Perché qui? E perché aveva iniziato quando l'aveva fatto? Non aveva ucciso nessuno che potessero trovare fino a due anni dopo il suo ritorno dall'Iraq, e poi si era fermato di nuovo per altri cinque anni. Cosa lo aveva fatto cambiare marcia così improvvisamente? E cosa lo aveva fatto uscire dalla pensione per attaccare Amos la settimana scorsa?

Lo sguardo di Petrosky cadde sul sacchetto del cibo da asporto sulle gambe di Jackson. Lei lo colse a guardare e questa volta lui accettò uno degli involtini primavera: salato e così pieno di grasso che gli rese l'esofago scivoloso. Ma gli schiarì le idee. Forse era stato un errore pensare che questo tizio fosse solo in cerca di vendetta, o persino di giustizia. Petrosky aveva pensato che volesse aiutare - salvare le persone dopo averne viste morire così tante - ma forse il loro assassino era altrettanto colpevole. Forse aveva ucciso e stuprato su ordine e gli era piaciuto abbastanza l'omicidio da continuare in patria, un psicopatico che fingeva di essere delirante. Non sarebbe stata la prima volta che un serial killer aveva cercato di preparare una difesa di infermità mentale, giusto in caso.

Jackson si pulì le mani con un tovagliolo di carta e si girò per mettere il sacchetto sul pavimento del sedile posteriore, ma si fermò mentre si raddrizzava, gli occhi fissi sul parabrezza.

Petrosky seguì il suo sguardo, strizzando gli occhi. *Acharya?* Il giornalista stava camminando a grandi passi sul lato opposto della strada, la luna che argentava i suoi capelli già lucidi. La sua fronte alta brillava nella luce. «Che diavolo sta succedendo?» disse Petrosky con la bocca piena di pasta fritta. L'uomo attraversò la strada senza guardare. «Attraversamento pedonale irregolare. Arrestiamolo».

«Non puoi arrestare tutti quelli che non ti piacciono». Ma Jackson stava aggrottando le sopracciglia in direzione del giornalista.

«Aspetta, non posso? Che razza di lavoro di merda è questo?»

Acharya teneva gli occhi fissi a terra, le mani in tasca. Forse non poteva vederli parcheggiati nelle ombre profonde dei salici vicino all'ingresso del cimitero.

Poi si diresse dritto verso di loro.

Petrosky si raddrizzò di scatto, accigliandosi. «Che diavolo sta-»

La portiera posteriore si aprì e la luce inondò gli occhi di Petrosky. *Merda.* Da quando lasciavano le porte sbloccate?

Jackson non si girò nemmeno. Né, si rese conto, sembrava sorpresa. Sebbene il suo cipiglio rimanesse, il suo sguardo era morbido nel bagliore della luce interna, le sue spalle molto più rilassate delle sue - tutta la sua schiena era rigida contro il sedile.

«Buonasera, detective». Il sorriso di Acharya brillava nella luce ormai fioca.

«Perché diavolo sei qui?» abbaiò Petrosky.

Gli occhi di Jackson rimasero fissi sul parabrezza. «L'ho invitato io».

«A un appostamento?» Certo, Petrosky aveva chiamato Acharya all'inizio della settimana senza discuterne con Jackson, ma questo non c'entrava.

Jackson scrollò le spalle. «Beh, non è proprio un-»

«Sono prudente, Detective», disse Acharya. «So come assicurarmi di non essere seguito».

Petrosky grugnì e afferrò uno dei tovaglioli dalla cima del sacchetto del cibo da asporto, colpendo praticamente il ginocchio di Acharya nel processo. «Oh, quindi adesso sei un fottuto ninja?»

«Solo quando devo esserlo». Acharya passò una cartella a Jackson, ma i suoi occhi scuri rimasero su Petrosky. «Ti è piaciuto l'articolo su Dunne?»

Cazzo, sì. Petrosky si sforzò di assumere un'espressione accigliata. «Era decente. Ha fatto il suo lavoro».

Acharya sorrise. «Era meglio che decente. Mi devi un caffè».

«O dei sottaceti».

«Sottaceti?»

«Sono meglio del caffè».

«Non stai andando nei bar giusti, amico mio».

«Cristo santo, voi due». Jackson aprì la cartella. «Andiamo avanti».

«Giusto». Acharya si sporse sul cruscotto e indicò la pagina che Jackson stava esaminando, strizzando gli occhi nel piccolo fascio di luce della torcia del suo cellulare. «Ho usato le mie fonti per rintracciare i veterani senzatetto che potrebbero corrispondere alla vostra descrizione, tutti viventi in un raggio di otto chilometri dal cimitero».

Petrosky diede un'occhiata al foglio - meno di un quarto della pagina era segnato con inchiostro blu scarabocchiato. «Questi sono i tuoi amici più stretti? O le tue fonti sono su un'altra lista?» Agli assassini piacevano le informazioni privilegiate. Quanto sarebbe stato pazzesco se Turner fosse stata una delle fonti di Acharya?

«Nessuno di questi uomini è qualcuno con cui ho

parlato personalmente, e prima che tu lo chieda, nessuna delle mie fonti corrisponde alla vostra descrizione».

«Dove hai preso i nomi, di nuovo?»

«Non rivelo mai-»

«Sì, sì». Petrosky scacciò le parole come se stesse scacciando una mosca. «Non è che hai delle foto da abbinare a questi nomi, vero?»

«Magari».

Petrosky si appoggiò allo schienale del sedile. «È una lista di nomi, ma abbiamo già il suo nome, Acharya».

«Ah, ma non ce l'avete. Avete il suo nome cristiano dato da Dio sulla previdenza sociale. Ma metà di questa gente qui fuori, specialmente in questa zona della città... non usa quel nome. La maggior parte di loro ha qualcosa da nascondere». Passò la mano sul cruscotto e toccò la pagina. «Non lo troverete mai cercando Rye Turner. Ma se cercate Peanut, o Wild Willie, o The Blowtorch...»

Acharya aveva ragione. Avrebbero dovuto pensarci. Diavolo, Billie gli aveva detto di chiamarla "Lolly" finché non aveva vissuto accanto per due settimane.

Petrosky diede un'altra occhiata, strizzando gli occhi alla luce del telefono di Jackson. «Slippery Dick, eh? Lascio questo a te, Jackson». Anche se aveva un po' un'aria da stupratore. Se solo uno di loro si fosse chiamato Generale Vendetta.

Petrosky si voltò di nuovo verso il parabrezza, fissando l'oscurità, aspettando che qualcun altro apparisse sotto il lampione. Qualcuno con un collo taurino e le dita spesse di un assassino.

CAPITOLO 33

l SUV era parcheggiato nell'oscurità sotto i salici. Lui osservava, accovacciato oltre il bordo esterno del lampione giallo, con il vicolo come un tunnel solitario alle sue spalle. Tante foglie fruscianti, tante ombre, tanta oscurità. Dentro di lui, il buio era ancora più profondo.

La stanchezza gli tirava la base pesante del cranio, dove i nervi vibravano e inviavano piccole scariche elettriche lungo la spina dorsale. Ogni volta che cercava di riposare, gli incubi invadevano il suo cervello e gli stringevano la gola, pieni di urla acute che sembravano provenire da un mondo al di là del suo - un mondo che poteva solo sentire ma mai aggiustare. Ma anche senza gli incubi, non osava chiudere gli occhi.

Il nemico non dormiva mai. E quindi nemmeno lui doveva farlo.

Socchiuse gli occhi verso il veicolo. Chiunque si fermasse vicino al cimitero a quest'ora della notte era sospetto. Quelli che restavano qui, nascosti, con i fasci delle torce che brillavano nel buio, lo erano ancora di più. E un altro uomo era appena entrato nell'auto - perché? Cosa stavano progettando?

«Vieni, tesoro?» Quella voce bassa, lenta come melassa. Gli si rizzarono i peli sulla nuca. Ma non vide nessun altro, solo le ombre di quelli nel SUV, la loro piccola luce di lettura che ondeggiava, ondeggiava, ondeggiava.

«Dove vai, ragazza?»

Le mani gli formicolavano, i tendini si tendevano in anticipazione, le orecchie dritte e pronte. In ascolto - in ascolto del fruscio dei rami di salice e del sottile brusio di conversazione proveniente dall'auto. No, non avrebbe dovuto essere in grado di sentirlo, sapeva che non avrebbe dovuto, ma lo percepiva - stavano parlando. Di lui.

Inspirò l'oscurità umida, e un sapore salato gli colpì il naso, come del buon manzo in scatola. Sua madre glielo preparava da bambino, il profumo erbaceo, grasso, quasi aceto che permeava tutta la casa. Ora, quell'odore gli ricordava il sesso, il sudore che si mescolava con il sale e la saliva e il lubrificante, il puzzo di cloro del compimento. Quando quell'odore era cambiato così drasticamente? E perché?

«Proprio qui, solo un po' più avanti.»

Sobbalzò, girandosi di scatto per scrutare il vicolo alle sue spalle, nel buio fitto che pendeva come un sudario sulla strada. Aveva una missione. E... c'era qualcuno lì.

Un soldato - tuta mimetica, cranio rasato, che si allontanava da dove lui era accovacciato nell'ombra, l'arma dell'uomo ancora a tracolla, e quella voce che sussurrava qualcosa...

«Stai zitta, puttana, stai zitta.»

Il ferro gli intasò i seni nasali. La sua bocca divenne secca. *No.*

Il respiro dell'uomo sibilava sull'asfalto, la postura del

soldato vagamente familiare... Dunne? Perché conosceva quel nome? Ah, dai suoi sogni. Era lì che conosceva anche il soldato, quell'andatura esitante ma decisa come un leone a caccia - non odorava di manzo in scatola? No, quello era qualcun altro, qualcun altro odorava di sale e carne e... sangue. Sbatté le palpebre e l'uomo nell'ombra svanì insieme al suono del suo respiro.

«Sta' zitta, puttana. Sta' zitta, sta' zitta, sta' zitta».

Le parole echeggiavano nel suo cervello, e si morse la lingua per non ripeterle. *Sono pazzo, sono pazzo*. Ma non poteva fare a meno di ascoltare quella voce più di quanto potesse evitare di camminare per queste strade - i suoi piedi si muovevano da soli, trascinandolo in questi vicoli senza il suo consenso, persino senza il suo pensiero cosciente.

Ma non era compito suo pensare.

Il nemico. Ecco perché era qui. Le persone innocenti dovevano sapere che erano al sicuro dalla minaccia dei combattenti nemici, al sicuro da chiunque potesse togliere loro la libertà insieme alla vita. Tutti contavano su di lui. DeLaney l'aveva detto.

DeLaney aveva ragione.

E in questo posto, dove il nemico si nascondeva, avevano bisogno di lui più che mai.

Socchiuse gli occhi, si accovacciò ancora di più e osservò il SUV.

E aspettò.

Silenzioso.

Come un buon soldato.

CAPITOLO 34

Acharya se ne andò dopo aver consegnato la sua cartella in stile ninja. Petrosky e Jackson rimasero seduti lì per un'altra ora, osservando l'oscurità e parlando sottovoce di ciò che sapevano... e di ciò che non sapevano. Quando finalmente accettarono che parlare non avrebbe aiutato più che fissare le ombre vuote, perlustrarono le strade. Avanti e indietro dietro il cimitero. Su e giù per il vicolo dove Trina Layton era stata aggredita. Intorno e intorno e intorno agli isolati che circondavano il terreno di caccia del loro assassino.

La strada con il cimitero era disabitata come se tutti fossero superstiziosi a dormire così vicino ai morti. Ma a soli due isolati di distanza, le file di sacchi a pelo erano come il giorno dell'omicidio, anche se, nel buio, i dormienti sembravano cadaveri, anche loro.

Strinsero la mano alle donne sulle soglie, bussarono alle tende, chiamarono gli uomini nelle scatole di cartone, Petrosky chiedendo del suo amico della guerra: «Forse ora è conosciuto come Shaft, o Wild Willie, o The Blowtorch?» Non era una soluzione perfetta - c'era ancora la possibilità che le loro indagini arrivassero a Turner se fosse stato nei paraggi - ma il porta a porta era tutto ciò che avevano. E erano già stati qui di giorno.

La mezzanotte passò. L'una. Le gambe di Petrosky erano pesanti come piombo, il petto teso per la stanchezza.

«Forse dobbiamo espandere la ricerca di altri isolati», mormorò, girando nel vicolo dietro il Ragdoll. Di nuovo. Avevano già perlustrato questi sei isolati due volte quella notte, ma...

Mh. Socchiuse gli occhi verso un cassonetto a metà del vicolo, la tenue luce del lampione illuminava una nebbiolina che emergeva sopra il bordo arrugginito.

Jackson si fermò al suo fianco. «È fumo quello?»

Lo era. Un bagliore arancione appena percettibile trapelava da qualche parte oltre la sua linea visiva, e improvvisamente il fumo si riversava da dietro il contenitore dei rifiuti, come se qualcuno avesse acceso un fuoco come diversivo. Ma poi il fumo si attenuò, rivelando una forma vaga: mezza gamba che sporgeva da sotto il cassonetto. Una scarpa da ginnastica, non uno stivale, ma terribilmente simile alla scena a casa di Collins. Probabilmente non il loro uomo - quale soldato clandestino se ne starebbe seduto in un vicolo a lanciare segnali di fumo? - ma non si poteva mai essere certi.

«Ehi, amico, tutto bene?» chiamò Petrosky. Si avvicinarono lungo il vicolo, la sua mano sull'arma ancora nascosta sotto la giacca del completo. Il fumo oltre il cassonetto si era diradato ulteriormente, ma l'uomo non si mosse, e poi un'altra nuvola si alzò, tinta di un giallo malsano nella luce appena percettibile del lampione alle loro spalle. Le loro scarpe battevano sul pavimento sgretolato e l'eco rimbalzava su di loro dagli edifici: *cla-tonf-cla-tonf-cla-tonf*.

Petrosky sporse la testa dall'angolo del cassonetto. L'uomo che lo guardava dal basso non era assolutamente

Turner: barba bionda fino alla clavicola, profonde rughe come crepacci sulla fronte, sigaretta elettronica nella mano destra sporca. Più fumo di quanto fosse prudente per qualsiasi amante del tabacco che si rispetti, e molto più drammatico di quanto fosse necessario per chiunque, come se stessi cercando di attirare l'attenzione sulla tua abitudine. Questo doveva essere... The Blowtorch?

L'uomo rilasciò una nuvola di fumo dalle labbra che si diffuse sul viso di Petrosky. Odorava di biscotti.

L'uomo sorrise, la fronte che si increspava ancora di più quando alzò le sopracciglia. «È tutto a posto, fratello».

«Dal modo in cui stavi mandando segnali di fumo, pensavo che ti fossi perso».

Rise con una risata lunga e gutturale. Era una bella risata. «Nah. Sto solo bighellonando». I suoi occhi si strinsero. «Voi siete sbirri?»

«Non stasera. Siamo qui solo per cercare un nostro amico. Un veterano. Ha servito con me all'estero».

«Oh, fratello, ce ne sono un sacco qui fuori».

«Ne conosci molti?»

L'uomo annuì lentamente. «Direi di sì. La maggior parte di questa gente... va e viene, non si ferma a parlare. A testa bassa, sai? Ma io sono qui fuori da anni, e impazzirei se non potessi sfogarmi a chiacchierare». Rise di nuovo di cuore, poi socchiuse gli occhi verso Jackson come se non riuscisse a vederla bene, e probabilmente non ci riusciva, almeno non nella luce fioca. Il falò improvvisato che l'uomo aveva acceso vicino al ginocchio non era più grande del suo pugno. La sigaretta elettronica produceva molto più fumo.

«Siediti, fratello». L'uomo succhiò dalla sigaretta elettronica e rilasciò un'altra nuvola dall'odore dolce nell'atmosfera.

Jackson incrociò lo sguardo di Petrosky, e lui annuì: *Me la cavo io*.

«Vi lascio parlare mentre vado al minimarket», disse Jackson. «Vuoi qualcosa?» A Petrosky non piaceva che Jackson andasse in giro da sola, non lì, ma era improbabile che Jackson fosse l'obiettivo del loro killer. Inoltre, il loro uomo si era sicuramente nascosto, se era ancora qui.

L'uomo scosse la testa. «Nah, ho appena finito di cuocere un hot dog».

«Dai, Ciminiera», disse Petrosky. «Offriamo noi».

Questo gli fece guadagnare un'altra risata. «Beh, se la metti così, forse un burrito?» Inalò di nuovo, più profondamente questa volta, e lo espirò in una nuvola profumata di vaniglia. «Quelle cose sono meglio del sesso».

Jackson sbuffò. «Allora lo stai facendo nel modo sbagliato».

L'uomo sghignazzò e la salutò mentre lei si allontanava. «Mi piace, fratello. Davvero».

Petrosky si sedette sul cemento accanto a lui. «Dove hai prestato servizio?»

«Vietnam. Tu?»

«Golfo».

Annuì. «Roba brutale, non importa dove vai».

Rimasero in silenzio per un momento, il peso di quella dichiarazione aleggiava nell'aria più pesante della notte estiva afosa. «Vieni qui spesso?» chiese Petrosky.

«Eh, a volte, di solito solo quando ho bisogno di un momento per me». Offrì la sigaretta elettronica a Petrosky. Petrosky se la portò alle labbra, inalò profondamente e gliela restituì, cercando come un matto di non soffocare per la dolcezza che aveva appena invaso i suoi polmoni. Se avesse voluto assaggiare lo zucchero, avrebbe mangiato un dannato donut.

«Quindi forse conosci il mio amico Rye, quel pazzo

bastardo», disse Petrosky, guadagnandosi un'altra risatina dal suo nuovo compagno di fumo. «È finito in Iraq fino a circa sette anni fa». Petrosky si spostò; il suo sedere era bagnato. Sperava di essersi seduto sull'acqua, ma dubitava di essere così fortunato.

«Rye? Non ho mai sentito quel nome, amico».

«Forse ha un soprannome? L'ho sentito parlare di alcune persone qui fuori. Sei tu Il Cannello?»

L'uomo rise. «Mi chiamano Marvin. Per via del fatto che dico che le cose sono meglio del sesso». Inalò di nuovo, poi infilò la sigaretta elettronica nella tasca anteriore. «*Sexual Healing*, capisci?»

Marvin. Non era nemmeno nella lista di Acharya. D'altronde, perché avrebbe dovuto esserci? Marvin aveva servito molto prima che Rye Turner fosse dispiegato.

«Ho una foto». Petrosky estrasse la foto della patente dalla giacca. «Rye è un tipo grosso. Non molto alto, ma è massiccio come l'inferno».

L'uomo scrollò le spalle, accigliandosi all'immagine.

Dai, dammi qualcosa. «Ho sentito dire che cammina molto da queste parti, ma non sono riuscito a scoprire dove vive. Mi piacerebbe tanto trovarlo, riportarlo a casa».

Marvin incrociò lo sguardo di Petrosky. «Vuoi aiutarlo, eh, fratello?»

«Sì. Io-»

Tum-tunk. Tum-tunk.

Petrosky si immobilizzò e si sporse all'indietro, sbirciando oltre il cassonetto verso l'imbocco del vicolo. Le sue spalle si rilassarono. Era solo Jackson, che portava una borsa più grande del loro sacchetto d'asporto; molto più che dei burritos.

La consegnò a Marvin, e gli occhi dell'uomo si spalancarono. «Signora-»

«Non ringraziarmi». Jackson scrollò le spalle, indicando Petrosky con il pollice. «Ho usato il bancomat di questo stronzo».

Marvin scoppiò a ridere. «Oh, mi piace, fratello». Rise di nuovo. «Mi piace davvero tanto». Guardò di nuovo Petrosky. «Vorrei poterti aiutare, ma non conosco il tuo amico. Forse qualcuno dei miei amici lo conosce. Se sai con chi va in giro...»

«Slippery Dick?»

Marvin scosse la testa.

«Wild Willie?»

Il suo viso si aprì in un sorriso. «Ah, Willie lo puoi trovare sulla Terza. Dorme sotto il cavalcavia lì, chiede l'elemosina sull'autostrada...» Il suo sorriso svanì. «Non lo arresterai, vero?»

«Certo che no», disse Petrosky. «Sto solo cercando il mio amico».

«Sì, probabilmente è illegale lasciarmi stare qui con il mio fuoco, eh?»

«I veterani devono prendersi cura dei loro», disse, e Marvin annuì. «Cerca solo di non darti fuoco. Sono troppo vecchio per portare il tuo culo bruciato fuori di qui».

Un'altra risata. Petrosky non poté fare a meno di ricambiare il sorriso.

———

Trovarono Wild Willie quella mattina sotto il cavalcavia, esattamente dove Marvin aveva detto che sarebbe stato. Non Turner. E non sapeva nulla che potesse aiutarli. Gli diedero comunque la dozzina di bagel che avevano portato da Rita, e una tazza di caffè. Petrosky si sedette con lui per qualche minuto, ascoltando le sue scuse per non poter bere il caffè a causa dello zucchero che avevano aggiunto - diabete. E non poteva permettersi l'insulina. Caffè o morte, che scelta. Petrosky tenne gli occhi fissi sul viso di Willie, cercando di non guardare le piastrine ancora intorno al collo dell'uomo, lo sporco sotto le sue unghie. Le piaghe sulle sue braccia.

Si stavano alzando per andarsene quando una donna passò vagando - robusta, capelli chiari, grandi occhi verdi cerchiati di viola scuro. Più giovane di molte delle persone qui fuori, più vicina all'età di Rye Turner. E il modo in cui li fissava mentre passava...

Petrosky lasciò Jackson con Willie e seguì la donna, con in mano il caffè rifiutato da Willie, e la osservò entrare in una tenda con un lembo rotto.

Si chinò verso l'apertura. «Ehi».

Lei alzò lo sguardo su di lui con occhi sospettosi, sopracciglia aggrottate, la bocca dura. «Sei di uno di quei gruppi religiosi?»

«Sto solo cercando di trovare il mio amico». Le offrì il caffè.

Lei lo fissò. Incrociò le braccia. *Oh giusto.* Anche in un bar di lusso, le donne dovevano fare attenzione alle loro bevande; il mondo era pieno di stronzi.

Petrosky portò il caffè alle labbra e ne prese un lungo sorso, poi lo offrì di nuovo. Questa volta, lei prese la tazza, valutandolo attentamente come se si aspettasse quasi che lui svenisse. Quando non lo fece, lei prese un piccolo sorso tentennante, e lui tirò fuori dalla giacca la foto della patente di Rye Turner.

«Sì... mi sembra familiare». La ragazza - *donna* - guardò oltre Petrosky verso il punto dove Jackson era seduta con Willie. L'uomo stava masticando un bagel. Merda, anche i bagel avrebbero fatto impazzire la sua glicemia? Morire di fame o coma diabetico - quante scelte del cazzo. «Poliziotti, eh?» disse la donna.

Petrosky annuì. «Come ti chiami?»

Un altro sguardo ai bagel. «Jane».

Come in Doe? Petrosky prese il portafoglio e ne estrasse una banconota da dieci. «Cos'altro puoi dirmi di questo tizio?»

Prese i soldi nello stesso modo in cui aveva preso il caffè - con esitazione. Diffidente. Gli faceva male al cuore.

«Non lo conosco veramente, ma l'ho visto in giro». Si toccò la parte posteriore della testa - era una smorfia quella? «Credo che stia in quel posto grande su Chilton».

Chilton. Era il quartiere dei magazzini, molti edifici abbandonati, la maggior parte enormi. E quella zona della città era forse a sei o sette isolati dal cimitero - probabilmente una strada oltre dove lui e Jackson avevano perlustrato.

Ovvio. «Sai quale edificio?»

«Credo abbia detto... all'angolo?» Aggrottò la fronte. «È nei guai? È tipo... pericoloso?»

Sì. Ma forse non pericoloso per lei. «È un mio vecchio amico. Devo solo assicurarmi che stia bene». Lei non sembrava convinta.

Petrosky ammorbidì le spalle, mirando a un'aria noncurante ma probabilmente fallendo. «Dove l'hai incontrato?»

Lei sorseggiò il caffè, gli occhi fissi su un punto dietro il suo braccio sinistro come se stesse cercando di decidere quanto dirgli, o forse cercando di ricordare. Era sconcertante che non riuscisse a capire quale delle due. «Era al fiume una volta. Stava solo in piedi. Pensavo si stesse lavando».

«È quello che stavi facendo tu?»

Lei fece una pausa. Si morse il labbro. Annuì. «Avevo appena finito quando l'ho visto, mi sono arrabbiata pensando che mi stesse guardando. Ci sono molti tipi loschi qui fuori, sai? Ma lui continuava a fissare l'acqua. Era come se io non ci fossi nemmeno». Passarono alcuni secondi. Si morse il labbro più forte - c'era dell'altro, qualcosa che non stava dicendo. Ma se l'avesse pressata troppo, probabilmente avrebbe smesso di parlare del tutto.

«Cosa è successo dopo?» disse gentilmente.

«Gli ho chiesto se stava bene - sembrava quasi catatonico». *Catatonico?* Era un modo elegante per dire intontito. «E lui ha detto...»

Di nuovo, il silenzio si prolungò. «Jane?»

Deglutì a fatica. «Ha detto che aveva avuto un incubo, che aveva bisogno di un posto per schiarirsi le idee. E c'era un piccolo fuoco - credo stesse cucinando qualcosa. Tipo... un piccolo animale».

Questo spiegava come evitasse di mendicare, perché si presentava così raramente alla mensa dei poveri - perché nessuno lo conosceva. «Come hai scoperto dove viveva?»

Le sue narici si dilatarono, le labbra una linea tesa. Non voleva dirgli un cazzo. Stava per aprire la bocca per chiedere di nuovo quando lei disse: «Era un tipo a posto, okay? Sono rimasta con lui per un po'. Ha parlato del suo posto, di come non si sentisse al sicuro. E l'ho rivisto lunedì scorso. Per strada». Si toccò la parte posteriore della testa con la stessa delicatezza con cui aveva preso la tazza - decisamente facendo una smorfia. «Lui... mi ha aiutata».

Lunedì. Il suo cuore pulsava, veloce, insistente. Due giorni dopo l'omicidio di Amos. Petrosky la esaminò, ma non riusciva a vedere alcuna ferita sotto i suoi capelli. «Sei stata aggredita?»

«Non da lui». La sua voce aveva assunto un tono duro. «Ha spaventato quel tipo facendolo scappare». Spaventato, ma non ucciso. Probabilmente non per mancanza di tentativi. «Non ne parlerò, quindi non chiedermelo nemmeno».

Petrosky poteva rispettare questa decisione. E lei gli aveva già dato ciò di cui aveva bisogno. Dopo l'uccisione di Amos, Rye Turner non si era nascosto, non aveva lasciato la città. Cosa più importante, non si era fermato. Avrebbe continuato a percorrere quelle strade finché non avesse trovato un'altra potenziale vittima e ucciso qualcun altro. «Mi stai parlando di lui, quest'uomo che ti ha salvata. Perché?»

«Perché». Il caffè tremava nella sua mano. «Ha detto che il nemico era ancora là fuori, che lo avrebbe trovato. E io non voglio che si faccia male». Abbassò lo sguardo e in quel momento sembrò invecchiata di dieci anni. *Nemmeno tu ti senti al sicuro, vero?* «So cosa significano gli incubi», sussurrò praticamente. «Alcuni di noi non riescono mai a svegliarsi».

Petrosky annuì, frugò nel portafoglio e tirò fuori una banconota da cinquanta. *Amen, tesoro.*

CAPITOLO 35

Chilton era tranquilla a quest'ora del giorno, ma non deserta: i piccioni beccavano le sparse briciole sul marciapiede. Mentre scendevano dall'auto, un uomo nero robusto su una bicicletta tre volte troppo piccola per lui sfrecciò accanto a loro, indossando un berretto di lana e uno zaino di Hello Kitty di un rosa acceso.

«Be', quello sì che è favoloso», disse Petrosky con approvazione. O forse aveva una figlia o una sorella che aveva bisogno dei suoi compiti. In ogni caso, gli piaceva la faccia dell'uomo: onesta. A differenza di Cook e dei suoi stupidi baffi da topo.

«Speriamo che le persone all'interno siano altrettanto favolose». Jackson allungò il collo verso l'edificio. Un sacchetto di plastica sfrecciò davanti a loro e si schiantò contro un cespuglio.

Nove piani di magazzino. Mattoni rossi coperti di graffiti. La maggior parte delle finestre era sparita, e quelle rimaste intatte erano deturpate da crepe a ragnatela che trasformavano ogni riquadro in un puzzle di triangoli di vetro, ognuno abbastanza affilato da pugnalare qualcuno a morte.

L'interno non sembrava più accogliente, ma almeno non era un condominio dove avrebbero dovuto andare stanza per stanza: un agente immobiliare avrebbe detto che il magazzino vantava una pianta open space. Spazzatura sul pavimento, altri graffiti sulle pareti, il puzzo di urina e merda nell'aria. Tutto tranquillo. La maggior parte dei residenti probabilmente era fuori ora: a chiedere l'elemosina, a vedere amici, persino a lavorare nei dintorni. Ma il magazzino probabilmente si riempiva quando calava il sole.

«La tua amica del cavalcavia ha detto a che piano sta il nostro tipo?»

Petrosky aggrottò la fronte. «Non credo lo sapesse».

Jackson si addentrò lentamente nell'atrio con pavimento in marmo, arma in pugno, scavalcando attentamente i rifiuti: stracci, carte, piccoli mucchi di cartone strappato anneriti da recenti fuochi per cucinare. Siringhe ipodermiche usate. Il loro uomo era un tossicodipendente? Molti veterani lo erano: lui stesso non riusciva ancora a passare davanti a un negozio di alcolici senza considerare, per un attimo, di fermarsi nel parcheggio e farsi una cena liquida. Ma in questi giorni, la voglia di alcol passava altrettanto velocemente. A differenza della sua dipendenza dal tabacco. Da quando aveva fatto quel singolo tiro dalla sigaretta elettronica alla vaniglia e biscotto, aveva una voglia pazzesca.

Jackson svoltò a sinistra oltre l'atrio, e Petrosky si affrettò a starle dietro. Era già a metà delle scale per il secondo piano prima che lui mettesse la mano sul corrimano.

«Pesta leggero», sibilò lei da qualche parte nell'oscurità sopra di lui, poi qualcosa che suonava come «con il tuo culo grasso», ma Petrosky non poteva esserne sicuro. Mentre saliva i gradini, capì: i pioli, sicuramente sostenuti da travi di legno, sembravano spugnosi e molli. Accese la torcia del cellulare e se lo infilò a metà in tasca, una mano sul corrimano di metallo, l'altra sul mattone scheggiato, sperando che un lato o l'altro reggesse. Il vano scale si illuminò mentre si avvicinava alla porta del livello successivo.

Il secondo piano era in condizioni leggermente migliori del primo. Meno spazzatura, tanto per cominciare, e molti meno mucchi di legna annerita - qui non si poteva accendere un fuoco sui pavimenti di legno segnati, o si sarebbe bruciato l'intero edificio, a differenza dell'atrio piastrellato al piano di sotto.

Al terzo piano, trovarono una giovane coppia che dormiva nell'angolo più lontano su una pila di coperte sporche. Non si svegliarono nemmeno. La gamba di lei era coperta di segni di punture, con parafernalia sparsa ai suoi piedi. L'uomo aveva i capelli scuri ed era magro come un chiodo, con piccole mani simili ad artigli. Decisamente non era Rye Turner.

Superò Jackson dirigendosi verso le scale e salì la rampa successiva due gradini alla volta - più faticoso, ma meno passi, ed era stanco. Non solo le gambe, non solo di questo caso, ma stanco di... tutto questo. Gli omicidi. Gli attacchi agli innocenti. Tutti quei fottuti psicopatici.

Al quarto piano, l'aria era densa di marijuana. Meglio di quella roba alla vaniglia; almeno sapevi che stavi fumando erba e non un dannato dessert. Seguì il fumo che proveniva da dietro una delle colonne sul lato destro dello spazio e spense la luce del cellulare. «Polizia! Esci lentamente». Alzò l'arma.

Un fruscio proveniva da dietro il pilastro. L'uomo stava spegnendo lo spinello? Stava prendendo un'arma? Almeno

Turner non sarebbe stato in grado di torcere il collo a Petrosky se lo avesse attaccato frontalmente.

Da oltre il pilastro venne un sussurro teso che era per metà tosse: «Stavo solo-»

«Fammi vedere le mani!» gridò Petrosky. Jackson si avvicinò dietro di lui, con l'arma puntata verso il pavimento sulla gamba nuda dell'uomo - l'unica parte del corpo che poteva vedere. Era seduto a gambe incrociate?

Altri fruscii, poi le mani spuntarono da dietro il pilastro, vuote, con dita sottili allargate. Poi braccia nude coperte di folti peli neri. Poi il resto di lui. Capelli scuri e ricci ovunque - che gli fluivano dalla testa, strisciavano sulla schiena da dietro l'orlo della sua canottiera bianca, intorno alla vita sovraccarica dei suoi pantaloncini bianchi macchiati. Il tipo era un fottuto yeti - e non era il loro sospettato.

L'uomo si voltò verso di loro, le braccia ancora in alto, un dannato cespuglio che cresceva sotto ogni ascella. «Non sparate, okay? Potete arrestarmi o quello che volete, ma non sparatemi. Fuori è meravigliooooso». Sorrise. I suoi occhi brillavano.

Petrosky abbassò l'arma e la rimise nella fondina. *Fottuti fumati*. «Come ti chiami, signore?»

«Mike. Ma puoi chiamarmi... beh, chiamami come vuoi, davvero». Sorrise. «Posso abbassare le mani?»

Petrosky diede un'occhiata ai pantaloncini di Mike - boxer. Nessun posto dove nascondere un'arma a meno che non l'avesse intrecciata nei peli della schiena. «Sì, puoi abbassare le braccia. Tieni solo le mani dove possiamo vederle».

«Okey-dokey». Mike aveva denti stupendi per un senzatetto - bianchi, dritti e lucenti. Era nuovo per le strade? In tal caso, era meno probabile che conoscesse il loro ricercato.

Petrosky tirò fuori la foto di Turner dalla giacca. «Conosci questo tizio?»

«Certo!» Sorrise. «Perché stai cercando Peanut?»

Jackson alzò un sopracciglio. Il soprannome del loro killer era Peanut? Che... anticlimax.

«È un mio amico», disse lentamente Petrosky, dando all'uomo il tempo di elaborarlo attraverso la nebbia della droga. «Sono un po' preoccupato che possa essersi messo in mezzo a dei tipi molto cattivi». *O che lui stesso sia un tipo molto cattivo.*

Mike ridacchiò e scosse la testa, restituendo la foto a Petrosky. «Oh, non c'è modo che Peanut conosca dei cattivi. Non gli piacciono *per niente* i cattivi. Se ne tiene alla larga».

«Sembra che tu parli per esperienza personale».

Gli occhi di Mike si offuscarono, ma solo un po'. Annuì.

«Peanut è qui?» chiese Jackson.

Mike scosse di nuovo la testa, ma i suoi occhi avevano perso la loro scintilla.

Erba e interrogatori non andavano d'accordo. «Quando ti aspetti che torni?»

«Beh, è difficile dirlo».

«Non vive qui?» Jane era piuttosto convinta che Rye Turner vivesse in questo edificio - si era sbagliata?

Mike aggrottò la fronte. «Beh... sì. Ma ogni tanto, deve uscire un po'».

Petrosky si avvicinò, fissando lo sguardo su quello di Mike. L'uomo indietreggiò. «Dovrai essere un po' più preciso, Mike».

Mike deglutì a fatica. «Lui diventa... agitato. Ha questi incubi. E poi... se ne va. Ma torna sempre». Lanciò un'occhiata a Jackson, che si era fatta strada nell'angolo dietro Petrosky, scrutando i pavimenti, quello che sembrava un materasso gonfiabile. Aveva una vista molto migliore di Petrosky di questi tempi - e preferiva esplorare piuttosto che "parlare con gli idioti".

Mike inclinò la testa verso di lei. «Ehi, signora, sei stanca? Quello è il mio letto, ma puoi farci un pisolino se vuoi. Aspetterò fuori».

Jackson lo ignorò e continuò lungo la parete opposta, ma Turner probabilmente aveva portato con sé tutto ciò che possedeva. Se possedeva qualcosa per cominciare.

«Da quanto tempo è via?»

Mike guardò il soffitto. «Difficile dirlo. Ogni giorno glorioso sembra uguale quando sei fortunato come me».

Fortuna? Se questa era fortuna, chi la vorrebbe? «Era qui sabato sera?» Quando Mike aggrottò la fronte, si corresse: «Una settimana fa, Mike. E il giorno prima ha piovuto. Riesci a ricordare se magari l'hai visto quel giorno, il giorno dopo il temporale?»

«Ah... quel giorno». I suoi occhi erano vitrei - era per la droga, o stava cercando di non piangere? «Quello è stato il giorno in cui è partito. L'ultimo giorno in cui è stato qui».

Quindi era sparito dall'omicidio di Amos, o almeno da questo posto. «Sai dove va Rye... dove va Peanut quando se ne va?»

Mike alzò le spalle. «Non ne ho idea, amico. Come ho detto, sparisce, anche da me.»

Petrosky gli credeva. Il ragazzo aveva una faccia onesta, ma fatto com'era, non sembrava capace di mentire - perché preoccuparsi quando il mondo era così faaaaantastico?

Mike sorrise di nuovo. «Qui abbiamo una bella situazione; nessuno ci dà mai fastidio. A volte la polizia fa irruzione ai piani inferiori, ma non arriva fino a quassù, o sul tetto - è pericoloso arrampicarsi. È lì che di solito stiamo la notte. Osserviamo la strada.»

Osservare la strada, eh? Un punto d'osservazione? Questo significava che potrebbe non fare ricognizioni a piedi; non c'era da meravigliarsi che nessuno l'avesse visto in giro a passeggiare. «Ce lo mostri?»

«Certo.» Mike guardò in basso. «Posso prima mettermi i pantaloni?»

Come se ne avessi bisogno, hai un pelo come un orso. Ma Petrosky annuì.

Mike li guidò su per le scale con un'andatura fin troppo fiduciosa nel pavimento, le assi che gemevano sotto di loro, la spugnosità che aveva notato prima era più pronunciata fino a quando Petrosky non fu certo che l'intera scala fosse sul punto di crollare. Jackson aveva saggiamente scelto di rimanere nell'appartamento di fortuna di Mike - «Qualcuno deve essere vivo per chiamare un'ambulanza se il pavimento crolla.» Non era mai stato così pronto a scappare su un tetto, ma la sua schiena si tese di nuovo quando Mike si avvicinò al bordo del tetto - nemmeno una ringhiera di sicurezza tra loro e il vuoto.

Il suo culo fatto sta per vagare dritto oltre il bordo. «Ehi, non avvicinarti al bordo, ok, amico?»

«Non cadrò mica.» Mike si sedette, ancora pericolosamente vicino al bordo, ma... meglio.

Petrosky si avvicinò lentamente a Mike, scrutando il tetto sotto i suoi piedi per assicurarsi di non inciampare in qualcosa e precipitare verso la morte. Si fermò proprio dietro la forma a gambe incrociate di Mike. Oltre il bordo del tetto, il solitario angolo di città di Mike si estendeva, mattoni grigi e marroni, cemento, asfalto, l'occasionale ciclista o pedone o auto. E sulla destra, in lontananza... il cimitero. Da qui non si vedeva molto, solo le parti più alte dei giganteschi salici, la cima in ferro del lampione come un punto nero, ma forse Turner aveva visto il movimento di figure sulla strada. Forse non stava facendo ricognizioni affatto - stava solo seduto qui con Mike lo Stonato aspettando che qualcuno entrasse nel suo campo visivo.

Ma non aveva senso. Petrosky non poteva vedere il vicolo dietro il Ragdoll da questo punto di vista: persino l'entrata era bloccata da un altro edificio. E... Tese le orecchie, ascoltando il fruscio delle foglie e dei sacchetti di plastica, poi il lontano suono di un clacson, appena percettibile sopra il sibilo della brezza. Qualsiasi grido d'aiuto sarebbe stato portato via dal vento o bloccato dalle miriadi di strutture intorno a loro.

Petrosky si voltò verso l'uomo ancora seduto sul tetto, che fissava la città come un Buddha peloso e fatto. «Si sta bene qui sopra, Mike, te lo concedo». Attese che il tizio annuisse prima di concludere: «Allora, quanto spesso vi sedevate qui fuori?»

«Ogni notte per quattro anni fantastici», disse Mike, gli occhi ancora fissi sul panorama cittadino. «Di solito guardavamo l'alba».

Quattro anni: significava che Turner non si era trasferito fino a dopo gli attacchi di Polluck e Layton. «Sei sicuro di questo lasso di tempo?»

Nessuna risposta.

«Quattro anni fa... è allora che si è trasferito?»

«Beh, no». Scosse la testa avanti e indietro una volta, con movimenti minuscoli. «Ha iniziato a stare qui saltuariamente forse cinque o sei anni fa».

«Quindi viveva qui cinque anni fa?»

«Certo, certo. Ma ha iniziato a sedersi qui con me solo

più tardi». Mike tenne gli occhi sulla città. «Prima faceva più passeggiate. Lo aiutavano con gli incubi».

Ecco qua. Gli incubi di Turner dovevano essere stati brutti quando era appena tornato dall'estero, quindi aveva camminato per le strade invece di dormire; si era imbattuto in Layton e Polluck per caso.

Mike tossì, una bassa e aspra tosse da fumatore, e fece sobbalzare Petrosky dai suoi pensieri. «Ma tornava sempre a casa dopo le passeggiate, anche se era il pomeriggio successivo», disse Mike. La sua schiena si era irrigidita.

«Casa?»

Un mezzo sorriso. «È quello che ne fai». Fece un gesto ampio con il braccio sulla città come un re che indica il suo dominio. «E questo... voglio dire, non può esserci niente di meglio, giusto?»

Questo tizio doveva essere la persona più felice che Petrosky avesse mai incontrato; probabilmente gli piacevano persino i limoni. *Potrebbe insegnarmi una cosa o due. Non che lo ascolterei.*

Mike si era girato di nuovo verso il panorama cittadino, la sua città, il posto migliore sulla terra a giudicare da come le sue spalle si erano ammorbidite. «Peanut aveva persino questi binocoli...» Mimò il dispositivo mettendosi entrambe le mani sugli occhi. «Gli dicevo che gli sarebbero rimasti incollati alla testa se non avesse smesso». Rise. «Ecco perché lo chiamavo Peanut. I piccoli cerchi intorno ai suoi occhi: restavano anche dopo che metteva giù i binocoli, come piccoli lividi, e un lato era sempre peggio dell'altro. Come il monocolo che indossa Mr. Peanut». Rise di nuovo.

Petrosky socchiuse gli occhi guardando ancora una volta verso il cimitero: sei isolati più in là? Sette? Forse aveva visto Amos arrivare al cimitero dal tetto; non era difficile con un binocolo. E il fatto che il cimitero fosse il luogo in cui aveva sorpreso Polluck mentre violentava sua moglie potrebbe essere stato sufficiente a insospettire Turner. Abbastanza da spingerlo all'azione.

Sorprendere Polluck nel bel mezzo dell'aggressione avrebbe sicuramente riportato alla mente il trauma di attraversare il villaggio, scrutando in cerca di nemici... che alla fine si rivelarono essere i membri della sua stessa squadra. Si era imbattuto nell'attacco di Layton allo stesso modo perché era fuori a camminare. Fuori a fare ricognizione in territorio nemico, come un bravo soldato.

Ma Turner era riuscito a controllarsi. Aveva smesso di vagare per le strade di notte, non aveva ucciso nessuno che potessero trovare tra Layton e Amos, un periodo di cinque anni. Cosa aveva scatenato il suo ritorno? «Gli incubi di Peanut sono tornati nelle ultime due settimane?»

Ora Mike strinse le labbra e scosse lentamente la testa. «Non credo.» Ma la sua voce... tesa, più alta. Rabbrividì come se una brezza fredda gli avesse appena sfiorato la schiena pelosa.

Petrosky si asciugò il sudore dal retro del collo. «Ma è successo qualcosa, vero?»

Il suono di un clacson gli rispose. Poi un soffio di vento dal fiume lontano. Mike rabbrividì di nuovo: stava cercando di non pensare a qualcosa, o semplicemente di non dirla?

«Ha visto qualcosa da quassù, Mike? Forse ha visto un'aggressione laggiù?» Non avevano riscontrato altre violenze denunciate, ma questo non significava che non fossero avvenute; forse Turner aveva visto una colluttazione e non era riuscito ad arrivare in tempo. Forse Amos era un attacco preventivo. Non c'era nulla di peggio che sentirsi impotenti come nei momenti più bui: nulla rendeva un uomo più determinato.

«Non era là fuori.» Mike sospirò e finalmente alzò lo

sguardo verso Petrosky. Il luccichio felice nei suoi occhi era svanito.

Ah, dannazione. «C'è stata un'aggressione qui dentro?»

Mike si voltò, e Petrosky si inginocchiò al suo fianco, con le cosce doloranti e le vecchie ustioni sul retro delle gambe calde e pruriginose. «Chi è stato aggredito, Mike?»

Mike osservava la città con occhi lucidi, non solo per effetto della droga.

«Qualcuno ti ha fatto del male?» Le violenze da uomo a uomo, e persino le aggressioni sessuali da donna a uomo, erano meno propense ad essere denunciate rispetto agli stupri da uomo a donna. Era già abbastanza difficile denunciare come donna, ma gli uomini avevano diversi tipi di stigma: vergogna associata alla loro mascolinità, o iniziavano a pensare che la loro sessualità fosse sotto attacco. Il che era ridicolo. Se qualcuno ti violentava, non ti rendeva gay più di quanto essere preso a pugni ti rendesse il prossimo campione di lotta.

Mike annuì lentamente.

«Turn... Peanut l'ha visto?»

«È tornato dopo. E lui... mi ha aiutato». Tirò su col naso. «Continuava a dire quanto gli dispiacesse, come se avesse potuto prevedere una cosa del genere».

«Quando, Mike?»

«Non lo so con certezza». Deglutì a fatica. «Forse sono passate due settimane. O tre».

Era questo che aveva scatenato l'attacco ad Amos. Che lo aveva portato a sorvegliare di nuovo le strade. Turner doveva aver sentito che la sua negligenza aveva portato al ferimento del suo amico.

«Hai pensato di sporgere denuncia?» disse Petrosky. «C'è ancora-»

«Non faranno nulla, sono solo un senzatetto. Penso di essere fantastico, ma...» Mike sospirò. «Era buio comunque. Non credo che riuscirei a riconoscerli in un confronto all'americana».

«Hai ricevuto cure mediche?»

Il suo silenzio fu la risposta per Petrosky.

«Posso raccogliere la tua dichiarazione qui, Mike». Gli mise una mano sulla spalla, e Mike sobbalzò. Petrosky ritrasse le dita. «E se vuoi, posso portarti all'Oaklawn. Assicurarmi che riceva le cure di cui hai bisogno. Potresti aver bisogno di punti, di test per le malattie sessualmente trasmissibili».

Mike scosse la testa e tossì. «Questo sta rovinando la mia sbronza».

«Capisco». Petrosky gli diede il suo biglietto da visita. «Torneremo, va bene, Mike? Forse allora vorrai parlare?»

Mike scrollò le spalle.

«Nel frattempo, chiamami se Peanut torna, ma non dirgli che eravamo qui a cercarlo: ha bisogno di aiuto con quegli incubi e non voglio spaventarlo. Non tutti si sentono a proprio agio nell'accettare aiuto».

E tutti avevano bisogno di aiuto a volte. Ma il tipo di aiuto di cui Petrosky aveva bisogno non era una questione di incubi o segreti. Turner era ancora là fuori, in cerca della sua prossima vittima. Paziente. Furtivo.

La loro unica possibilità era batterlo al suo stesso gioco.

CAPITOLO 36

ei fuori di testa». La capo Carroll scosse la testa. «I luoghi degli omicidi sono vicini tra loro, ma non c'è motivo di pensare che si presenterà esattamente nello stesso posto. E solo perché non hai indizi sui complici non significa che non abbia attirato le sue vittime, o i testimoni, lì in primo luogo».

Jackson si irrigidì accanto a lui. Petrosky dovette resistere alla tentazione di alzare gli occhi al cielo. «Turner non ha attirato Eden Johansson o Samuel Amos da nessuna parte. Né Trina Layton. E la signora Polluck è stata letteralmente trascinata lì da suo mar-»

«Sto solo dicendo, come farete a organizzare un'operazione sotto copertura quando non sapete nemmeno se questo tizio è qui? Nessuno intorno alle scene del crimine l'ha visto dall'omicidio di Amos. Se fossi in lui, sarei già lontano».

«Allora che male può fare?» Petrosky scrutò il crepuscolo che si avvicinava attraverso la finestra dietro la sagoma sempre più arrabbiata della capo. *Dove sei stasera, stronzo?* Fece del suo meglio per mantenere la voce calma.

«Prima andava bene aspettare, fare sopralluoghi, fare domande - aveva senso pensare che se ne fosse andato, come farebbe qualsiasi altro assassino. Ma ora abbiamo nuove informazioni, motivo di credere che sia ancora là fuori, alla ricerca attiva di un'altra vittima». Petrosky incontrò il suo sguardo. «Posso prenderlo, Capo. Possiamo farlo. Lasciaci provare».

Carroll incrociò le braccia. «Convincimi».

Jackson si sedette più dritta. «Sappiamo per certo che Turner era per quelle strade due giorni dopo aver ucciso Amos. Ha salvato un'altra donna nello stesso vicolo dove Trina Layton è stata aggredita».

«Ma nessun cadavere questa volta? Nessuno con la spina dorsale rotta?»

Petrosky e Jackson si scambiarono uno sguardo. «No», disse Petrosky. «La testimone pensa... forse che quel tizio sia scappato».

«Ma non ne è sicura?» disse Carroll incredula. «Come potrebbe non-»

«È stata colpita alla testa. Ha perso i sensi». Petrosky non poteva esserne certo, ma dal modo in cui Jane si toccava la testa, sembrava probabile.

«Abbiamo gli occhi puntati sul posto dove si è nascosto», disse Jackson, «ma Turner non è più tornato dall'attacco ad Amos. Pensiamo che stia facendo dei sopralluoghi come faceva dopo aver catturato Polluck laggiù».

«Vuoi dire dopo che ha assassinato Polluck».

«È la stessa cosa», disse Petrosky. «Ha visto quello, ha continuato a camminare per le strade, si è imbattuto in Layton. La stessa cosa è successa oltreoceano; ha ucciso Ortiz in Iraq due mesi prima di spezzare il collo a Dunne. Ora Amos e quell'altro tizio. È ovviamente paziente, disposto a fare ricognizioni finché non crede che il mondo sia di nuovo sicuro». E una cosa era certa: se avesse finito

287

quella che vedeva come la sua missione, sarebbe tornato a casa come aveva fatto prima.

«Continuo a non sentire una ragione valida per mettere un agente in pericolo. Solo perché non pensi che si farà vedere altrimenti?» Carroll si sporse verso di lui oltre la scrivania. «Sapete già dove vive. Che aspetto ha. Abbiamo la sua foto affissa ovunque».

«E non ha portato a *nulla*», sbottò Petrosky. «Abbiamo persino un agente di stanza alla mensa dei poveri; è una fottuta perdita di tempo». Soprattutto perché Dubicki avrebbe chiamato non appena Turner si fosse fatto vedere. L'agente di sorveglianza di Dubicki - una donna adorabile con una voce dolce e quello che sembrava un sorriso pronto - aveva chiamato Petrosky ieri mattina. Sembrava che avesse messo una bella paura a Dubicki. O la paura del carcere, che era almeno altrettanto efficace.

«Abbiamo raddoppiato la sorveglianza ovunque», disse Jackson. «Dobbiamo fare qualcosa di più. Ucciderà qualcun altro, è solo questione di tempo».

«O tornerà a casa, e lo prenderemo lì», disse Carroll.

«Sì, dopo che avrà ucciso un altro ragazzo innocente!» Il tacco di Petrosky vibrava contro il pavimento-*tap-tap-tap-tap-tap*. «Magari questa volta sarà il figlio del governatore. Metterà davvero questo posto sulla mappa».

«E cosa pensi che succederà se uccide uno dei nostri?» La sua voce si era abbassata. «Questo tizio sa come nascondersi. È sbucato dall'ombra e ha spezzato il collo a un Marine esperto, per l'amor del cielo».

«Un Marine che stava picchiando e violentando sua moglie per il grave crimine di volerlo lasciare», disse Jackson.

«D'accordo. La vittima era distratta. Ma questo non significa che i nostri agenti non siano in pericolo». I denti di Carroll si serrarono: poteva vedere il contorno dei muscoli lungo la sua mascella. «Ha un binocolo. Forse ha persino un visore notturno. Se cercate di attirarlo fuori, sarà in grado di vedervi molto prima che-»

«È un veterano senzatetto che vive su un tetto. Non ha neanche gli stivali, figuriamoci un visore notturno». Carroll poteva anche avere ragione su questo - non dovrebbe potersi permettere nemmeno un binocolo - ma comunque. «Si imbatterà in un altro elemento scatenante. Un altro stupro, o una coppia di adulti consenzienti come Amos e Johansson... sono queste le persone che cercano la privacy nel buio. Ed è lì che lui sta cercando. Se proviamo a tendergli una trappola sulla strada principale, sotto i lampioni, scapperà. Dobbiamo-»

«Basta, Petrosky. Basta. Aspettiamo ancora qualche giorno, un altro servizio al telegiornale. Il padre di Samuel Amos ha offerto una ricompensa sostanziosa per informazioni che portino al suo arresto. Se qualcuno lo vede-»

«Stiamo girando in tondo!» Petrosky sbatté i pugni sui braccioli della sedia con un *tonfo*. Jackson gli diede una gomitata, e lui trasalì, con una mano sulle costole, poi finì più dolcemente, più lentamente: «Possiamo coprire la città di poliziotti, ma ci sono più che abbastanza posti per nascondersi. Edifici da cui potrebbe osservare le strade. Sa come rimanere fuori dal nostro radar, fuori dal radar di *tutti*. È un fantasma». *No. È un soldato*. E non l'avrebbero visto finché lui non avesse voluto farsi vedere.

O finché non l'avessero attirato fuori.

«Dobbiamo dargli un incentivo. Dobbiamo diventare il nemico che ha così disperatamente bisogno di sconfiggere. E dobbiamo farlo con una presenza minima della polizia: qualsiasi cosa in più dell'esca e del supporto e lo perderemo. Non è stupido».

«Quello che stai proponendo è una missione di sparare per uccidere. Ma non uscirà allo scoperto, vero? Non avrai il tempo di urlargli che sei la polizia». Le sue narici si dilatarono. «Dal momento in cui lo vedrai uscire dall'ombra, avrai il tempo di sparare, e basta».

Petrosky sostenne il suo sguardo. «Possiamo farcela, Capo».

Carroll socchiuse gli occhi. Incredula.

«Sappiamo cosa lo fa scattare: vedere quello che lui percepisce come un attacco. Gliene daremo uno, lo attireremo fuori - probabilmente si muove più lentamente di quanto pensi prima di spezzare qualche collo, osservando la scena, valutando. E mentre è distratto con la sua attenzione sulla coppia, ci assicureremo che qualcuno dei nostri sia nascosto tanto quanto lui - e poi lo prenderemo».

«Come puoi essere sicuro che si farà vivo?»

Non possiamo. «Finora, i casi sono stati distribuiti in un'area geografica molto piccola», disse Petrosky. «Pochi isolati. Il cimitero. Ci sistemeremo da qualche parte dietro Whispering Willows».

La mascella di Carroll cadde. «Vuoi farlo dietro al cimitero? Nel buio pesto? E l'edificio dove ha attaccato Amos? Almeno quello è vicino alla luce». Jackson si girò verso di lui, con gli occhi spalancati. Ma Turner non era stupido. Non sarebbe saltato fuori alla luce. E, più di questo, sapevano che il cimitero era di per sé un elemento scatenante. Turner aveva attaccato Amos lì per non aver fatto nulla di male. Il cimitero rendeva Turner incauto: aveva commesso errori. L'errore giusto e sarebbe stato finito.

«Mi dispiace dirlo, ma scommetto su di lui», sospirò Carroll. «E sei disposto a rischiare il collo per-»

«In realtà, sono disposto a rischiare il collo di Decantor».

La fronte di Carroll si corrugò, le sopracciglia quasi toccavano l'attaccatura dei capelli. «Vuoi organizzare un'operazione sotto copertura e mettere la gola di un altro uomo sul ceppo?»

«Non un uomo qualsiasi. Ma adorerei vedere il collo di Decantor spezzato come un osso della fortuna».

«Non è divertente, Petrosky».

«È un po' divertente». Bloccò un'altra gomitata con l'avambraccio. Carroll lo fissava come se avesse completamente perso la testa. Ma Decantor era un buon poliziotto; aveva aiutato Petrosky a dare la caccia all'assassino di Morrison. E per quanto infastidisse quel fottuto amante delle Kardashian, avrebbe messo la sua vita nelle mani di Decantor, e in quelle di Jackson. Doveva solo sperare che il sentimento fosse reciproco.

«È l'unico modo, Capo», disse Petrosky, incontrando lo sguardo di Carroll. «Turner è un soldato. Come lo ero io. E se non lo facciamo presto, avremo il sangue di qualcun altro sulle nostre mani».

Carroll lo osservò, forse cercando di decidere se poteva fidarsi di lui. Finalmente, sbatté le palpebre. E annuì.

CAPITOLO 37

«Non posso credere che mi stai facendo indossare questo», sbottò Jackson, fissando con uno sguardo torvo la sua cintura di sicurezza... no, probabilmente il suo abbigliamento. Ma non poteva indossare il suo completo o qualsiasi altra cosa che la facesse sembrare una poliziotta.

«Sei stata tu a sceglierlo questo pomeriggio». Il sangue gli pulsava troppo veloce, troppo forte nelle vene. Fuori dal parabrezza, l'oscurità tremolava di cose invisibili, impossibile distinguere quali forme amorfe nere fossero mere ombre e quali creature viventi, striscianti nell'oscurità.

«Sì, tra tutti i ridicoli completi nell'armadietto degli oggetti smarriti». Tirò l'orlo della maglietta, ma riusciva a malapena a raggiungerle l'ombelico. «Avevi detto che mi avresti portato qualcosa».

«Ti ho portato quella cosa elegante, lo skort con le tasche per la pistola».

Lei sbuffò. «Ci sono dei conigli sopra».

«D'accordo, i conigli fanno schifo», disse Petrosky, ma aveva la gola secca.

Jackson prese un respiro profondo, ancora fissando le sue cosce. «Almeno sono abbastanza larghi da non mostrare a tutti il mio posteriore».

Entrambi osservarono i salici ondeggiare nell'aria notturna. Avevano parcheggiato a qualche isolato di distanza da dove avevano lasciato l'auto l'ultima volta, troppo lontano dall'imbocco del vicolo perché la luce li raggiungesse. Ancora più lontano dal cimitero, dove Decantor si stava dirigendo in quel momento - il sentiero dietro il cimitero dove l'oscurità era abbastanza fitta da nasconderli tutti. Dove l'uomo che passeggiava con il cane non aveva nemmeno visto il loro sospetto nonostante fosse a pochi passi di distanza.

Dove l'assassino poteva balzar fuori da qualsiasi parte.

«Sei pronta?» le chiese.

Lei annuì. Ma quando si voltò verso di lei, poté vedere che il suo viso era teso, i muscoli della mascella serrati anche nella luce giallastra proveniente dal cruscotto del SUV.

«Ti copro io, okay? Sarò proprio qui».

«Tanto non mi farà del male», disse lei, con voce vuota.

«Anche Decantor starà bene. So come ragiona questo tizio, capisco il suo-»

«Cazzo, Petrosky, non ho bisogno di un discorso d'incoraggiamento! So che hai questa cosa per le donne ferite, ma non sono uno dei tuoi dannati progetti da salvare».

Whoa. Alzò le mani in segno di finta resa. Forse lei e Decantor avevano davvero una storia.

Lei sospirò. «Okay, sono un po' nervosa». Slacciò la cintura di sicurezza, prese un respiro profondo e aprì la portiera. «Ci vediamo là fuori».

«Vedo cosa intendi riguardo al posteriore!» le gridò.

Lei gli mostrò il dito medio mentre si allontanava.

Turner sentì lo sbattere della portiera dalla sua posizione vicino al Ragdoll. Si nascose dietro il cassonetto più lontano, dove la luce non arrivava - nessuno l'avrebbe visto qui nel buio pesto. E avrebbe sentito il momento in cui qualcuno fosse entrato nel vicolo.

I suoi muscoli si tesero, pronti all'azione.

Come un buon soldato. Era un buon soldato.

Sbirciò da dietro il cassonetto, lungo il vicolo verso Whispering Willows, in tempo per vedere un uomo con i capelli brizzolati che passava. Teneva qualcosa nella mano destra. *Cercava guai.*

«Stai zitta, puttana», disse qualcuno, ma non era lui, non era mai stato lui. «Stai zitta».

Turner seguì l'uomo, strisciando lungo il vicolo, rimanendo ben nascosto sotto il manto della notte.

Il tonfo degli stivali di Petrosky si accordava al battito costante del suo cuore mentre marciava nell'oscurità vellutata dei salici piangenti all'ingresso del cimitero. Scavalcò con attenzione il cordolo. Attraversò i cancelli. Il profumo delle rose gli invase le narici, così denso e dolce da quasi soffocarlo.

Turner poteva vederlo, come aveva visto Simmons che portava a spasso il cane, ma allo scoperto, un uomo solo... l'assassino non lo avrebbe considerato una minaccia. Ma il nemico, i soldati nemici, avrebbero cercato di nascondersi. Era quello che Turner stava cercando.

Se Petrosky aveva ragione. Se si sbagliava, Decantor era nei guai. O lo era lui.

Ti prego, fa' che abbia ragione.

Petrosky superò il mausoleo e si inginocchiò accanto alla lapide più vicina. Posò il mazzo di fiori che portava e chiuse gli occhi.

E ascoltò-

-se Turner raggiunge Decantor prima che io possa arrivare, Decantor è già morto-

-ascoltò il vento sibilare tra le foglie dell'anno precedente e attraverso i rami del salice-

-se Jackson cerca di salvarlo, Turner ucciderà anche lei-

Un uccello notturno stridette. Un altro rispose.

Non potevano sparare al buio: rischiavano di colpire i loro.

Cos'altro potevano fare?

Aspettare nell'ombra, come farebbe ogni buon soldato. Decantor e Jackson stavano già aspettando, a pochi minuti da qualcosa di molto buono... o molto brutto.

Petrosky inspirò l'aria profumata di rose, calmando il cuore, e si fece il segno della croce.

Turner osservò l'uomo nel cimitero inginocchiarsi accanto alla lapide. Henrietta Barrett-Turner conosceva a memoria ogni nome su ogni pietra di questo cimitero. Era morta trent'anni fa, all'età di sette anni. Forse la sorella di quest'uomo. O una figlia. Non si dimentica mai un figlio. A volte sentiva le voci di donne che sussurravano di queste cose... e piangevano orribilmente. Allucinazioni-*pazzo, pazzo*. Eppure, piangeva con loro. Di notte. Al buio.

«Dove stai andando, ragazza?» La voce era bassa. Densa come l'aria notturna. Terrificante.

L'uomo che piangeva la povera Henrietta si fece il

segno della croce. Familiare. Viveva qui, per strada? No, troppo pulito e ordinato. Forse lavorava nelle vicinanze? Ma per quanto si sforzasse di ricordare, Turner non riusciva a collocarlo.

Ascoltò i salici. Ascoltò il sibilo della brezza. Quest'uomo non rappresentava una minaccia, non più di quelle donne che piangevano nel cuore della notte.

Turner ritirò la testa dietro l'albero e proseguì silenziosamente.

Petrosky udì il sottile fruscio delle foglie. Avrebbe potuto essere la brezza, ma non lo era, e i peli sulla sua nuca vibravano al ritmo del *shh, shh, shh* proveniente da qualche parte alla sua sinistra.

Rimase in ginocchio. Occhi chiusi. In ascolto. Un ago gli punse la base della spina dorsale.

Il sibilo si ripeté: Turner era in movimento.

Petrosky aprì gli occhi, mantenne lo sguardo sulla lapide, ma lo sentì chiaramente: il fruscio dell'erba che non era abbastanza costante da essere causato dal vento.

Più lontano.

Ancora più lontano.

Turner si stava dirigendo verso il retro del cimitero, e Petrosky ora sapeva esattamente quale percorso stesse seguendo: intorno al grande salice centrale, dietro la tomba doppia di una delle famiglie fondatrici di Ash Park, dove le ombre profonde dei giganteschi angeli di marmo avrebbero nascosto il loro uomo da occhi indiscreti. Poi, accovacciato, mani e ginocchia attraverso le erbacce fitte sul lato sud; lì, le lapidi erano più vecchie e più grandi, di un'epoca in cui si dimostrava quanto si amava qualcuno erigendo una roccia più grande di quella dei vicini. Ottimo per nascondersi.

E poi verso i salici all'estremità del cimitero. Un tiro diretto verso l'oscurità dove si trovavano Decantor e Jackson.

Petrosky aveva esaminato l'area quella mattina. Ogni possibile percorso. E stanotte, ne avevano bisogno solo di uno.

Muoviti.

Petrosky guardò nell'oscurità oltre le lapidi, ascoltando, aspettando che Turner fosse dietro le statue, che la sua visuale fosse bloccata dal-

Ora.

Quattro passi, cinque, e poi si stava accovacciando nelle ombre del suo percorso dietro il mausoleo, l'oscurità l'unica armatura di cui avesse bisogno.

L'erba era fresca e umida, meravigliosa contro i palmi brucianti di Turner, ma non fermava il calore che gli saliva nel petto. C'era qualcun altro là dietro. Due di loro, aveva sentito le loro voci. Aveva sentito la voce di *lei*.

Pugnali infuocati gli trafissero la spina dorsale e liberarono una cascata di sudore oleoso tra le scapole.

«Sta' zitta, puttana. Sta' zitta». Quelle parole, chiare come il giorno, echeggiavano attraverso il cimitero. *Il nemico.*

Raggiunse il boschetto di salici e scivolò tra i due alberi più grandi, avvolto nell'ombra delle loro lunghe fronde fogliose. Buio sul sentiero, quasi nero. Ma riusciva a vedere abbastanza.

Un uomo, un uomo grosso, con il braccio intorno a

una donna molto più piccola. Camminavano. Quasi arrivati all'ombra dove nessuna luce arrivava.

«Ancora un po', tesoro». Dolce come lo sciroppo. L'uomo grosso abbassò il braccio sulla vita della donna. La tirò più vicino. L'aria odorava di sale.

«Stai zitta, puttana. Stai zitta».

Due passi verso il buio totale. Le mani di Turner si strinsero. Il sudore gli scorreva lungo la schiena.

Lei lo spinse via.

Un passo.

Il nemico trascinò la donna verso di sé. Verso l'oscurità.

Lei urlò.

La visione di Turner divenne rossa.

Il buio dei salici era totalizzante, un velo di oscurità che si estendeva all'infinito. Ma Petrosky aveva corso ogni centimetro dei sentieri quella mattina; sapeva dove arrivavano gli ultimi bagliori del lampione e dove no.

Jackson e Decantor stavano al limite della sottile foschia arancione, con la mano di Decantor sulla vita di Jackson e l'altra sul suo braccio. A quindici metri nel buio c'era la biforcazione: un lato si inoltrava di nuovo nei salici, l'altro verso il filo di inciampo con il faro, accuratamente nascosto nell'erba alta altri tre metri più avanti. Quando le luci si sarebbero accese, Decantor e Jackson si sarebbero gettati a terra così che Petrosky potesse sparare un colpo per immobilizzare Turner prima che facesse del male a qualcuno. Se tutto fosse andato bene.

Jackson urlò una volta, il segnale per Petrosky di avvicinarsi. Le sue dita fremettero sull'impugnatura della pistola.

Ma qualcosa non andava. Turner aveva smesso di borbottare. E l'inquietante silenzio dagli alberi alla sua sinistra era un silenzio vuoto, sovrastato dal fruscio delle scarpe di Jackson contro la strada sterrata e ghiaiosa. Perché non si stava avvicinando a loro? Perché non si... muoveva? Avrebbe dovuto stare uscendo dai salici adesso, avvicinandosi furtivamente alla sua preda.

Decantor tirò il braccio di Jackson. La trascinò verso il buio. Verso l'orlo dell'inferno. Petrosky si avvicinò, a dodici metri di distanza, cazzo, a dieci, poi-

Cshhhh-crack. Il fragore di vetri infranti. Il mondo divenne completamente nero come se qualche essere malevolo avesse premuto l'interruttore di spegnimento.

Petrosky sbatté le palpebre, le sbatté di nuovo, cercando di forzare i suoi occhi ad adattarsi. Nessuna luce, tranne il bianco smorzato della luna - persino Jackson e Decantor si erano immobilizzati, momentaneamente storditi dall'improvviso buio. E nel nero, il fruscio di passi, che si avvicinavano ancora una volta dalla direzione del lampione ormai rotto. Veloce. Troppo veloce. *Troppo vicino*.

Il cuore di Petrosky sbatté contro le sue costole, intenso, doloroso.

I salici sussurravano. I passi di Jackson sfrecciavano e frusciavano, le foglie e la ghiaia componevano una sinfonia discordante che gli graffiava le orecchie e gli artigliava la spina dorsale. Poi lo sentì, così sommesso che avrebbe potuto essere scambiato per il fruscio delle foglie se fosse stato più lontano: «Stai zitta, puttana, stai zitta, stai zitta». Un canto ossessionante che echeggiava nella notte vellutata. *Sta arrivando*.

Persino il respiro di Petrosky si muoveva al rallentatore.

Ma i salici ondeggianti confondevano i suoi occhi: ombre in movimento, la sagoma di un pazzo, o fronde di salice mosse dal vento? L'assassino era nascosto da qualche parte nell'oscurità, ma Jackson e Decantor stavano illuminati dalla foschia argentea della luna: bersagli luminosi.

Dovevano correre verso il filo d'inciampo, correre nel buio? Erano così lontani dai riflettori. *Basta un passo nella luce della luna, stronzo, solo uno.* Petrosky si avvicinò di lato, rimanendo nel nero sotto gli alberi, quasi sperando che il tipo lo sentisse e venisse dietro a lui invece.

«Stai zitta, puttana, stai zitta, stai zitta».

Jackson si girò di scatto, scrutando gli alberi circostanti, cercando l'assassino o forse Petrosky, mentre Decantor la teneva ancora stretta per la vita.

Un fruscio più forte proveniva dal sottobosco sotto i salici. «Stai zitta, puttana, stai zitta». Più lontano da Petrosky di quanto non fosse secondi prima: Turner era più vicino a Jackson di quanto Petrosky lo fosse all'assassino, e la sua posizione... dove stava andando? Non su un sentiero conosciuto, non più. «Stai zitta, puttana, stai zitta».

Troppo vicino. Tempo scaduto.

Fruscii, sibili, uno scricchiolio, e poi qualcosa volò nell'oscurità dietro Jackson, dietro Decantor, nel buio pesto dove Petrosky non poteva vedere. Il mondo si fermò. Jackson urlò, Decantor svanì, e il costante *tump* di carne contro carne colpì le orecchie di Petrosky. *Cazzo, cazzo, cazzo.*

Uscì pesantemente dall'ombra, rinfodorando l'arma. «*Ana last aleadui!*» *Non sono il nemico.*

La colluttazione si fermò. Poi l'uomo stesso emerse dall'oscurità, il polso di Jackson ora stretto nel suo pugno, le spalle alte e rigide. E i suoi occhi... vitrei. Confusi.

Non era qui affatto: né in questo momento, né in questo paese.

Jackson mise l'altra mano sulla tasca, dove teneva la pistola. Petrosky scosse la testa e alzò le mani. «*Ymknny musaeidatuha*». *Posso aiutarla.* Non sapeva se Turner capisse cosa significasse, ma Billie gli aveva dato l'idea. *Tu non sei il cattivo: mi assicurerò solo che chiunque incontriamo lo sappia.* E i nemici di Turner parlavano inglese, quindi era meno probabile che attaccasse qualcuno che parlava arabo, anche se Petrosky era un vecchio bianco. «*Ymknny musaeidatuha*», ripeté Petrosky. *Dove diavolo è Decantor?*

Turner sussultò come se fosse stato colpito da una lieve scossa elettrica. La sua bocca si mosse, anche se non emerse alcun suono: *Stai zitta, puttana, stai zitta, stai zitta.*

Petrosky si avvicinò, le mani alzate in segno di resa. «I bravi soldati salvano vite», disse. «Ma queste persone sono innocenti».

Alle spalle di Turner, un'ombra emerse dall'oscurità alla luce della luna; sguardo fermo, bocca tesa per la concentrazione, pistola puntata alla testa di Turner. *Decantor, Cristo Santo.* «Mani in alto», disse Decantor. Basso. Quasi un sussurro. Turner gli aveva fatto del male alla gola?

Turner si bloccò, la mascella contratta. Muscoli tesi. Perché lo avevano messo alle strette, e i soldati combattevano, non si arrendevano.

Turner lasciò il polso di Jackson e si girò di scatto verso Decantor, scattando, balzando in aria proprio mentre Petrosky allungava la mano verso la propria arma - in pochi secondi avrebbe avuto la testa di Decantor tra le sue mani assassine. Petrosky alzò la pistola e sparò, colpendo Turner nel punto morbido dietro il ginocchio. L'assassino continuò a muoversi. Jackson sferrò un calcio agli stinchi di Turner, fermando il suo slancio in avanti e facendolo cadere sulla gamba ferita.

Turner urlò. «*'Ana last aleadui! 'Ana last aleadui!*»

Decantor lo spinse a terra sul petto e gli affondò il ginocchio nella schiena. Jackson cercò di afferrare un polso che si agitava, lo mancò, e gli schiacciò invece la mano. Turner ululò, tirando su col naso e sputando contro la terra.

Petrosky si avvicinò strisciando alla testa dell'uomo e si inginocchiò sulla strada ghiaiosa. La saliva intorno alla bocca di Turner luccicava alla luce della luna.

«Per quel che vale, avrei fatto lo stesso», gli disse Petrosky. «Ortiz si meritava quello che ha avuto».

Turner fissò Petrosky. I suoi occhi si riempirono di lacrime. I suoi grandi pugni si rilassarono.

Alla luce sembrava molto più piccolo.

CAPITOLO 38

«Bene, bene, bene, sembra che tu sia sopravvissuto, Decantor».

L'uomo grosso sorrise mentre passava davanti alla scrivania di Petrosky nell'ufficio e si lasciava cadere sulla sua sedia. «Con tuo grande dispiacere».

Petrosky annuì. «Giusto».

L'uomo si era preso una vacanza dopo l'operazione sotto copertura, per divertimento, non per stress. Decantor era stata la scelta più intelligente, e lo sapevano entrambi fin dal momento in cui Petrosky lo aveva chiamato; ovviamente Decantor aveva voluto far cadere Turner, ma la sua altezza aveva davvero dato loro un vantaggio. Turner era forte, robusto, ma non era nemmeno lontanamente così alto - finché Decantor fosse riuscito a rimanere in piedi, Turner sarebbe stato costretto a saltare, ed era molto più difficile spaccare la spina dorsale a qualcuno quando si hanno i piedi penzoloni. Com'era andata, Turner aveva perso l'equilibrio nel buio e aveva finito per afferrare il braccio di Jackson.

Petrosky si sfregò i graffi ormai guariti sul braccio. Non

li aveva nemmeno sentiti tre settimane fa, i rami che gli graffiavano la carne, ma non appena aveva messo Turner in cella, il dolore si era risvegliato, rabbioso e crudo.

Jackson si lasciò cadere sulla sedia accanto a lui. Di nuovo.

«Non hai una scrivania tua, Jackson?» Perché tutti i suoi partner avevano problemi di confini? Almeno i suoi amici sapevano quando mantenere le distanze. Forse anche fin troppo bene. Avrebbe dovuto andare a trovare George dopo il lavoro, per festeggiare il suo miracoloso recupero... dal comune raffreddore. La malattia era passata proprio come George aveva promesso. Forse avrebbe dovuto chiamare anche Linda. O forse no.

Jackson allungò le gambe e appoggiò un piede sull'angolo della sua scrivania. «La tua è così più comoda». Porse a Petrosky una tazza - non il caffè schifoso del distretto, né il caffè schifoso e sdolcinato delle caffetterie. Quello di Rita.

Lui inclinò la testa. «Stai cercando di ingraziartimi per qualcosa?»

«In realtà, no. È da parte di Acharya. L'ho incontrato alla tavola calda per dargli la seconda parte della sua esclusiva». Sospirò e posò la sua tazza accanto a quella di lui. «Vuole anche pubblicare la storia di Turner - una specie di inchiesta».

Turner aveva parlato con il procuratore distrettuale mentre preparavano le accuse contro di lui, ma presto avrebbe parlato con lo psichiatra del carcere - sentiva voci quasi costantemente da quando era tornato dall'estero, anche se Turner credeva che fossero solo allucinazioni. Non era stato in grado di mantenere un lavoro a causa della sua tendenza a ripetere le parole dei suoi flashback. Quello, e il suo impulso improvviso di vagare senza meta.

«Immagina di passare la vita pensando che le voci che

senti siano allucinazioni invece di veri ricordi - flashback», disse Jackson. «Pensare di essere pazzo quando in realtà sei solo traumatizzato».

«È ancora piuttosto fuori di testa». I flashback erano scatenanti... come l'aveva chiamato lo strizzacervelli? Una specie di stato di fuga. Turner aveva detto di non ricordare di aver fatto del male a nessuno, allo stesso modo in cui affermava di non ricordare il suo periodo in Iraq. Qualunque cosa fosse successa lì era stata fermamente repressa... fino ad ora. Forse i farmaci giusti e i medici adatti sarebbero stati in grado di aiutarlo, peccato che dovesse andare in prigione per ottenere l'aiuto di cui aveva bisogno. Peccato che Samuel Amos avesse perso la vita a causa di ciò. Era tutto fin troppo familiare. Così tanti casi di malattie mentali non diagnosticate o non trattate, specialmente tra i soldati. Erano un gruppo ostinato, ma c'era anche un enorme stigma intorno alla malattia mentale: nessuno voleva cercare aiuto ed essere visto come debole, o peggio, finire nella lista nera. Per quanto tempo Petrosky stesso era stato un alcolizzato prima di mettere da parte il Jack Daniel's? Quanti altri anni prima che dimenticasse la testa di Joey che esplodeva? Probabilmente mai. Ma sicuramente si sarebbe attenuato di nuovo; c'erano stati anni in cui non ci aveva pensato affatto. E in questo lavoro, ci sarebbero sempre stati più ricordi, ricordi che avrebbero preso il posto delle cose che aveva visto in tempo di guerra. Cose ancora più orribili.

Petrosky fece un lungo sorso dalla tazza di Rita: amaro. Delizioso. «Acharya risparmierà un po' di quella merda da scoop per DeLaney?»

Lei sorrise, di umore migliore rispetto alle settimane precedenti. Petrosky ancora non conosceva i dettagli su qualunque cosa l'avesse stressata, ma quando era passato a casa, Lance sembrava stare bene, aveva giocato ai videogiochi con lui come al solito... e aveva mangiato tutti i puff al formaggio di Petrosky. Ma andava bene. Lance era un ragazzo in crescita, e Petrosky stava crescendo solo in larghezza. «Sì», disse ora Jackson. «Acharya trascinerà DeLaney attraverso un inferno mediatico».

Bravo ragazzo. Acharya si meritava decisamente i cetriolini: se li era guadagnati. Ma forse glieli avrebbe mandati per posta, assicurandosi che fossero un po' schiacciati. Non voleva che il giornalista diventasse presuntuoso.

«Sta aspettando di vedere come si evolverà la situazione», stava dicendo Jackson. «Non è sicuro di cosa attecchirà, ma hanno presentato accuse contro l'intera squadra, fino al generale. DeLaney sostiene di non essere stato a conoscenza di alcun illecito, che sospettava solo che Cook potesse aver fatto del male a delle donne inutilmente, ma che il raid sul villaggio era giustificato».

«Lasceremo che i militari se ne occupino». E se non l'avessero fatto bene...*terremo d'occhio Cook e DeLaney e tutti gli altri come i criminali che sono.* Erano destinati a sbagliare di nuovo. Rose era già stato arrestato e avevano fatto uscire la sua futura ex moglie da quel buco di merda snob dove l'aveva maltrattata. Forse avrebbe ritrovato la sua voce. Il tempo lo dirà. Anche Babcock stava ottenendo ciò che si meritava: sembrava che avrebbe perso il distintivo e dovuto restituire i soldi che aveva preso da Amos. Non avrebbe scontato del tempo in prigione, ma almeno Petrosky non avrebbe più dovuto guardare la sua stupida faccia.

«Acharya dice che sta scrivendo un libro sul caso». Jackson sorseggiò il suo caffè, la luce del sole che brillava sulla sua collana: era nuova? «Ah, e vuole sapere se può citarti».

«Assolutamente no», disse Petrosky. «Non voglio essere in nessun libro». Ma l'avrebbe comprato. Probabilmente ne avrebbe comprati due. Soprattutto perché

Acharya era riuscito a far donare il premio in denaro del padre di Samuel Amos ai senzatetto che li avevano aiutati a localizzare Turner. *Sexual Healing* Marvin aveva riso così forte che Petrosky gli aveva visto le tonsille. Persino Stoner Mike aveva accettato di ricevere cure mediche. E Jane... aveva portato Billie con sé per parlarle, e poi le aveva riportate entrambe alla casa accanto. Si era scoperto che anche Jane amava i cani. Fortuna per lei.

«Ehi, testa di cazzo!»

Petrosky guardò verso Decantor, che si stava avvicinando dalla sua scrivania. «Ce l'hai con me, fottuto fan dei Kardashian?»

Decantor allungò la mano verso il ricevitore del telefono di Petrosky - lo colpì con l'indice. Scivolò di nuovo sul gancio. «Non deve solo sembrare agganciato, deve essere effettivamente agganciato».

Jackson aggrottò le sopracciglia guardando il telefono da sopra il bordo della sua tazza di caffè. «Cosa hai fatto al capo questa volta?»

Petrosky si strinse nelle spalle. Ma sicuramente una strigliata era giustificata per qualcosa.

«Non è il capo», disse Decantor. «È un caso. E questo ragazzino... c'è qualcosa che devi vedere».

Un ragazzino. Petrosky lanciò un'occhiata a Jackson, il cui sguardo era vagato verso la sua scrivania dietro di lui. Alla foto che teneva sopra. I suoi ragazzi.

Ovviamente.

Doveva essere un cazzo di ragazzino.

Impostore **è il libro 8 della serie** *Ash Park*.

Impostore
CAPITOLO 1

La morte. Era una cosa incredibilmente rumorosa, un silenzio acuto e inquietante che dominava persino il chiacchiericcio delle persone sul marciapiede appena fuori. Poteva sentirla pesare sulle sue spalle. Poteva assaggiarla, dolce e metallica sulla lingua, sovrapposta al tanfo di merda. Aveva visto centinaia di cadaveri, e ognuno lo colpiva ancora allo stomaco, specialmente quando il defunto era un bambino.

Petrosky si fermò vicino al centro del soggiorno, una stanza come tante altre nel quartiere, se non fosse stato per il cadavere appeso alla trave del soffitto. Il ragazzo non poteva avere più di quindici anni: magro, con i pantaloncini neri da ginnastica che gli cascavano sui fianchi ossuti, una maglietta verde finto-sbiadita che gli pendeva dalle spalle come un poncho. La sua corporatura esile lo rendeva in qualche modo peggiore, come se l'universo stesse attivamente attaccando i vulnerabili. E la sua testa... Folti capelli scuri, occhi marroni socchiusi ora deturpati da vasi sanguigni rotti che lo facevano sembrare sul punto di piangere lacrime cremisi.

Povero ragazzo. «Chi l'ha trovato?» Petrosky lanciò un'occhiata alla viscida pozza di fluidi corporei, principalmente il contenuto intestinale del ragazzo, che ora si stava rapprendendo sul pavimento sotto le dita nude dei piedi. Lo stomaco di Petrosky si contrasse, caldo e dolorante.

«I genitori» disse Jackson, inginocchiandosi vicino al pavimento alla destra del corpo, ben lontano dalla scura pozza. Era qui da mezz'ora, ma la sua partner era ancora fresca e stirata come se fosse appena uscita da un manuale "Come fare il detective": tailleur grigio su misura, scarpe sensate, i suoi stretti riccioli neri rasati vicino al cuoio capelluto, ancora più corti dei suoi diradati capelli sale e pepe. Scrutò il pavimento dove Jackson stava guardando. Era quello un minuscolo graffio nel legno lucido? Ma no, questi pavimenti avevano graffi ovunque - "pavimenti in legno graffiato a mano", ecco come li aveva chiamati la sua vicina, Billie, quando scherzosamente cercava di convincerlo a installarli a casa sua. Petrosky pensava che le assi volutamente rovinate fossero una moda strana quanto i vestiti sbiaditi.

Jackson si raddrizzò. «I genitori e il fratello minore sono tornati questa mattina da una visita di due giorni dalla sorella della madre a Lansing. Pensavano che sarebbe stato bene da solo per un paio di notti, ma...» Scrollò le spalle, con la bocca rilassata, il viso inespressivo - professionale. Ma i suoi occhi scuri erano tesi quanto le spalle di Petrosky.

Una brezza gli solleticò il collo, e si voltò verso il ronzio di voci che filtrava dal cortile, come il chiocciare di galline - ora più forte. «La finestra era aperta quando sei arrivata?» Detroit e la metropoli circostante erano sempre afose in agosto, ma questa settimana Ash Park era stata particolarmente appiccicosa anche qui nel quartiere storico. Non riusciva a immaginare che qualcuno avesse lasciato la finestra aperta durante la notte.

«Sì. Uno dei primi soccorritori l'ha aperta a causa

del...» Fece un gesto verso la patina di sporcizia sul pavimento. Un divano bianco a forma di L si ergeva dietro la pozza, dietro il corpo oscillante. Non una singola goccia viscida su di esso. Almeno il ragazzo non stava ancora scalciando quando si era sporcato. La poltrona beige con schienale alto da cui probabilmente era sceso - il suo ultimo atto pienamente cosciente - non era stata altrettanto fortunata; giaceva capovolta, due delle sue gambe di legno imbrattate di fluidi. Così come le gambe del ragazzo, la carne intorno ai talloni macchiata di viola, le dita dei piedi rigide, gocce di nero e marrone essiccate in strisce fetide dal bordo dei suoi pantaloncini da allenamento fino alla pianta dei piedi. Ma si poteva ancora vedere l'angioma color vino porto su una coscia pallida e bianca, rosso-marrone scuro e in netto contrasto con la sua carne altrimenti grigiastra. «A giudicare dal sangue che si è depositato e dal rigor mortis, è successo meno di ventiquattro ore fa, probabilmente ieri sera o questa mattina presto.»

Jackson annuì. «Lo sapremo con certezza una volta che arriverà il medico legale.»

Petrosky grugnì in assenso, gli occhi fissi sul viso del ragazzo. Sul suo collo. Di solito, le vittime di impiccagione avevano momenti di difesa istintiva una volta che il soffocamento iniziava sul serio - una lotta contro la legatura. La maggior parte presentava segni di unghiate sulla gola.

Ma non questo ragazzo. Il bambino mostrava i lividi previsti intorno alla corda stessa, linee di un blu-nero rabbioso, ma nessuno dei graffi simili ad artigli che Petrosky si aspettava. *Mhm.* Aveva preso qualcosa per attutire il dolore prima di infilare la testa nel cappio e scendere da quella sedia?

Il suono di schiocco si ripeté, dall'esterno: il ronzio delle voci. I vicini? Sembravano più delle poche donne di mezza età inorridite che aveva visto bighellonare sul marciapiede - il tipo che sembrava dovesse avere dei Chihuahua nelle borse. Ma con un caso come questo, ci sarebbero stati presto degli estranei là fuori, a ficcare il naso in ogni piccola crepa come uccelli spazzini che straziano un procione in decomposizione. «Dov'è la famiglia ora?»

«Sono con degli amici qualche casa più in là - il vicino li stava radunando quando sono arrivata io. Quel tizio non ha visto né sentito nulla di insolito, non che ci si potesse aspettare il contrario.»

Giusto - il suicidio era spesso una faccenda silenziosa. Come la depressione. Petrosky annuì, ma non riusciva a distogliere lo sguardo dal viso del ragazzo. Gli occhi insanguinati. La linea viola sul collo. La brezza sospirò, e Petrosky si ritrovò il naso pieno di merda - merda e morte. Non ci si abituava mai a quello. Mai. Tossì.

«Stai morendo, vecchio mio?» La sua voce echeggiò sulla scala di legno curva alla sua destra. Le tende beige sulle finestre a bovindo in fondo e il soffice tappeto bianco sul pianerottolo esposto del secondo piano assorbivano il sibilo del suo respiro, ma non i suoni della stanza.

«Non oggi.» *Probabilmente.* Ma avrebbe dato il suo testicolo sinistro per un barattolo di VapoRub, non che li stesse usando molto al momento. Finalmente distolse lo sguardo dal ragazzo e lo rivolse alla corda, una corda nuova dalla treccia lucida. Per quanto tempo il ragazzo aveva lottato prima di arrendersi? Forse Petrosky non voleva saperlo. «E Scott?»

«Sta arrivando. Ho già detto agli agenti fuori che nessuno deve entrare in questa stanza tranne Scott e il medico legale.»

Bene. Evan Scott era il miglior esperto forense che avessero, ancora praticamente un ragazzino, ma un ragazzino genio. Petrosky strinse gli occhi un'ultima volta verso le travi, seguendo la corda sopra la trave, poi fino alla ringhiera di legno dove era assicurata, quindi si voltò di nuovo verso il corpo. Una lingua di un viola intenso sporgeva tra le labbra del ragazzo, così gonfia che non sembrava potesse mai essere stata contenuta nella sua bocca.

«Maledizione,» mormorò Jackson dall'altro lato della stanza, dietro il divano, con la mano su una delle tende dal pavimento al soffitto del colore del pallido sedere di Petrosky. Aggrottò le sopracciglia attraverso la fessura che aveva aperto nelle tende. «Abbiamo compagnia.»

Petrosky si spostò intorno al divano per sbirciare oltre la sua spalla nel cortile sul retro: erba rigogliosa circondata da una recinzione alta due metri e mezzo, e bordata all'interno da spessi coniferi e querce, con una piscina scintillante al centro. Sopra la recinzione, apparve la faccia paffuta di qualcuno, ma l'uomo si abbassò quando incrociò lo sguardo di Petrosky. Se i curiosi pensavano di arrampicarsi sulla recinzione per entrare nel cortile, si sbagliavano di grosso. E dalla strada...

Dall'altro lato della stanza, le finestre pesantemente protette da tende davano sul vialetto a lato della casa. Petrosky scostò una tenda in tempo per vedere una Range Rover di vecchio modello frenare bruscamente accanto al marciapiede, con le portiere posteriori che si aprivano ancor prima che fosse parcheggiata. Un uomo con una pancia come un pallone da basket sotto la camicia si gettò un'enorme telecamera sulla spalla e scese sul prato color smeraldo.

«Ah, ecco gli avvoltoi.» Ma se lo aspettava. Quando un ragazzo di un quartiere benestante si toglieva la vita, dovevano almeno ottenere una dichiarazione per il telegiornale della sera. O più di una dichiarazione, perché si trattava di *questo* ragazzo.

E improvvisamente tutto diventò troppo rumoroso, troppo vivido. Piccoli aghi gli pungevano la base del cervello e formicolavano lungo la schiena e le braccia come un ricordo che cercava di sfuggire dalla sua prigione. *Concentrati, Petrosky. Non c'è tempo per sciocchezze.* Ma è quello che si era detto anche ieri. Si schiarì la gola. «Pensi che Acharya stia arrivando?»

«Se c'è una storia, sì. Quel tipo è passato al prime time dopo il nostro ultimo caso.» Jackson alzò un sopracciglio. «*Vuoi* parlare con i giornalisti adesso?»

«Col cavolo.» Petrosky sbuffò. «Ero solo curioso.»

Jackson lasciò cadere la tenda e sospirò. «Andiamo a parlare con i genitori. Ci incontreremo con Scott e il medico legale più tardi oggi, dopo che avranno setacciato la camera da letto. Non ho lo stomaco per farlo adesso».

Almeno non dovevano fare la notifica del decesso. Quelle conversazioni gli riportavano sempre alla mente il giorno in cui era stato lui a riceverla, e Julie... Sua figlia aveva più o meno la stessa età di questo ragazzo quando era morta. Quando era stata assassinata. Deglutì a fatica.

«Perché ci hanno chiamato?» disse Jackson. «Nessun segno di legatura ai polsi o alle caviglie, nessun livido aggiuntivo che indichi una colluttazione... probabilmente un suicidio standard».

«È un po' più complicato di così». Petrosky lasciò vagare lo sguardo di nuovo verso il corpo, quella lingua orribilmente viola.

«Perché?»

Finalmente incontrò i suoi occhi. «Questo è Gregory Boyle, il ragazzo rapito e miracolosamente ritornato».

Trova *Impostore* qui:
https://meghanoflynn.com

Per salvarsi, dovrà affrontare il serial killer più spietato del mondo. Lei lo chiama semplicemente «Papà».

Un thriller avvincente, da non riuscire a smettere di leggere: Diciotto anni dopo che Poppy ha fatto la chiamata che ha messo suo padre in prigione, uno sconosciuto arriva alla sua porta sostenendo di non essere più in carcere. Poppy insiste che suo padre non può più far del male a nessuno — ma non si può negare che qualcuno la stia perseguitando. E lei farebbe qualsiasi cosa per farlo smettere... Se ti piacciono Gillian Flynn e Caroline Kepnes, adorerai la serie *Nato Cattivo*.

Parole Mortali è il libro 2 della serie *Nato Cattivo*.

Parole Mortali
CAPITOLO 1
POPPY, ALLORA

Mi chiamo Poppy, Poppy Pratt, e sono al vostro servizio, anche se sarò la prima ad ammettere che non sono sempre così accomodante.

È nella mia natura, suppongo, e lo è sempre stato: quel fuoco che tengo nascosto dentro di me è nel mio sangue. Papà dice che è come l'aria, come l'acqua, qualcosa che rimane inosservato finché non ne sei più in possesso. Non ho alcun motivo per non credergli.

Penso che siamo tutti a un passo dalla tempesta se non otteniamo ciò di cui abbiamo bisogno, ma immagino che questo lo faccia sembrare più intenso di quanto non sia in realtà. Non troverete maniaci qui, con la bava alla bocca: non siamo quel tipo di persone.

Forse siamo al limite della follia, ma solo se si crede ai

pettegolezzi in giro per la città. I pettegolezzi non riguardano noi, però; non riguardano mai noi. Riguardano i "disertori": le persone che lasciano questa o una qualsiasi delle altre città vicine in cerca di qualcosa di meglio. Questo è il tipo di posto da cui la gente se ne va: trovano un lavoro, trovano l'amore, se ne vanno via il più velocemente possibile. Non è una sorpresa che qualcuno possa scomparire all'improvviso, quindi la maggior parte dei pettegoli scuote la testa, ma non si preoccupa dei disertori. Non sanno che dovrebbero.

Io so più della maggior parte delle persone. So leggere i libri delle superiori, anche se non mi è permesso farlo nelle mie classi elementari, e l'educazione che ricevo a casa... beh, è un tipo diverso di intelligenza.

Appoggio i gomiti sulla ringhiera del nostro stretto portico sul retro, il legno già bagnato, piccole schegge che si conficcano nei miei avambracci. Mi piace come si sente, umido e pungente, come *qualcosa*. *Pungoloso*. Ho inventato questa parola quando ero più piccola per descrivere il modo in cui alcune cose superano le tue difese contro la tua volontà, colpendo i tuoi punti deboli. Non credo che a mio padre piaccia molto questa parola. È per questo che mi ha comprato un dizionario, poi un thesaurus. Non gli piace nulla di cui sia all'oscuro, e qui, in questa casa, le cose che non sai possono essere pericolose.

Premo le braccia più forte contro il legno, lasciando che le schegge pungano, lasciando che trafiggano: *pungoloso, pungoloso, pungoloso*. Acri di erba luccicante mi fissano. Oltre il verde, il cielo taglia l'orizzonte con una ferita di indaco profondo che sembra il segno lasciato da una buona frustata. Non lo so per esperienza personale: mio padre non mi colpirebbe *mai*, ma quasi tutti gli altri bambini che conosco portano i segni della rabbia dei loro genitori. Non c'è da meravigliarsi che la gente se ne vada da qui.

Anche il legno del capanno è umido, posso dirlo dal colore più scuro lungo la lastra. Quel poco che rimane del crepuscolo brilla contro le assi rivolte a ovest e dipinge le rose che fioriscono intorno all'edificio con un rossore sbiadito di colore. L'unica finestra è di un nero nebbioso.

Il vento mi accarezza i capelli con dita di seta, ma c'è elettricità nelle nuvole stasera, non solo pioggia. Sta per arrivare un temporale. Tanto vale: succede continuamente qui in Alabama, un uragano dopo l'altro in alcuni anni, ma questa sarà una marcia umida e appiccicosa verso un'alluvione, e questo è peggio del vento. Le piogge torrenziali hanno distrutto il nostro capanno un anno, l'acqua che saliva sopra la lastra di cemento, sollevando le assi inferiori come se volesse sollevare la cosa di netto come una nuova Arca di Noè. Stavo sulla porta, il braccio di papà caldo al mio fianco, e mi immaginavo di salirci sopra, i miei riccioli biondi come cavatappi nella brezza, salpando verso qualche altro posto. Ovunque, purché fosse altrove.

Fu un brutto anno. Fino a quando non ricostruimmo il capanno. È così che va la vita, è così per tutte le cose che si sgretolano, che crollano sotto pressione: non possono rimanere in frantumi. Non quando si scontrano con me. Anche la natura mi ha dato della colla, e io non mi spezzo facilmente.

Sbatto le palpebre. La luce nel capanno si accende, e il vetro dell'unica finestra mi fissa dall'altro lato del cortile, il sentiero verso il capanno che brilla di un arancione-rossastro opaco. Tiepido. Annacquato.

Sembra ancora sangue.

Trova *Parole Mortali* qui:
https://meghanoflynn.com

Il paziente silenzioso **incontra** *Tu*: *Ogni persona sull'Isola di Ghiaccio ha un'agenda—alcuni comprensibili, altri complicati, alcuni decisamente sadici. Evelyn Hawthorn è un esempio. Vi parlerò di tutti loro più tardi... se resisteremo tanto.*

Matti Rotti Freddi
CAPITOLO 1

Negli ospedali psichiatrici esiste uno strumento di categorizzazione non ufficiale, sussurrato tra gli strizzacervelli: Matti, Rotti, Freddi. Se gli estranei lo sapessero, digrignerebbero i denti e inveirebbero contro la scorrettezza politica di tutto ciò, ma non si sono mai circondati intenzionalmente di persone che vorrebbero cavargli gli occhi. Certo, tutti abbiamo incontrato almeno una persona che ha considerato come la nostra pelle potrebbe apparire tesa su una poltrona alla moda, ma questo è irrilevante. Storie come questa non possono procedere senza trasparenza.

Quindi... Matti, Rotti, Freddi.

I *Matti*, così chiamati per il Cappellaio Matto. Le condizioni gravi e persistenti non rispondono al tipo di terapia a cui i ventenni fanno riferimento sui social media con battute che iniziano con «OMFG, il mio terapista ha detto». I *Matti* richiedono farmaci e monitoraggio, mentre la demenza o la schizofrenia divorano buchi nella loro materia grigia. Lasceranno questo mondo folli come il giorno in cui sono stati ammessi a Isola di Ghiaccio - precedentemente Tenuta Iverson, poi Sanatorio Iverson, più recentemente Ospedale Psichiatrico Iverson, anche se potrebbero anche chiamarlo "Maniero del Nulla da Perdere". Benvenuti a casa, malati.

Ma divago, come mio padre mi avvertiva che ho la tendenza a fare. Questa è solo una delle ragioni per cui ho trascorso gran parte della mia infanzia rinchiuso, dove lui non aveva bisogno di ascoltare il tono fastidioso della mia voce o sopportare le mie lunghe sciocchezze.

A proposito, preferirei non dargli ragione.

Andiamo avanti.

I *Rotti*, nonostante il soprannome, non hanno nulla a che fare con il denaro. Il trauma ha separato i *Rotti* dalla loro vecchia vita, lasciandoli a graffiare le pareti come se potessero disseppellire chi erano prima che "succedesse". C'è aiuto per i *Rotti* - i *Distrutti* se vuoi essere pedante. Farmaci, terapia, EMDR, elettroshock, oh sì, c'è speranza per i *Rotti*.

Naturalmente, finché c'è speranza, è facile credere che il problema sia *tu*. Ho sempre pensato che se avessi lavorato più duramente, avrei potuto capire cosa stavo facendo di sbagliato - che avrei potuto scacciare i miei demoni ed essere come la "gente normale" che ostenta le loro "vite normali" come un'interminabile sfilata dei miei fallimenti.

Ma i demoni non se ne vanno facilmente. Si annidano nella tua anima e resistono violentemente all'esorcismo. Finché hai speranza, hai dolore. Ho imparato a far fronte nel corso degli anni - sono un po' stronzo, ma piuttosto equilibrato, persino simpatico, se posso dirlo io stesso - ma la maggior parte non è così fortunata. Sono giunto a credere che la speranza non corrisposta, o la speranza di una impossibile vita "normale", sia un destino peggiore della morte. Specialmente per quelli rinchiusi qui.

Su Isola di Ghiaccio, *Matti* e *Rotti* significano lo stesso che negli ospedali della terraferma.

I *Freddi* sono un'altra questione.

Sulla terraferma, i *Freddi* cercano "tre pasti caldi e una branda" - ricoveri psichiatrici che raggiungono il picco all'inizio di febbraio prima che il terreno si scongeli. Sono le persone che nessuno nota per strada se non per evitare i loro palmi tesi. Veterani, inutili per il governo una volta che hanno sacrificato un arto alla causa; quelli senza accesso a farmaci o terapie finché non si aprono i polsi e forzano un trattamento d'emergenza troppo breve; tipi solitari senza cari che notino quando perdono il contatto con la realtà. Ma perdere la presa sulla realtà non rende necessariamente pericolosi.

Parola chiave: *necessariamente*.

Dovrei chiarire subito questo punto: «psicopatico» non equivale a «assassino». Il disturbo antisociale di personalità aumenta le probabilità di omicidio, il gene del guerriero porta le tendenze aggressive all'eccesso, ma è il trauma infantile che attiva - perdonatemi - l'«interruttore dell'uccidere». Sia i *Pazzi*, i *Spezzati* o i *Freddi* potrebbero essere spinti a bagnarsi nel vostro sangue. Convinci una persona qualsiasi che non può sopravvivere a meno che non faccia cose terribili, e impugnerà una lama. Se sei fortunato, la userà su se stessa.

Se non sei così fortunato? Beh.

Nessuno sull'Isola di Ghiaccio è letteralmente freddo, e questo è per il bene superiore. I *Freddi* vogliono la tua pelle tesa su quella poltrona, le tue viscere intrecciate in un delicato cordone, il tuo grasso usato per alimentare il fuoco nel loro focolare. In mancanza di ciò, sei inutile per loro quanto i senzatetto lo sono per te - quelli che ignori perché «potrebbe spenderli in alcol» o qualsiasi altra giustificazione morale ti aiuti a dormire. I *Freddi* hanno giustificazioni simili per le cose che vorrebbero farti, e nessuno dei due ha più ragione - o torto - dell'altro. La prospettiva è una cosa curiosa, non è vero?

Comunque.

Se incontri involontariamente qualcuno di *Freddo* sulla terraferma, potresti cavartela. Tutti conosciamo almeno una persona che chiameremmo «psicopatica», e probabilmente metà di noi ha ragione. Ma sulla terraferma, la maggior parte dei *Freddi* ha imparato a comportarsi. Possono disattivare il loro «interruttore dell'uccidere»; si preoccupano delle conseguenze. Hanno ancora qualcosa da perdere.

Ma a differenza di te, che arranci per la strada con i tuoi scarponi da neve, fingendo che nessun altro esista, i *Freddi* sull'Isola di Ghiaccio non evitano le mani tese. Ti afferreranno la mano, ti trascineranno in qualsiasi inferno ritengano opportuno. Non li vedrai mai arrivare - e non li vedrai nemmeno andare via, a meno che non commettano un errore.

Ecco perché sono qui.

Non fatevi illusioni: nonostante qualsiasi errore li abbia fatti catturare, quelli rinchiusi sull'Isola di Ghiaccio sono ferocemente intelligenti. Così intelligenti che i poteri costituiti si rifiutano di rinchiuderli nelle prigioni a causa dei rischi per gli altri assassini, si rifiutano di metterli ovunque potrebbero fuggire. E un'isola al largo della costa dell'Alaska è quanto di più vicino ci sia all'inespugnabile, come è stata progettata per essere - come la famiglia di Alcott Iverson ha garantito che fosse.

Ma il caro Alcott è una storia per un'altra volta, così

come lo sono le storie dei pazienti che risiedono qui. I loro fascicoli, le loro storie, i rapporti di polizia, le cartelle cliniche - li ho tutti. Li trascriverò per voi, parola per parola, man mano che diventano rilevanti. È roba interessante, ve l'assicuro, senza una singola esagerazione. Ogni persona in questa struttura ha un'agenda, alcune comprensibili, alcune commoventi, alcune contorte, alcune decisamente sadiche. Ve ne parlerò più tardi...

Se arriviamo così lontano.

Trova *Matti Rotti Freddi* qui:
https://meghanoflynn.com

Trova altri libri di Meghan O'Flynn qui:
https://meghanoflynn.com

L'AUTORE

Con libri definiti «viscerali, inquietanti e completamente coinvolgenti» (New York Times Bestseller Andra Watkins), Meghan O'Flynn ha lasciato il suo segno nel genere thriller. Meghan è una terapeuta clinica che trae ispirazione per i suoi personaggi dalla sua conoscenza della psiche umana. È l'autrice bestseller di romanzi polizieschi crudi e thriller su serial killer, tutti i quali portano i lettori in un viaggio oscuro, coinvolgente e impossibile da mettere giù, per cui Meghan è famosa. Scopri di più su https://meghanoflynn.com!

Vuoi sapere di più su Meghan?
https://meghanoflynn.com